문학의 헤테로토피아는 어떻게 기억되는가

문학의 헤테로토피아는 어떻게 기억되는가

김지율 지음

국학자료원

머리말

세상에 같은 공간은 없으므로. 우리는 반드시
고유하게 만날 것인데. 거기 어떤 모퉁이가 있어.
당신은 어디로 들어오고. 나는 어디를 응시할 것인가.
빈 공간은 다시 또 어떤 빈 공간들로 나뉘고.
당신은 어디서 넘어질 것인가. 우리는 어떻게 접힐 것인가.
당신의 춤은 어디까지 달려갈 것인가.
　　　　　　　　　　—목정원, 『모국어는 차라리 침묵』

우리는 장소나 공간 속에서 하루하루를 살아간다. 장소에서 숨을 쉬고 장소를 통해 타인과 소통하며 그 장소나 공간을 통해 무언가를 기억하고 반추한다. 애초에 우리는 장소 지어진 존재이며, 장소 안에 있다는 것 자체가 '세계 내 존재'를 의미한다. 그런 의미에서 현실의 공간과 장소는 세계를 경험하는 하나의 조건으로서 우리 삶과 사건의 현재이자 미래에 대한 좌표이다.

현대는 정보와 기술의 발달로 하루가 다르게 변하고 있다. 급속한 경제 발달이나 도시화는 새로운 예술이나 건축과 같은 다양한 문화양식을 장소와 공간으로 변화시켰다. 공간과 장소는 그 변화에 적응하면서도 또 한편으로 그것에 밀리지 않는 저항력으로 우리가 살아가는 이 세계를 구성하는 가장 기본적이고 중요한 요소가 되었다. 그러므로 우리는 우리가 살고 있는 장소이고, 장소는 곧 그곳에 살고 있는 사람이다.

그런 점에서 어떤 공간, 사람 그리고 사물과의 만남은 언제나 특별하다. 처음 방문하는 마을, 외국의 낯선 공항과 그리스의 원형 극장, 비 오는 날 우산을 받쳐 들고 나갔던 자갈치 시장, 오래된 기찻길과 바닷가의 방파제에서 보던 파도는 한 편의 시처럼 우리 삶의 한 페이지를 장식하며 우리를 어디론가로 데려간다. 약간의 혼돈과 무질서가 공존하는 거리에서, 연극이 끝나고 고요만 남은 그 객석에서 우리는 무엇을 보고 무엇에 감응했던 것일까.

고백하자면 내 인생의 전환점은 언제나 이 공간과 장소에 대한 경험과 같이 했다. 그중 하나가 몇 년 전 예술의 전당에서 열린 마크 로스코 전시장에서이다. 당시 메르스 대유행으로 이동이나 전시 관람 자체가 위험한 상황이었다. 전시를 보러 가지 않으면 안 될 100가지 이유를 만들 수 있는 상황이었음에도 그 모든 이유를 뒤로하고 나는 강행했고 그래야만 했다. 그리고 내 인생은 그 전시 중에 있었던 채플 방의 장소 경험 그 이전과 이후로 나뉘어졌다. 사실 이 책이 나오게 된 가장 중요한 이유 중의 하나도 그때 미술관 한 구석에 있었던 그 장소 경험 때문이다. 그곳에서 나는 그림을 마주하며 어떤 감정이나 언어로 표현할 수 없는 나 자신과 마주하고 있었다. 그러니까 로스코의 그림이 걸려 있는 그 장소와 내가 하나가 되는 순간. 로스코의 전시는 단지 그림만을 보는 것이 아니었다. 나를 비롯한 이 세상의 번잡한 잡음으로부터 벗어난 어떤 극적인 웅대. 그것은 살아 있는 침묵의 한 가운데서 나 자신과 깊이 마주하며 가장 먼 데까지 퍼져 나갈 수 있는 어떤 장소의 힘을 경험하는 것이었다.

공간과 장소의 정체성은 삶에 대한 개인 또는 집단의 열망이나 요구의 변화를 어떻게 극적으로 만드는가에 따라 생생한 현실이나 역사가 된다. 시간의 흐름이 장소를 낳는다면 하나의 장소에 애착을 가지기까지 어느 정도의 시간이 걸리는 것일까. 10년이 지나도 그 장소에 애착을 가지지 못하는 경우도 있고 단 몇 초 만에 그 장소로 인해 자신의 삶을 송두리째 바꿀 수도 있을 것이다. 이처럼 인간의 정체성은 공간이나 장소에 따라 변화를 거듭한다.

우리는 안정적인 장소와 자유롭고 개방된 공간을 모두 다 필요로 한다. 자신이 거주하는 장소와 공간으로부터 더 다양하고 광범위한 경험을 쌓으며 삶을 무한히 확장시켜 나간다. 때문에 우리는 공간에 있을 때 장소에 대한 열망이 더 강렬해지고 안전한 장소에서의 고립으로 더 광활하고 자유로운 공간을 그리워한다. 어린아이에게 부모가 '원초적인 장소'가 되어주는 것처럼 장소에 대해 우리가 느끼는 감정의 깊이는 한 사람이 다른 사람에게 어떻게 하나의 장소와 공간이 되어줄 수 있는가 하는 생각으로까지 나아간다. 말하자면 장소의 가치는 특별한 인간들과의 관계에서 그 의미를 새롭게 부여받기도 한다는 것이다.

문학은 우리 삶의 한 공간이자 플랫폼이다. 우리는 현실적 장소이자 가상의 공간인 문학을 통해 세계를 경험하고 자신만의 고유한 내면적 공간을 만들며 살아간다. 우리가 새롭고 의미 있는 장소들을 통해 현실을 다르게 경험하고 재발견하는 것처럼 문학의 공간도 마찬가지다. 한 작품 속에 드러나는 탈공간화, 무장소성 그리고 대안 공간이나 잃어버린 장소에 대한 모색과 창조는 기존과 다른 공간과 장소를 작품 속에 그려낸다. 때문에 그 장소들은 서로 겹치고, 대립되며 다양한 방식으로 새로운 해석을 요구한다.

이처럼 경계를 넘어 '다른' 삶을 상상하고 꿈꾸고 사유할 수 있는 공간, 우리의 삶을 바꾸고 유토피아적인 꿈과 욕망을 이 현실에서 구체적으로 실천할 수 있는 장소, 개인과 공동체가 혹은 공동체와 공동체 간의 경계를 허무는 공간, 세계를 향해 무한히 열려있으며 문학의 가능성을 부여하는 동시에 현실에 이의 제기를 하며 새로운 통찰을 제시하는 반(反)공간으로서의 장소. 그 장소를 우리는 '헤테로토피아'라고 한다.

코로나 팬데믹으로 지난 몇 년간 우리는 하루의 대부분을 최소한의 장소와 공간에서 생활했다. 언택트의 '거리두기'는 제한된 공간에서 제한된 커뮤니케이션을 강요했다. 때문에 디지털 사이버 공간으로 공연과 전시가 이동되었고, '랜선'을 통해 만나고 정보를 공유하며 소통하였다. 이제는 우리의 삶이 이전의 방식으로 되돌아갈 수 없다는 것을, 때문에 우리는 더 새롭고 다양한 장소를 욕망하며 꿈꾸게 되었다. 그러한 변화에 대한 생각들이 이 책을 구성하게 된 또 하나의 이유이기도 하다.

현대시를 비롯한 문학에 드러나는 공간과 헤테로토피아에 대한 고찰은 우리 삶과 문화가 현실의 장소에 어떻게 구축되고 변형되었는지에 대한 질문이며 커뮤니티의 구조와 지표에 대한 성찰이기도 하다. 나아가 그것은 인간 관계와 취향의 변화, 도덕성과 가치관의 변화 그리고 정서와 놀이 양태의 변화 등 우리가 살고 있는 실존적 기반들의 변화에 대한 적확한 근거가 될 것이다. 무엇보다 나라와 지역의 경계가 점점 사라져 가는 오늘날의 장소와 공간의 정체성은 새로운 방식으로 재배치되고 재해석되고 있으며 문학에 드러나는 장소와 공간에 대해서도 새로운 해석이 요구되고 있다. 그런 의미에서 이 책을 총 4부로 구성하여 현대시와 문학에 나타나는 '다른 공간'으로서의 헤테로토피아에 대한 다양한 양상과 특징들을 고찰하였다.

1부에서는 헤테로토피아의 개념과 원리 등을 살폈다. 탈근대는 지역이나 국가, 문화와 인종 간의 경계가 점점 사라져 가는 시대이다. 시간의 문제가 중시되던 근대에서 공간의 문제가 대두되는 현대에는 상상과 허구, 실재와 환상 그리고 육체의 문제들이 새롭게 부각되었으며 이주와 난민, 디아스포라, 로컬리티와 생태 등의 시선들로 확장되었다. 이러한 문제들을 부각시키며 유토피아를 다양한 방식으로 현실에 구현한 헤테로토피아의 의미와 특징들을 정리하였다.

2부에서는 역사와 현실 속에서 경험의 위상학으로 재구성한 공간의 사유를 김기림과 김수영 그리고 김춘수의 시에 드러나는 헤테로토피아를 중심으로 살폈다. 1절에서는 김기림의 「기상도」에 드러나는 식민지 조선의 혼란과 근대 주체의 내면적 결핍과 같은 갈등의 양상을 헤테로토피아와 다중적 시선의 관점에서 살폈다. 2절에서는 1950년대 김수영과 김춘수 시에 드러나는 헤테로토피아가 각각 현재와 과거의 시간 속에서 부정과 원형적 특질의 장소로 드러남을 밝혔다. 두 시인의 개인적 경험이 투영된 위상학적 장소들을 통해 전후 폐허의 현실에서 그들이 찾으려 했던 참다운 윤리와 실존적 고투에 주목하였다.

3부에서는 개인의 경험 속에 있는 기억의 장소나 공간을 통해 서술 주체가 만들어가는 서사적 공간의 내러티브적 모습을 전봉건과 김종삼 그리고 오정희의 작품들에 드러나는 헤테로토피아를 중심으로 살폈다. 1절에서는 김종삼 시에 드러나는 부정적인 화해와 한계 의식으로서의 헤테로토피아적 사유를 '비극적 숭고'를 통해 밝혔다. '비극적 숭고'는 이 시기 '유신'이라는 정치적 상황과 급박한 경제개발의 모순적 현실을 부정하거나 견지하려는 미적 대응이자 실존적 대안이라 할 수 있다. 2절에서는 전봉건 시의 현실 대응 방식이 '개방적 장소'와 '소외된 도시' 그리고 '고립된 장소'를 통해 각각 다르게 드러나고 있음을 고찰하였다. 또한 3절에서는 오정희의 『불의 강』에 나타나는 현실과 환상, 일상과 비일상 등 욕망이 서로 충돌하는 헤테로토피아적 장소에서 보이는 여성 주인공들의 억압 충동과 말하기 방식에 주목했다. 강박적으로 말을 하거나 말을 하고 싶어 하는 이들의 '이야기하기' 욕망은 코라적 담화의 특징을 지니며 억압되거나 은폐되었던 욕망을 위반과 전복의 문학적 공간을 통해 재현하고 있음을 논의하였다.

　4부에서는 잃어버린 자아의 정체성으로부터 연대하는 세계로 나아가는 새로운 패러다임의 방식을 허수경의 시를 통해 살폈다. 1절에서는 탈근대의 전망으로서 허수경 시에 드러나는 헤테로토피아와 생태적 상상력은 공존과 상생 그리고 저항으로서의 생명 연대와 관계됨을 밝혔다. 과거의 시간과 문화를 고스란히 기억하고 있는 '유적지'의 발굴과 생명 파멸의 '청동의 시간'으로부터 땅속에서 생명을 키우는 '감자의 시간'은 생명 연대의 윤리적 실천이었다. 또한 '역(驛)'은 인종과 성별 그리고 계급이 다른 사람들이 모이는 공연과 숙박의 장소이자 국경 없는 연대의 헤테로토피아임을 고찰하였다. 2절에서는 트랜스로컬리티적 특징이 드러나는 허수경 시의 '고향'에 대한 논의를 더 이어 나갔다. '고향'과 '타향' 그리고 '새고향'이라는 헤테로토피아에서는 농민이나 대도시의 하층계급 그리고 고향을 떠난 난민과 같은 서발턴들의 특징들이 비교적 뚜렷하게 드러나고 있음을 살폈다.

'문학의 헤테로토피아는 어떻게 기억되는가'는 지금 이곳에서 현재를 살아가는 우리에게 '다른' 삶을 상상하고 꿈꿀 수 있도록 해 주는 공간에 대한 새로운 가능성의 모색이다. 그것을 통해 다양한 커뮤니케이션의 기술과 함께 변화되는 현실의 불완전한 공간들이 어떻게 정치나 문화 그리고 내면세계를 아우르는 지표가 되는지를 해명하는 근거가 되었으면 한다. 무엇보다 이 연구가 기존 문학 연구의 외연을 확장시키며 새로운 해석의 지평을 넓히는데 도움이 되길 바란다.

오래전 추운 겨울 긴 시간 기차를 타고 내렸던 낯선 도시에서 저녁을 해결하기 위해 한 할머니가 하시던 조그마한 밥집에 들어갔다. 된장을 풀어 끓인 감잣국과 갓구운 계란말이를 먹었던 그때, 몇 명밖에 앉을 수 없는 오래된 그 좁은 장소에서 나는 소박하게나마 사람과 장소와 환대가 어떻게 아름답게 꿈꿀 수 있는지를 어렴풋하게 보았다. 그 '불가능의 가능성'에 대한 믿음으로 한 발자국 또 한 발자국 희망을 포기하지 않고 걷고 있는 이들에게 이 책이 조용히 가 닿길 바라며.

2022년 늦은 가을
김지율

목차

1부

헤테로토피아에 대한 고찰

각각의 사물은 자신의 장소를 찾음으로써
영원한 질서 속에 묶인다.
― 오비디우스, 『변신 이야기』

역사가 '지금'의 시간적 타자라면, 헤테로토피아는 '여기'의 공간적 타자이다. 역사가 '우리의 현재'에 내재한 정상성을 비추는 거울이라면, 헤테로토피아는 '우리의 이곳'에서 작동하는 배치의 규범 바깥으로 나 있는 미로로써 다른 공간들의 굴곡진 역사이다. 그러므로 이 '다른 공간'은 시선이나 몸, 권력과 성 그리고 죽음과 위반으로서 '바깥'의 주체들과 연결된다.

이미 '해체'나 '탈'에서 전하고자 하는 것은 처음부터 없었을지도 모른다. 그럼에도 다시 질문을 한다면 무질서와 비형식의 혼종적 공간인 헤테로토피아는 메타버스로 가는 지금 이 현실에서 어떤 의미를 가질까? 전쟁과 빈곤, 폭력과 범죄, 젠더와 생태 같은 다양한 갈등들이 존재하는 이 현실에서 헤테로토피아는 어떤 방식으로 형성되고 작동되고 있는 것일까?

1

인간과 공간 그리고 문학

*

인간은 매순간 공간에 위치하여 살아가는 공간적 존재로 우리가 경험하고 이해하는 공간은 매우 다양할 뿐만 아니라 많은 변화를 거쳐왔다. 나의 기억과 타자의 기억이 교차하며 끊임없는 사건들이 만들어지는 이 공간은 정치와 문화, 이데올로기와 욕망이 서로 얽혀 있는 곳이다. 우리는 이러한 공간을 통해 자아를 발견하고 타자를 만나며 다양한 체험들을 구성한다. 급속한 과학기술의 발달은 인간을 시간에 묶인 존재가 아니라 공간에 꿈을 펼치며 그 꿈을 실현하고 자신의 영역을 드넓히는 공간적 존재로 만들었다. 그런 점에서 공간과 장소는 세계의 경험에 질서를 부여하는 기본 요소이자 다양한 정체성의 원천으로 외부 세계를 이해하고 가늠하는 기준으로 작용해 왔다.

이처럼 우리 사회는 시간 중심의 흐름에서 여러 장소나 공간들을 연결하고 교차하는 네크워크와 플랫폼 중심으로 변화되고 있다. 공간의 본질이나 개념은 철학자나 과학자들이 오랫동안 논의해 온 주제임에도 불구하고 다양한 형태의 공간적 의미들을 포괄하여 일관된 하나의 개념으로 정의하기는 여전히 어렵다.[1)]

　근대의 산업화와 기술의 발달은 현실의 익숙한 공간을 낯설고 무경계의 공간으로 그 개념을 무한히 확장시켰다. 1960년대 말, 미셸 푸코

---

1) 공간은 대상을 구분 짓고 차별성을 부여하는 상징적 범주의 전제로서 위치를 규정하고 경계를 짓는 기본적 요소이다. 또한 우리를 둘러싸고 있는 장소와 무의식적으로 행동하는 환경으로부터 수학이나 기하학 등의 영역까지를 모두 포함하는 광범위한 개념이다. 아리스토텔레스(Aristoteles)는 공간을 균질적인 것으로 보지 않고 "일종의 그릇"이자 다른 어떤 것으로 둘러 쌓여 있는 곳이라고 했다. 즉 그가 말한 '토포스'는 일정한 외연, 공간적인 부피의 뜻이 함축되어 있으며 내적인 힘이 퍼져 있는 곳으로, 현대물리학에서 말하는 역장(力場)과 관련되는 공간이다.(오토 프리드리히 볼노, 이기숙 역,『인간과 공간』, 에코리브르, 2014, 31쪽) 또한 뉴턴(Isaac Newton)이 말한 '절대공간'은 외적 사물과는 관계없이 항상 동일하며 변하지 않은 채 머물러 있는 곳이다. 이에 반해 라이프니츠(Gottfried Wilhelm Leibniz)의 상대적 공간은 뉴턴의 절대공간과 대비되는 공간으로 하나의 공간은 관찰자의 정해진 시점에 따라 달라진다.
오늘날 사회학자들 가운데 가장 집중적으로 공간 개념을 다루어 온 앤서니 기드슨(Anthony Giddens)은 인간은 자신의 고유한 역사를 만들 듯이 자신의 고유한 지리학을 만드는데 이것은 사회생활의 공간 배치가 시간성과 마찬가지로 사회이론에서도 원칙적인 의미를 가진다는 것이다. (마르쿠스 슈뢰르, 정인모 · 배정희 옮김,『공간, 장소, 경계』, 에코리브르, 2010, 39~121쪽) 에드워드 렐프는 공간 개념을 ① 실용적 또는 원초적 공간 ② 지각 공간 ③ 실존 공간 ④ 건축 공간과 계획 공간 ⑤ 인지 공간 ⑥ 추상 공간 등 여섯 종류로 분류하였다. 그는 이러한 공간은 고정된 경계에 의해 나뉘어지는 것이 아니라 모호하면서도 물 흐르듯 언제나 변화 가능한 것이라고 보았다.(에드워드 렐프,『장소와 장소상실』, 김덕현 · 김현주 · 심승희 역, 논형, 2005, 8~24쪽) 앙리 르페브르(Henre Lefebvre)는 현대의 공간 개념이 지나치게 확대되거나 파편화되어 있으며 무엇보다 전통적인 철학 의미의 공간 개념은 현대의 공간 개념을 모두 설명하지 못하기 때문에 물리적 공간, 사회적 공간, 정신적 공간의 세 개념으로 구분하여 그 의미를 규정하였다. (앙리 르페브르, 양영란 옮김,『공간의 생산』, 에코리브르, 34~65쪽) 에드워드 소자(Edward Soja)는 근대화는 공간-시간-존재를 구체적인 형태로 재구성 한다고 보았다. 이것은 시공간을 가로질러 불균등하게 발전하며 실제 세계에서는 지시 장소가 없는 이종 공간으로 존재함을 의미한다. (에드워드 소자, 이무용 외 역,『공간과 비판사회이론』, 시각과 언어, 1997, 41쪽)

는 20세기 시간에서 공간으로의 방향 전환은 사상뿐 아니라 예술이나 인문지리학 그리고 문학 등 다양한 분야로 확장되고 있음을 언급했다. 더불어 그는 우리가 살고 있는 세상의 질서와 사회적 불평등 그리고 세계의 복잡성을 설명할 수 있는 혼종화(hybridization)된 장소 개념의 필요성을 강조했다.

인문지리학자 이푸 투안(Yi-Fu Tuan)은 공간(space)이 인간의 경험과 무관하게 존재하는 추상적인 것이라면 장소(place)는 인간의 경험을 통해 특별한 의미를 부여하는 구체적인 곳임을 밝혔다. 그러므로 추상적이고 보편적인 공간에 개별적이고 역사적인 경험이 부여됨으로써 구체적인 장소로 거듭나게 된다는 것이다.[2] 한 공간에 우리의 경험과 생각이 녹아들 때 그곳이 장소가 되며 일상의 장소는 다양한 공간들이 모여서 형성된다. 별다른 특징이나 의미가 없던 공간이 우리의 가치가 부여됨으로써 특별한 장소가 되는 것처럼 공간은 장소를 토대로 존재하게 되고, 장소는 공간을 통해 맥락적 의미를 확보하게 된다. 그러므로 이 '공간'과 '장소'는 언제나 서로 가역적 관계 속에 있다.

또한 우리는 한 장소에 살지만 항상 다른 '장소'나 공간을 지향한다. 때문에 누구에게나 동일하게 주어지는 일상의 공간이 각자가 부여하는 의미와 가치에 따라 자신만의 특별한 장소가 되기도 한다. 안전을 상징하는 장소에 애착을 가지지만 동시에 자유를 추구하는 공간을 갈망한다. 이처럼 공간과 장소에는 사람과 사물 그리고 사건이 존재하며 감정과 행위 등이 매순간 발생한다. 사람과 사건들로 인해 계속 변하고

---

[2] 이푸 투안은 '공간'은 움직임과 개방 그리고 자유와 위협으로, '장소'는 정지와 안전 그리고 애정으로 상징된다고 보았는데 이 책의 장소와 공간의 변별 자질에 대한 논의는 대체로 이푸 투안의 입론을 따르고 있다. (이푸투안, 구동회·심승희 역, 『공간과 장소』, 2007, 19쪽)

이동하는 공간과 장소의 고민은 지금 이곳을 살고 있는 우리의 과거와 현재 그리고 미래에 대한 전망이자 대책이다. 우리의 삶과 경험이 제각기 다른 것처럼 우리는 각자 자신만의 '공간'과 '장소'를 살고 있다. 똑같은 장소라고 하더라도 사람마다 그 장소의 의미가 다르다. 그런 지점에서 공간과 장소에 대한 관심은 인간을 둘러싸고 있는 본질적 물음에서 비롯되기 때문에 이것은 인간의 존재론적 문제와 깊게 연유되어 있다.

이러한 공간의 지리적·사회적·철학적 관점의 주요 연구자로 하이데거, 바슐라르, 바흐친, 르페브르, 소자, 푸코, 사이드 등을 꼽을 수 있다. 그들은 의례 공간(ritual space), 인식 공간(cognitive), 서사 공간(narrative space), 사회적 공간(social space), 역사적 공간(historical space), 헤테로토피아(heterotopias), 시공간(chronotopes) 등으로 공간의 이름을 부여하였다. 이것은 직선적 시간의 논리에서 벗어나 지식과 사유를 병렬적으로 재배치하려는 시도의 일환으로 탈중심화된 공간 개념으로 확장시켜 나간 것이다. 특히 르페브르는 이 공간이 역사와 자연적 요소로부터 형성되어 왔지만 다분히 정치적이며 이데올로기적이라고 보았다. 즉 공간이 정치적이라면 권력의 문제가 개입될 수밖에 없는데 그런 점에서 푸코의 '공간'은 외부, 분산, 감금, 시선, 구조, 감시, 구성체 등의 문제로 이어진다. 그는 실재 공간과 상상의 공간이라는 이원론을 해체하고 고정된 틀을 넘어 새롭게 만들어지는 제3의 공간으로서 '다른' 공간을 제시하였다.

또한 조셉 프랭크는 문학적 관점으로서의 이 공간을 시의 미학적 형식과 관련하여 논의하였다. 그는 시간에 따라 연속적으로 읽어서는 이해할 수 없는 시의 의미나 형식의 관계를 공간적으로 읽고 지각할 때 그 의미가 보다 명확하게 드러난다고 보았다. 그런 점에서 이 공간의 의미는 배경, 장소, 풍경 등의 물리적 공간뿐만 아니라 지각의 서술을 통해 형성되는 인식의 공간으로까지 확대된다고 볼 수 있다.

인간은 삶이나 시간 그리고 역사가 만들어가는 불균질의 공간 속에서 자신의 결핍을 추구하며 발전하게 되고 이 세계 또한 그러한 방식으로 진보되어 왔다. 특히 근대 이후의 '공간'은 근대 사상의 중심축으로써 물리적인 '실제'의 공간에서 벗어나 문학 및 문화적 측면으로까지 나아간다. 이처럼 공간은 현실의 질서나 가치에 대한 재현이자 새로운 시선이지만 여전히 추상적이고 광범위한 것 또한 사실이다.

문학은 작품이 만들어지고 탄생되는 하나의 시발점으로 공간과 장소는 작품 속 주체의 의도나 상상과 같은 경험의 총체성이 드러나는 곳이다. 이러한 공간은 현실적인 공간에서 출발하지만 실제적인 장소와 구분되며 허구적 공간과도 다르다. 즉 체험의 실제를 구성하는 중요한 요인으로 주체의 경험에 따라 달라지는 인식의 공간으로 작가의 상상이나 시적 사유 그리고 독자의 경험적 공간이 서로 만나는 자리이다. 그런 지점에서 시작(詩作)을 비롯한 문학 창작은 사회적 경험을 통해 원초적이고 무의식적으로 주어진 공간을 '특별한 장소'로 맥락화하는 행위라고 할 수 있다.

문학의 공간은 구체적인 사물과 대상, 그리고 이미지를 통해 드러나며 언어에 의해 형상화된다. 따라서 그것은 단순히 지명을 지칭하는 것이 아니라 사람들이 구체적으로 그 공간에 어떻게 처해 있으며, 처해진 그 공간을 어떻게 지각하고 인식하는가와 관련된다. 그러므로 문학적인 측면뿐 아니라 문화지리적 측면과 경제지리적 측면의 특성을 동시에 지닌다. 세계나 현실과의 대척점에 있는 작가들은 공간을 통해 자신을 응시하고 타인이나 사회와 관계한다. 즉 공간의 능력과 지식 그리고 공간의 기술을 통해 무한한 공간과 장소들을 작품 속에 창출한다. 따라서 문학의 공간 고찰은 작가의 내적 정념과 사유 구조를 통해 그의 문학 세계를 탐구하는 일이다.

카프카에게 글쓰기와 문학은 끔찍한 불안과 고독감에서 살아남을 수 있는 유일한 구원이었다. 그는 문학이라는 공간에서 이 세계의 무질서와 불안을 치열하게 대면했다. 상실에서 '절대적 상실'로, 절망에서 '절대적 절망'으로 나아간 카프카의 문학 공간은 생존을 위한 투쟁이었으며 그의 단 하나의 희망처였다.[3)

인간은 매 순간 자아뿐만 아니라 타자나 이 사회와 소통되지 못한 채 좌절과 단절을 경험한다. 자신 안에 놓여 있는 타자. 그 타자 또한 소통을 위한 근원적 공간이다. 말하지 않을 수 없고, 쓰지 않을 수 없는 것들. 문학은 그런 작가의 내적 필연성을 통해 도래하고 또 완성된다. 자아와 타자의 내밀성이 서로 만나는 지점 그곳이 바로 소통 혹은 불통으로서의 문학의 공간이다. 그런 점에서 하나의 작품이 침묵하고 있는 이 장소 없는 장소[4)로서의 문학이라는 공간은 인간과 인간의 사유 바깥 풍경들을 무한히 실패하고 또 무한히 창출해 나간다. 그럼으로써 존재와 비존재, 자아와 타자 그리고 한 그루 나무와 돌들이 공생할 수 있는 장소들을 기억하며 이 세계와 문학에 대한 다양하고 새로운 해석들을 모색해 나가고 있다.

---

3) 문학이라고 하는 언어의 공간에 나 자신을 온전히 맡길 때 글은 그 자신을 보여준다. 나 자신도 몰랐던 나를 발견하게 된다. 카프카는 현실의 어디에서도 소속감이나 일체감을 느낄 수 없었다. 오로지 문학이라는 공간 그 공간만이 그에게 유일무이한 살아 있는 장소였다. 그는 이 문학의 공간 속에서 현실에서 추방된 자신을 무한히 관찰하며 글을 썼는데 그것은 살기 위한 생존으로써의 투쟁이었다. (모리스 블랑쇼, 이달승 옮김, 『카프카에서 카프카로』, 그린비, 2014, 11~59쪽, 156~158쪽)
4) 모리스 블랑쇼, 박준상 옮김, 『카오스의 글쓰기』, 그린비, 2012, 44쪽.

2

'다른 공간'으로서의 헤테로토피아

1) 푸코의 '헤테로토피아'

현대의 공간은 급속한 기술과 수많은 지식망에 의해 새롭게 정의되거나 형식화되고 있다. 다양하게 변화하는 공간에 대한 이의 제기는 관계들의 총체에 대한 탐구이며 현실적 권력이 어떻게 작동하는지를 이해하는 척도이다. 더불어 현실적 모순과 갈등 속에 있는 현존재에 대한 성찰이기도 하다. 그렇다면 기존의 장소와 공간의 의미를 해체하고 새롭게 사유한다는 것은 무엇을 의미하는 것일까. 물론 이러한 질문은 고정적 분석의 틀을 거부하는 해체의 관점에서는 크게 의미가 없을지도 모른다. 이미 '해체'나 '탈'에서 전하고자 하는 것은 처음부터 없었을지도 모르기 때문이다. 그럼에도 다시 질문을 하자면 이 무질서와 비형식의 혼종적 공간인 헤테로토피아는 메타버스로 가는 지금 이 현실에서 어떤 의미를 가질까? 전쟁과 빈곤, 폭력과 범죄, 젠더와 생태 같은 다양한 갈등들이 존재하는 이 현실에서 헤테로토피아는 어떤 방식으로 형성되고 작동되고 있는 것일까?

이미 두 번의 세계 대전과 과학기술의 급성장은 세계의 힘의 균형을 재배치시켰다. 그에 따른 정체성의 혼란 등은 이성 중심의 논리적 질서에 대한 회의를 가져다주었으며 무질서와 비합리성 그리고 무정부성 등의 포스트모던 시대를 초래하게 하였다. 이는 서구역사가 '모던 시대'로 불리던 전통으로부터의 '이탈'이자 기존 역사와 권위로부터의 결별을 의미한다. 이러한 포스트모더니즘과 해체주의는 근대 가치관이나 이분법으로부터 벗어나 혼재와 변이로 상징되는 새로운 공간과 장소의 사유를 촉진시켰다.

푸코가 제시한 '헤테로토피아'는 근대적 공간과 전적으로 '다른 장소'로서 현실에 새로운 문제들을 제기하는 위상학적 공간이다. 여기서 '위상학'은 근대의 공간을 실체나 연장으로 인식하던 것에서 벗어나, 공간의 '구조'와 '위치'의 관계를 살핌으로써 현대적 공간에 대한 사유를 새롭게 시도하는 것이다. 즉 배치, 감시, 훈련, 분류 등과 같은 많은 장치들이 공간의 배치와 분할의 문제와 연결되며 이 '공간'을 통해 '권력'과 '지식' 그리고 존재들 사이의 관계를 발견하게 된다. 이처럼 새로운 공간적 질서는 변화된 담론의 형성과 변형의 가능성으로서 이질적이고 복수적인 '다른 공간'을 우리가 살고 있는 이 현실에서 모색한다.

그러니까 장소 없는 지역들, 연대기 없는 역사들이 있다. 이런저런 도시, 행성, 대륙, 우주, 어떤 지도 위에도 어떤 하늘 속에도 그 흔적을 복구하는 일이 불가능한 이유는 아주 단순히 그것들이 어떤 공간에도 속하지 않기 때문이다. 아마도 이 도시, 이 대륙, 이 행성들은 흔히 말하듯 사람들의 머릿속에서, 아니 그들 말의 틈에서, 그들 이야기의 밀도에서, 아니면 그들 꿈의 장소 없는 장소에서, 그들 가슴의 빈 곳에서 태어났으리라. 한 마디로 감미로운 유토피아들, 한때 나는 구체적이고 실제적인 장소, 우리가 지도 위에 위치 지을 수 있는 장소를 가지는 유토피아들, 그리고 명확한 시간, 우리가 매일매일의 달력에 따라 고정시키고 측정할 수 있는 시간을 가지는 유토피아들이─모든 사회─에 있다고 생각한다. 어떤 집단이든 그것이 점유하고 실제로 살고 일하는 공간 안에서 유토피아적인 장소들(lieux utopiques)을 구획하고, 그것이 바삐 움직이는 시간 속에서 유크로니아적인 순간들(moments uchroniques)을 구획한다.1)

푸코는 실재하는 유토피아로서 무질서한 혼재향의 다른 공간 즉 모든 장소 '바깥'에 존재하는 장소를 '헤테로토피아'라고 하였다. 헤테로토피아(heterotopia)에서 'hetero'는 그리스어로 '다른'이라는 뜻이고 'topia'는 장소를 뜻하는 'topos'에서 유래된 말로 '다른 장소(other place)'를 의미한다. 유토피아가 '질서'와 '경이', '아름다움' 등 위안의 가치와 결부된 상상의 장소라면 헤테로토피아는 '혼란'과 '전복', '부정' 등 불안의 가치와 연결되는 대항─공간(contre─espace)으로서의 현실적 장소이다. 유토피아가 '현실에 없는 장소'라면 유크로니아는 '현실에 없는 시간'을 말한다. 낙원으로서의 유토피아가 일상에서 구현될 수 '없는 공간'이라면, 헤테로토피아는 현실과 다른 욕망과 질서, 가치와 경험이 부여되는 '다른 공간'으로 현실에 존재하는 장소이다. 때문에 이 헤테로토피아는 사이의 공간이자 중첩의 공간으로 현실적 장소를 비롯해 SNS를 비롯한 사이버 공간 등을 모두 아우르는 의미로 확장되고 있다.

중요한 것은 유토피아/유크로니아 혹은 헤테로토피아/ 헤테로크로니아가 서로 대립 관계에 있지 않다는 것이다. 헤테로토피아가 '현실에

---

1) 미셸 푸코, 이상길 역, 『헤테로토피아』, 문학과지성사, 2014. 11~12쪽.

존재하는 유토피아'라면 헤테로크로니아는 '현실에 존재하는 유크로니
아'이다. 즉 헤테로토피아는 존재하지 않는 비현실적 공간인 '유토피아'
가 현실에 실재하는 것으로 '정상성'을 벗어난 현실적 공간 배치를 말
한다. '위치를 갖는 유토피아'인 헤테로토피아는 유토피아와 구분되지
만 그 경계를 분명하게 구분 지을 수 없으며 양자는 서로 길항 관계에
놓여있다.

이처럼 헤테로토피아는 한 사회가 일상적인 것으로 규정되는 것의
'바깥'에 위치하는 공간으로 규범적이고 동질적인 체계에 균열을 내는
반(反)공간이다. 한 공간을 헤테로토피아로 만드는 결정적인 요인으로
그 장소가 사회에 수행하는 기능 즉 주어진 공간을 다른 장소와 절대적
으로 다른 것으로 만들어 주는 이질화를 들 수 있다. 여기서 '이질성'이
란 '일상적인 것' 혹은 '정상적인 것'으로 규정하는 '한계' 밖의 사유와
특성을 의미한다.

> 우리가 안에 살고 있으면서도 그것에 의해 우리 자신의 바깥으로
> 이끌리는 공간, 바로 우리의 삶, 시간, 역사가 침식되어가는 공간, 우
> 리를 주름지게 만들고 부식시키는 공간은 그 자체로 불균질한 공간
> 이기도 하다. 달리 말하면, 우리는 그 내부에 개인과 사물이 자리 잡
> 을 수 있는 일종의 비어 있는 곳에 사는 것이 아니다. 우리는 희미하
> 고 다채로운 빛들로 채색될 수 있는 어떤 공백의 내부에서 살고 있
> 는 것이 아니다. 우리는 서로 환원될 수 없으며 절대로 중첩될 수 없
> 는 배치들을 규정하는 총체 속에서 살고 있다.[2]

'다른 공간'이자 '타자의 공간'인 헤테로토피아는 모든 장소와 관계를

---

[2] 미셸 푸코, 앞의 책, 45~46쪽.

맺으면서도 동시에 그것에 저항하는 주변적 공간이다. 우리를 둘러싸고 있는 사회적 공간들과 관계를 맺으면서도 그것의 합법성을 교란시키는 장소이다. 현상학적 공간과 사회학적 장소가 겹치는 '존재-장소'라는 점에서 지금 우리가 살고 있는 이 현실의 어디에서든 존재한다. 불안과 소외를 함축하며 주변부에 위치하는 무질서의 장소로서 문화와 문명 속에서 실재 장소로 존재해 왔다. 고정된 것으로부터 형식을 파괴하고 기존의 제도와 관점을 움직이게 하는 힘. 차이를 없애는 것이 아니라 차이를 드러냄으로써 혼종화되고 이질화된 '다른' 장소로서 말이다.

특히 푸코는 아이들은 이 헤테로토피아를 완벽하게 알고 있다고 하였다. 그 예로 '정원의 깊숙한 곳', '다락방', '다락방 한가운데 세워진 인디언 텐트', '부모의 커다란 침대' 등을 제시하였다. 우리는 부모의 침대 위에서 뛰어오르거나 하늘을 보기도 하고 바다를 헤엄치기도 한다. 때로는 몸을 숨기는 숲이 되기도 하고 때로는 캄캄한 유령이 나타나는 밤을 경험하기도 한다. 이러한 장소화는 금기를 깨는 쾌락이며 자기들만의 비밀을 만듦으로써 또 하나의 장소를 새롭게 창조하는 것이다.

1966년 12월 푸코는 '유토피아적인 몸/ 헤테로토피아'라는 제목으로 '프랑스-퀼튀르' 채널의 특강 시리즈에서 유토피아와 문학에 대해 라디오 방송을 하였다. 그리고 이듬해 3월 건축연구회에서 '다른 공간들'에 대해 언급하였는데, '헤테로토피아'는 이 두 강연의 내용을 정리하여 구성한 것이다. 이처럼 복수적, 분산적, 이질적 특징으로서의 헤테로토피아는 자아의 기억 공간으로부터 역사와 사회의 탈중심적 공간 그리고 디지털 시대의 사이버 공간으로까지 확장되고 있다.

(1) 저항적 상상과 탈경계로서의 헤테로토피아

다국적 자본주의의 혼종적 문화와 취향 그리고 다양한 가치들이 뒤섞인 세계, 헤테로토피아는 이러한 세계의 이항 대립적 관계들의 공존을 추구하며 탈경계적 사고의 새로운 틀을 형성하고 있다. 이미 "텍스트의 바깥은 없다"고 한 데리다는 '텍스트'는 책과 구분되고 시작과 끝이 없으며 경계와 저자 또한 없는 유목적 특징을 지닌다고 했다. 이 '텍스트'와 같이 헤테로토피아 역시 역동적이고 다성적인 공간으로 통제할 수도 없고 통제되지도 않는다. 그런 점에서 '저항과 경계 넘기'는 헤테로토피아의 성격을 규명하는 가장 적확한 말 중의 하나이다.

역사가 '지금'의 시간적 타자라면, 헤테로토피아는 '여기'의 공간적 타자이다. 역사가 '우리의 현재'에 내재한 정상성을 비추는 거울이라면, 헤테로토피아는 '우리의 이곳'에서 작동하는 배치의 규범 바깥으로 나 있는 미로로써 다른 공간들의 굴곡진 역사이다. '다른 공간'으로서의 헤테로토피아는 시선, 몸, 권력, 성, 죽음, 위반 등의 '바깥'의 주제들과 연결된다. 불완전하고 다성적인 공간으로서의 헤테로토피아는 '4대강'으로 상징하는 콘크리트 자연 공간에서부터 촛불을 든 '광장'과 가상 공간으로서의 '메타버스'로까지 확장되고 있다. 그런 점에서 이 헤테로토피아는 지금 우리가 있는 현실의 공간에서 함께 느끼고 함께 공유함으로써 기존의 프레임을 해체하고 새롭고 다층적인 의미들을 생성하고 있다.

(2) 거울과 헤테로토피아

규율의 범위를 넘어서는 반(反) 배치의 장소인 헤테로토피아는 문화 내에서 발견되는 다른 배치들이 동시에 재현되고 전도된다는 점에서 현실에서 실현된 유토피아이다. 유토피아와 헤테로토피아는 현실의 존재 여부를 넘어 서로에게 영향을 미치는 관계라는 점에서 거울은 유토피아와 헤테로토피아의 특징을 동시에 가지고 있는 장소이다. 거울 속의 나는 하나의 이미지로 존재한다. 거울은 장소가 없는 유토피아로서 비현실적인 공간이다. 혼합된 중간의 경험으로 거울 속에 있는 나는 실제의 내가 아니다. 하지만 거울은 실제로 존재하고 내가 위치하고 있는 자리의 나 또한 존재한다. 그곳에서 나를 보는 것도 거울 속에 실제 존재하지 않는 나를 발견하는 것 또한 거울을 통해서이다. 그런 측면에서 나는 내가 있는 곳에서 나를 다시 구성한다. 이것이 거울의 유토피아이며 동시에 헤테로토피아이다. 그러므로 거울은 모든 공간과의 관계 속에서 현실적인 동시에 비현실적인 장소로서 헤테로토피아가 반영된 유토피아이고 유토피아가 현실에 실재화된 장소이다.

(3) 언어와 헤테로토피아

푸코는 『말과 사물』의 서문에서 보르헤스의 텍스트를 인용하며 헤테로토피아는 문학의 공간에 그 기원을 두고 있음을 밝혔다. 보르헤스가 중국의 한 백과사전을 보고 열네 등급으로 분류한 동물들은 a)황제에게 속한 것 b)향기로운 것, c)길들여진 것, d)식용 젖먹이 돼지, e)인어(人魚), f)신화에 나오는 것, g)풀려나 싸대는 개, h)지금의 분류에 포함된 것, i)미친 듯이 나부대는 것, j)수없이 많은 것, k)아주 가느다란 낙타털 붓으로 그려진 것, l)기타, m)방금 항아리를 깬 것, n)멀리 파리처럼 보이는 것 등이다. 이 분류는 우리로 하여금 어떤 불편함을 주는 동시에 웃음을 주는데 그 웃음은 우리의 사유가 갖는 한계나 불가능성을 의미한다. 우리는 상상적 공간에서 펼쳐지는 사유나 인식의 카오스적 상태에 직면하게 되면 불안을 느낀다. 기묘한 것들 사이에 배치되어 있는 이런 무질서와 같은 이종적 분류는 우리 자신의 사유의 한계를 말하는 것이기도 하다.

헤테로토피아가 갖는 무질서는 규율과 체계 그리고 동일시되는 사유로부터 벗어난 공간적 특성을 의미한다. 그런 측면에서 보르헤스가 인용하는 중국 백과사전의 동물 분류는 무질서로서의 공간이 없는 사유이며, 의지할 데 없는 말의 범주를 이르는 것이다. 이 말의 범주는 복잡하게 뒤얽힌 길이며 이상한 지형이고 비밀통로로 이어지는 상상의 문학적 공간을 기반으로 하고 있다.

> 헤테로토피아는 우리를 당혹스럽게 한다. 이는 아마 헤테로토피아가 언어를 은밀히 전복하고, 이것과 저것에 이름 붙이기를 방해하고, 보통명사들을 무효가 되게 하거나 뒤얽히게 하고, '통사법'을, 그것도 문장을 구성하는 통사법뿐만 아니라 말과 사물을(서로 나란히 마주 보는 상태로) '함께 붙어 있게'하는 덜 명백한 통사법까지 사전에 무너뜨리기 때문일 것이다. 그래서 유토피아는 이야기와 담론을 가능하게 하는 반면에, 즉 유토피아는 언어와 직결되고 기본적으로 파블라의 차원에 속하는 반면에, 헤테로토피아는 화제를 메마르게 하고 말문을 막고 문법의 가능성을 그 뿌리에서부터 와해하고 신화를 해체하고 문장의 서정성을 아예 없애버린다.[3]

헤테로토피아는 인간의 언어능력을 불신하고, 이분법적 사고나 고정관념에서 벗어나 기존의 사유와 인식의 틀을 해체한다. 문학적 공간은 실재와 허구를 이분법적으로 분리하는 기존의 인식론적 틀에서 벗어나 현실과 환상, 자아와 타자 그리고 존재와 비존재의 위계질서나 경

---

3) 푸코,『말과 사물』, 이규현 옮김, 민음사, 2012. 11~12쪽.

계가 사라지는 곳이다. 그러므로 헤테로토피아는 선형적 시간의 개념이 해체되고 과거와 현재 그리고 미래의 시간이 무한히 확장되며 허구의 현실을 담아내는 메타 픽션적 언어로 이루어진 문학의 공간을 지향한다.

이처럼 푸코가 문학적 공간을 헤테로토피아로 지시했던 것은 문학은 자기 자신을 반복하고 반영할 수밖에 없는 필연성을 지니기 때문이다. 무엇보다 언어의 빈곤함은 언어의 해체와 반복을 통해서만 새로운 것들을 새로운 방식으로 이야기할 수 있다는 것을 의미한다. 때문에 언어는 무한한 반복과 중복을 통해서 스스로를 전개한다. 어떤 의식이나 정서로부터 자유로운 언어는 내부가 없는 언어이며 동시에 외부에 의해 완전히 흡수되는 언어이다. 문학은 이런 언어의 반복 가능성에 토대를 두고 있다. 그러므로 문학의 언어는 이미 존재하거나 말해진 언어를 반복하고 구성하여 재창조하는 것이다.

그러므로 헤테로토피아는 언어를 은밀히 전복하고, 말과 사물의 배치를 와해하거나 문장을 구성하는 통사법을 해체한다. 다른 문법이나 비균질적인 언어가 난무하는 헤테로토피아는 공간의 구조와 위치의 관계를 살피며 또 다른 공간에 위치한다. 그러므로 문학의 공간은 언어와 사유의 한계를 드러내는 위반의 헤테로토피아이다. 또한 근대 문법과 다른 규칙이 통용되는 이질적인 공간으로서 기존 언어와 문장의 서정성으로부터 벗어나 새로운 담론을 생성한다.

2) 헤테로토폴로지

푸코는 공간이 시간보다 더 본질적이고 근원적인 것으로 보고 근대의 공간에 배치된 시선이나 권력의 양상들이 현실 공간에 어떤 방식으로 재구성되는지를 밝히는 방법론으로 '헤테로토폴로지(heterotopologhy)'를 제시하였다. 이 헤테로토폴로지는 헤테로토피아의 위상학으로서 현실에 배치된 '다른 장소'들의 특성에 따른 분류와 기술 방법이다. 푸코가 헤테로토폴로지를 여섯 가지 원리로 설명하고 이를 강조한 것은 헤테로토피아의 본질이나 특성을 규명하는 핵심이 바로 이 헤테로토폴로지에 있다는 것을 의미한다고 할 수 있다.

그 첫 번째 원리는 세계 대부분의 문화들은 이 헤테로토피아에 의해 구축, 전개되기 때문에 헤테로토피아는 지구상 어디에서나 존재하며 사회에 따라 그 기능이 가변화된다. 원시사회에서 19세기에 이르기까지는 주로 생물학적 헤테로토피아와 위기의 헤테로토피아가 존재했다. 신성시되거나 특권화된 장소로서 생리적 현상과 출산을 위한 여성들의 오두막, 소년들을 위한 기숙학교 그리고 군대 등이 여기에 속했다. 이러한 헤테로토피아는 20세기 들어서면서 일상으로부터 벗어난 요양소, 정신병원, 양로원 그리고 감옥 등과 같은 일탈의 헤테로토피아로 전환됨으로써 긍정과 부정의 양가적 의미를 동시에 지니게 되었다.

두 번째 원리는 역사나 시간이 흐르면서 기존에 있었던 헤테로토피아가 또 다른 방식으로 작동되거나 그 가치가 변화되는 것이다. 즉 과거의 헤테로토피아는 현재에 지속적으로 존재할 수도 있지만 반대로 소멸되거나 기존에 존재하지 않았던 새로운 헤테로토피아가 만들어질 수도 있다. 그 예로 18세기까지 인간이 살던 마을 가까이 있었던 묘지가 시간이 지남에 따라 도시나 마을로부터 점점 멀어진 외곽에 자리하게 되었다. 그것은 묘지가 신성과 인간에 대한 관점, 전염병에 대한 과학적 규명 그리고 빈부의 차이에 따라 점점 그 가치가 변화되었고 그에 따라 다른 공간으로 변형·배치되었기 때문이다. 매음굴이나 사창가 또한 관리와 철폐의 시도에도 불구하고 점점 새로운 형태로 변형되어 여전히 현재에 존재한다. 이처럼 동일한 헤테로토피아라도 그것이 위치하는 문화의 공시태에 따라 그 기능을 달리하며 변화되고 있다.

세 번째 원리는 양립 불가능한 여러 개의 공간이나 배치를 하나의 장소에 구현하는 것이다. 대표적 장소로 정원이나 극장, 거울 등이 있으며 『천일야화』의 나는 양탄자 등도 이에 속한다. 서로 무관한 일련의 장소를 사각형의 무대 위에 배치하는 극장이나 이차원의 스크린에 삼차원의 공간이 영사되는 영화관이 이러한 배치의 장소이다. 또한 정방형의 페르시아 정원은 세계를 구성하는 하늘, 땅, 물 그리고 식물들을 표상하며 분수나 사원 등 여러 사물과 시간을 가로지르는 공간들이 배치된 가장 오래된 헤테로토피아 중의 하나이다. 이 정원은 세계의 작은 조각이자 동시에 세계의 전체성을 상징하는 상상과 욕망 그리고 소유와 재현의 헤테로토피아가 서로 공존하는 장소라고 할 수 있다.

네 번째 원리는 시간을 축적하거나 정지시키는 헤테로크로니아 원리이다. 과거의 시간이 현재까지 영속되어 현실에 없는 과거를 지금 이 현재로 다시 소환한다. 현재에서 벗어나서 영원성과 같은 이질적이고 혼재된 시간들이 누적되어 있는 박물관이나 도서관 등이 대표적이다. 시간을 정지시키거나 어떤 특권화된 공간에 무한히 누적시키며 문화의 보편적인 아카이브를 구축한다. 즉 모든 시간, 모든 시대, 모든 형태와 취향을 하나의 장소에 구축하려는 근대적 의도의 장소들이 이에 속한다. 또한 이러한 영원성의 헤테로토피아 반대편에는 극장이나 시장, 마을 변두리의 공터나 휴양지와 같은 한시적인 축제의 헤테로토피아가 있다. 기숙 학교와 병영 그리고 감옥 등의 통과, 변형, 갱생의 헤테로토피아도 여기에 속한다. 이 장소들은 해방과 억압이 동시에 교차하는 모순적이고 분열적인 시공간적 특성을 가지고 있다.

다섯 번째는 주변의 시공간과 구별 짓거나 고립시키는 열림과 닫힘의 원리이다. 감옥이나 터키탕은 누구에게나 개방되어 있지만 또 누구에게나 개방되어 있지 않는 장소이다. 특히 터키탕의 경우 종교적 의식과 정결 의식이 모두 개입되는 장소로 열림과 닫힘의 원리가 동시에 적용되고 있다. 또한 18세기 남미의 집 문간방은 손님을 위한 공간으로 외부에 개방되어 있는 곳이지만 집 안의 가족들과는 철저하게 분리된 장소이다. 미국식 모텔은 특정 소수의 욕망이 지배하는 공간으로 은밀한 사생활적 장소로써 사회적 규범이 관철하는 정상성에서 벗어난 일탈의 헤테로토피아이다. 이처럼 '열림과 닫힘'은 '외부'가 존재함으로써 '내부'의 존재를 일깨우는 '경계'의 의미를 함축한다. 특정한 가치나 관습에 자발적인 동의가 교차하여 교류 또는 상호작용함으로써 개방과 폐쇄가 공존하는 장소이다.

여섯 번째 원리는 위반의 경험을 통해 구성되는 헤테로토피아로 환영적 성격을 가질 수도 있고, 현실적 성격을 가질 수도 있다. 현실적 배치들을 위반하거나 지상에 위치하는 현실적 장소를 상상 혹은 환상적으로 새롭게 구성하는 것으로 매음굴이나 식민지를 그 예로 들 수 있다. 매음굴은 내적 욕망에 따른 장소로 탈현실화의 환영적 공간이다. 예수회 수도사들이 남미에 세운 또 다른 현실로서의 식민지 또한 기존의 공간에 새로운 문명이 도입된다는 의미에서 제국주의와 식민주의 주체들이 이질적 질서 속에서 서로 상충하는 혼재적 장소이다. 또한 배(ship)는 그 자체로 하나의 공간이면서 특정한 위치를 갖지 않으며 이 공간에서 저 공간으로 이동한다. 지상의 현실적 장소에서 벗어나 무한한 바다를 자유롭게 오가는 모험과 상상의 공간으로 장소 없는 장소를 떠다니는 환상적 공간이다.

이처럼 여섯 가지 원리의 헤테로토폴로지는 헤테로토피아의 '다른' 을 통한 '혼종성'과 '부정성'을 공통적으로 함축하며 이분법을 해체하고 탈경계로 나아가는 헤테로토피아적 서사를 보여주고 있다. 또한 권력 공간에 대항하는 대안 공간으로서 그 중요성이 부각되기도 한다. 부모 의 침대나 정원으로부터 극장, 박물관, 도서관, 감옥, 묘지와 식민지에 이르는 헤테로토피아는 그 형태나 규모들은 서로 다르지만 혼재와 변 이로서의 '저항'과 경계를 넘어 '대안'의 여지를 함축하며 이 현실에 또 다른 유토피아를 새롭게 구축하며 실현하고 있다.

3) '몸'이라는 헤테로토피아와 공간의 젠더화

내 신체가 존재한다는 것은
내게 있어 공간 한 조각에 불과한 게 전혀 아니다.
만약 내게 신체가 없다면 어떤 공간도 없을 것이다.
—모리스 메를로퐁티, 『지각 현상학』

우리의 몸은 지각을 통해 의식하며 현실적 장소에 존재함으로써 실 존을 증명한다. 그러므로 우리는 공간과 시간 속에 거주하는 이 몸을 경유하지 않고서는 다른 장소로 나갈 수 없다. 메를로 퐁티(Merleau Ponty)는 공간은 인간의 몸을 중심으로 의미화되는데 이것이 개인의 경험을 넘어서는 하나의 보편적 실존의 양상이라고 했다. 몸은 감각을 통해 의식을 가지고, 변화되거나 행동하면서 현실에서 현실이 아닌 다른 장소나 공간으로 이동한다.

이처럼 몸은 내가 절대 벗어날 수 없는 나에게 강요되어진 어찌할 수 없는 장소로서 현실에 있으면서 현실에 없는 헤테로토피아이다. 우리의 마음 속에 깊숙이 자리 잡은 유토피아의 매력과 아름다움 또한 '장소 바깥에 있는 장소'로서 이 '몸 없는 몸'으로부터 시작하는데 이때 몸은 지워지거나 부정의 대상이 되기도 한다. 이집트 문명의 '미라'는 시간을 가로질러 완강하게 살아남은 유토피아적 몸이다. 또한 마케네 문명에서는 영면에 든 왕의 얼굴에 황금 마스크를 씌워 영광스럽고 위압적이며 태양처럼 빛나는 몸의 유토피아를 만들었다. 무덤 속의 그림이나 조각들 또한 사라지지 않는 젊음의 상징으로 사자(死者)들의 유토피아 속에서 영원을 기원하는 헤테로토피아이다.

인간은 저마다 자신만의 방식으로 몸을 만들고 소유하며 고유한 환상성을 지닌다. 하지만 가시적인 특성의 이 몸은 머리에서부터 발끝까지 타인들의 시선을 통해 억압되고 감시당한다. 우리는 그 몸으로 걸어다니고 무언가를 욕망한다. 그런 점에서 이 몸은 우리 자신에게 가장 오래된 유토피아로써 현실과 상상의 수많은 공간을 그리워하거나 배반하며 우리의 욕망을 실천하는 장소이다.

> 내 몸, 그것은 유토피아의 정반대이다. 결코 다른 하늘에 있지 않은 그것은 절대적 장소이며, 말 그대로 내가 일체가 되는 공간의 작은 조각이다. 내 몸, 이 가차 없는 장소. 내 몸, 그것은 나에게 강요된 어찌할 수 없는 장소다. 결국 나는 우리가 이 장소에 맞서고, 이 장소를 잊게 만들기 위해 그 모든 유토피아를 탄생시켰다고 생각한다.[4]

---

4) 미셸 푸코, 이상길 역, 『헤테로토피아』, 문학과지성사, 2014, 28~29쪽.

푸코는 몸을 하나의 공간으로 인식하고 유토피아와 헤테로토피아가 발현되는 장소로 표현했다. 이러한 몸은 종교적이고 신성한 공간이기도 하지만 다른 세계로서의 반(反)장소가 되기도 한다. 춤추는 사람의 몸은 그 몸이 자신의 내부인 동시에 외부로 확장된다. 무당이나 주술사의 몸은 타인의 영혼을 자신의 몸속으로 불러오기 때문에 여러 사람의 영혼이 거주하는 장소가 되기도 한다. 또한 주홍 글씨와 같이 낙인 찍힌 몸은 환멸과 속죄의 장소가 된다. 이처럼 몸은 주위의 많은 관계들 속에 배치됨으로써 세상의 모든 장소들과 연결된다. 여러 공간이나 장소가 서로 교차하는 세계의 중심이자 영도(point zero, 零度)로써 우리는 그 몸을 통해 말하고 무언가를 꿈꾼다. 결국 세상의 모든 공간들은 실재적이든 가상적이든 '다른 장소'로서 이 몸을 통해 시작되고 나아가게 된다.

젠더 공간으로서의 여성의 몸

우리는 관습이나 제도로 구축되는 관계적 공간 속에 살아간다. 이러한 관계적 공간의 대표적인 예로 젠더 공간을 들 수 있는데, 남녀 간의 권력 관계를 통해 형성되는 '여성의 몸'이 그 대표적인 예라고 할 수 있다. 여성의 몸은 사회와 남성에 의한 억압의 근원처이자 거부와 저항의 장소로서 현실 속에서 많은 변화를 거쳤다. 경험과 사건의 현재이자 심리적 매커니즘으로서의 이 몸은 그동안 남성적 사유체계 속에서 형성되어 왔다.

하지만 여성들은 자신의 몸이 사적인 공간으로서 가장 억압받고 통제받았던 근원적인 장소에서 나아가 해방의 대상임을 스스로 인식하게 되었다. 이에 페미니스트들은 이러한 젠더 공간에 대한 재분배를 주장하며 현실적 공간에 이의를 제기하고 기존 질서를 재편성함으로써 여성들의 신체적 해방뿐 아니라 정신적 해방을 주장하였다. 남성적 관점에서 여성의 몸은 생명을 잉태하고 성장시키는 모성적 기능을 가진 헤테로토피아로이다. 어머니의 몸은 세계와 우주의 중심이며 정신적인 안식처이기도 하지만 여성의 몸은 사회적으로 억압받고 통제되는 수단이기도 하였다.

1980년대 이후 한국 문학에서는 이러한 여성의 몸이 주체성 회복과 남성적 질서를 전복하기 위한 전략으로 담론화되기 시작했다. 즉 공간론적 관점에서 여성의 몸은 사회·문화적인 성차별에 대한 반(反)공간으로 남성의 질서와 억압에 대한 저항으로서의 젠더적 특징을 지닌다. 이러한 여성의 몸에 대한 이의 제기는 남성적 해석과 시선에 따른 이분법적 질서의 차별화를 거부하는 동시에 공간을 이질화하는 몸을 의미한다. 이것은 현실 공간을 젠더 해방의 공간으로 반장소화하며 여성 스스로가 현실의 주체가 되어야 한다는 의지의 반영이다.

그동안 공간에 대한 이분법적 구도는 여성의 몸을 억압하며 젠더 기능의 통제와 성적 계급을 만들어가는 수단이 되었다. 페미니즘은 이처럼 일방적으로 고착된 공간 질서를 해체하거나 무화함으로써 공간의 평등성을 통해 성평등을 추구하였다. 문학 공간에서 여성의 몸은 남성의 몸이면서 동시에 여성의 몸으로서 양립 불가능한 복수의 성을 배치하며 초현실적인 모습으로 드러나기도 하였다. 특히 접신한 여성의 몸은 억압된 몸과 정신에서 해방되어 현실의 시선이나 권력으로부터 벗어나려는 욕망의 장소이다. 즉 산 자와 죽은 자가 공존하는 그 몸은 현실과 내세라는 두 개의 시간과 두 개의 공간이 존재하는 곳으로 억압적 현실을 위반하고 무력화하는 위반의 헤테로토피아이다.

이러한 몸을 비밀스럽거나 아름답게 만드는 것은 권력이나 보이지 않는 힘과 소통하는 것이기도 하다. 화장이나 문신 그리고 가면을 쓰는 것은 지금과 다른 새로운 몸으로의 탄생을 의미한다. 그것은 우리의 몸을 자신의 고유한 공간으로부터 벗어나 다른 공간에 위치시키며 세계와 소통하거나 상상하며 이질적인 장소로 변화시키는 것이다. 다니자키 준이치로의 소설 <문신(刺青)>에서는 당시 반사회적 행위였던 '문신'을 통해 현실의 관습과 시공간에서 벗어나 일탈적 헤테로토피아적 모습을 보여 주고 있다.

또한 피터 그리너웨이 감독의 영화 <필로우 북>에서도 여성의 몸에 글씨를 쓰고 그것을 베개 위에 찍는다. 몸 위에 쓴 글씨를 사진으로 찍거나 거울에 몸을 비추는 등 관능의 언어를 에로티즘적인 몸으로 연출한다. 여성의 몸이라는 장소에 쓴 글씨는 재현과 복제 그리고 흔적을 남기는 글쓰기의 한 전형으로 볼 수도 있다. 살갗 위에 쓴 글씨는 시각, 후각, 청각, 촉각 그리고 미각 등이 모두 동원된다. 글자들의 크기와 순서 그리고 글자의 간격 등 몸 위에 새겨진 문자들은 일상적인 글자의 질서에서 벗어나 이질적으로 분산된 새로운 헤테로토피아를 구축한다.

이처럼 여성의 몸은 그동안 남성 이데올로기가 오랫동안 재현된 공간으로서 남성의 질서와 문화가 현현된 이분법적 장소라는 것을 인식함으로써 이에 대한 저항과 해체를 증명하는 것이다. 그럼으로써 자연의 일부이면서 동시에 매혹적이고 위협적인 문화의 경계에 서 있는 역설적 장소가 되는 것이다. 그런 지점에서 헤테로토피아로서의 이 여성의 몸은 관습화된 권력이나 윤리 그리고 이데올로기 등을 전복하며 일상성에서 탈피해 '장소 밖의 장소'로 존재한다.

3
공간의 재구성과 그 '너머'

코로나 팬데믹으로 인한 언택트는 또 다른 소통의 방식과 공간으로서 디지털 가상 세계의 발전을 가속화시켰다. 실시간이나 동시접속 그리고 증강 현실 등은 가상 공간과 실제 공간이 서로 긴밀하게 연동되어 움직이며 우리 삶의 또 다른 현실의 가능성을 확인시켰다. 과거의 헤테로토피아가 생물학적, 위기 또는 일탈적 특성으로 분류되었다면 언택트 시대에는 공간의 해체와 재구성으로서 현실과 가상 그리고 존재와 비존재의 경계가 사라져가는 디지털 헤테로토피아를 부각시켰다. 이미 우리는 이러한 가상공간들이나 '취향 공동체'로 이름 지어진 다양한 온라인 커뮤니티 안에서 위안과 즐거움을 찾으며 현실과 다른 또 '다른 현실' 속에서 공감과 더불어 자유로운 소통을 하고 있었다.

이처럼 트위터와 블로그, 인스타그램과 페이스북 등에서는 갈수록 사적 영역과 공적 영역의 구분이 점점 사라져 간다. 디지털 시대의 변화된 공간의 구조는 새로운 권력 구조를 형성하고 이러한 권력의 구조는 또 다른 가치 사회를 구성한다. 그런 의미에서 현실적 공간의 해체와 재구성은 확장된 현실로서의 정체성의 변화를 의미하는데 이것은 공간이 우리의 삶을 구조화하는 데 결정적인 역할을 한다는 의미이기도 한다.

1) 디지털 헤테로토피아와 '메타버스'

지금 우리 시대의 대표적인 유토피아저 장소 중의 하나는 바로 가상공간이다. 이 가상공간은 실제와 가상의 경계가 점점 사라져가는 '증강현실'로 발전되고 있는데, 가상 세계 속의 또 '다른 현실'은 실제 현실을 그대로 재현하기도 하고 겹치거나 동시에 비껴가기도 한다. '메타버스'는 우리가 생활하는 일상 공간을 가상 세계에 구현한 플랫폼으로 지역과 인종, 나이와 젠더의 구분 없이 또 다른 일상을 경험하고 사유할 수 있는 공간이다.

현실 세계를 가상의 공간에 구현한 디지털 헤테로토피아로서의 '메타버스'는 1992년 닐 스티븐슨의 SF소설 <스노우 크래쉬>에서 처음 등장하였다. 이 소설에서 '메타버스'는 아바타를 통해서만 들어갈 수 있는 3차원의 가상 세계를 가리키는 것이었다. 그 후 2009년 린든 랩이 출시한 3차원 기반의 '세컨드 라이프' 게임이 인기를 끌면서 메타버스가 널리 알려지게 되었다.

'메타버스'는 '초월', '상위' 등을 의미하는 접두사 '메타(meta)'와 우주를 뜻하는 '유니버스(universe)'의 합성어로 현실 세계와 같은 사회 · 경제 · 문화 활동이 이뤄지는 '3차원의 가상 세계'이다. 가상현실보다 한 단계 더 진화한 개념으로 아바타를 활용해서 게임뿐 아니라 실제 현실과 같은 사회·문화적 활동을 다양하게 할 수 있다. 그런 점에서 메타버스는 현실보다 더 완전한 세계에 대한 인간의 열망 즉 유토피아를 현실에 실현 시킨 디지털 헤테로토피아이다.

이 '메타버스'라는 용어가 등장하게 된 직접적인 배경이 된 것은 과학소설의 한 장르였던 사이버펑크였다. 사이버펑크는 가까운 미래에 나타날 새로운 과학 기술, 특히 고도로 발달한 정보기술로서 인공 지능이 보편화된 사회에서 인류가 경험하게 될 갈등과 부조리를 주된 소재로 삼은 과학 소설이다. 그 명칭은 미국의 작가 브루스 베스키의 단편소설 <사이버펑크>에서 유래하였다. 또한 초기 사이버펑크 작가였던 윌리엄 깁슨은 1982년 SF소설 <뉴로맨서(Neuromancer)>에서 인터넷의 버츄얼한 세계 속의 거대한 데이터베이스 공간을 '사이버스페이스(cyberspace)'라고 하였다. 이후 이 소설은 리들리 스콧 감독의 <블레이드 러너>(1982)와 워쇼스키 형제 감독의 <매트릭스 시리즈>(1999~2021) 등의 영화에 많은 영향을 미쳤으며 이로 인해 사이버펑크가 새로운 문화 코드로 정착하게 되었다.

이 사이버 공간은 또 다른 시공간의 탄생이며 정치적 저항이나 해방정치에 적합한 공간으로 다양한 현실 문제에 대한 새로운 질서들을 실체화하는 시공간의 유토피아[1]이다. 즉 현실에 있으면서 현실에 없는 장소 밖의 장소로서 현실과 다른 시공간을 의미한다. 그런 점에서 메타버스는 기존의 사이버 공간에서 한 단계 더 나아가 사회·정치적 활동까지 이뤄지는 온라인 공간이다.

이미 '메타버스'가 새로운 패러다임으로 떠오르면서 게임, 엔터테인먼트, 음악, 콘텐츠 산업 등을 중심으로 빠르게 확산되고 있다. 아마존

---

1) 데이비드 하비, 최병두 외 역, 『희망의 공간』, 한울, 2009, 8쪽.

아스트로(ASTRO)처럼 실제 공간 안에 있는 다양한 장비를 통해 물리적 공간을 움직이는 것처럼 '메타버스' 안에 있는 누군가가 물리적인 공간을 제어할 수도 있으며 공간끼리 서로 연결하는 '메타버스'도 계발되고 있다.

이처럼 '메타버스'는 증강 현실과 가상현실의 기술을 기반으로 일상에서 서로 양립할 수 없는 장소들을 한 장소에 배치해 놓는다. 이러한 공간들은 '유동적'이고 '임시적'이어서 하나의 고정된 모습을 갖지 않고 변화된다. 물론 공간에 있는 사람이 매번 바뀔 수 있으며 고정된 경계 또한 존재하지도 않는다. 무엇보다 공간 자체가 매번 새롭게 만들어지거나 사라지기도 한다. 디지털 헤테로토피아로서의 '메타버스'는 가상 세계와 현실 세계의 경제를 허물며 아바타를 통해 현실에서 상상했던 모든 일들을 해나가며 또 다른 현실을 실현시키고 있다.

2) 다시, '바깥'의 장소로

우리는 지금 포스트모던 시대로서 인접성의 시대이자 동시성의 시대 그리고 분산의 시대를 살고 있다. 디지털 시대가 낳은 공간의 미래는 위계질서를 탈공간화하며 새로운 바깥의 장소를 구현한다. 시뮬레이션, 인공지능, 가상현실과 같이 뉴미디어와 디지털 통신 기술이 낳은 버츄얼한 공간은 실제 현실과 다른 바깥의 사유나 경험으로서 새로운 공동체나 미래의 가능성을 타진하고 있다.

블랑쇼는 이 '바깥'의 개념을 '바깥의 경험'에서 찾을 수 있다고 하였으며, 푸코 또한 이 '바깥'을 『지식의 고고학』에서 '백색의 공간'이라는 은유적 표현을 썼다. 타인의 죽음이나 집단적 전염병과 같은 사회적 격리나 추방의 기억들은 존재에 대한 자각과 그에 따른 고통을 수반하며 '바깥'의 장소를 탐색하게 하였다.

'바깥'의 장소로서의 헤테로토피아는 때로 현실의 담론이 유예되거나 와해되는 지점으로 권력에 흡수되지 않고 오히려 침묵을 통해 저항하는 지점에 있기도 하다. 그러므로 이러한 공간의 경험은 위반과 저항 그리고 한계의 경험으로서 인간의 사유나 실존을 설명하는 데 중요한 요소이다.

무엇보다 지금 이 현실에서 헤테로토피아는 모호성과 탈경계성이라는 이름으로 빠르게 변하는 현대의 복합적인 특성을 현실에 구현한 장소이다. 그런 점에서 헤테로토피아는 공간과 장소에 대한 인식과 역사의 변화를 아우를 수 있는 개념이다.

우리가 살고 있는 공간에는 다양한 주체들의 시간과 삶의 흔적들이 공유되고 있다. 결핍과 쾌락의 독립적 자기 영역으로써 권력과 규율에 대한 일탈과 저항으로써 그리고 디지털 시대의 SNS와 같은 가상공간으로써 이 헤테로토피아의 주체들은 '사이'와 '역동'의 장소로부터 다양한 방식으로 소통의 의미를 만들어 낸다. 가깝고도 먼, 현존하면서도 부재하는 장소, 차이를 드러내는 공간이면서 차이를 통합하는 타자의 공간으로써 이 헤테로토피아에 대한 고찰은 다음과 같은 의의를 지닌다.[2]

---

2) 장만호는 헤테로토피아로서의 인문도시와 공동체 내에서의 타자의 문제를 검토하며 지역공동체와 인문공동체의 형성 및 지향의 중요성을 제시하였다. 그는 현대 도시와 도시적 삶의 문제 그리고 공동체 형성의 가능성을 검토하며 배제와 소외의 극복은 인문학이 감당해야 할 시급한 책무라고 밝혔다. 이에 헤테로토피아로서의 인문도시 진주에서 타자와 함께 가는 '소통과 치유 그리고 동행'의 가치를 실천하고 확산함으로써 그 중요성을 부각시켰다. (장만호, 「헤테로토피아로서의 인문도시와 공동체 내에서의 타자의 문제─인문도시 진주 사업을 중심으로」, 『용봉인문논총』 58, 전남대학교 인문학연구소, 2021, 77쪽~101쪽.)

첫째, 유토피아적 공간과 대비되는 현실적 공간으로서의 헤테로토피아에 대한 논의는 공간에 대한 앞선 논의들 즉 유토피아/디스토피아라는 일의적 혹은 이분법적인 연구와 차별화되는 시각과 분석의 모형을 제시할 수 있다. 또한 국가주의적 망탈리테나 탈근대의 해체주의를 설명할 수 있는 비교적 적확한 근거가 될 것이다. 특히 산업화와 다양한 커뮤니케이션의 기술로 변화되는 근대의 불완전한 공간들이 어떻게 정치나 문화 그리고 내면세계를 아우르는 종합적인 지표가 되는지를 설명하는 논거가 되리라 본다.

둘째, 헤테로토피아는 이미 건축학이나 미술을 비롯한 예술과 미학 등의 다양한 영역과 연동되어 왔으며 문학에서도 점점 더 많은 연구가 이어지고 있다. 그런 점에서 이 헤테로토피아가 문학 특히 시의 다양한 담론이나 수사학적 차원과 연계되어 연구된다면 기존 연구에서 해소되지 않는 지점을 비교적 정확하게 해명할 수 있을 것이다.

셋째, 헤테로토피아는 우리 사회에서 벌어지는 다양한 사회 문화적 현상을 읽어내는데 유용한 지표가 될 수 있다. 또한 새로운 매체와 연관되는 스토리텔링이나 미디어를 비롯해 인문학 및 인접 학문과 접목하여 융복합적인 자료를 제공하고 있으며 비교적 최근에는 환경·생태 그리고 포스트 휴먼과 함께 연구되어지고 있다.

하지만 헤테로토피아의 연구나 그 필요성에도 불구하고 아직 개념이나 이론에 있어서 모호한 지점이 많다. 그것은 개념의 함축과 의미에서 드러나는 다의성에서 비롯된 것이기도 하다. 또한 푸코가 제시한 헤테로토피아의 개념이나 진술들이 다소 모호하며 논리적 단절을 보이기 때문이기도 하다. 무엇보다 그가 예로 들었던 다양한 장소들의 다의적 해석과 주관적 견해들은 헤테로토피아를 명료하게 정의하는데 걸

림돌이 되기도 한다.

그럼에도 헤테로토피아는 새로운 사유와 해석을 자극하며 다양한 분야에 적용되어 그 영향력이 점점 확장되고 있다. 일반적인 공간 연구나 '장소성'에 대한 연구와 달리 패러다임의 변화나 인간의 욕망에 대한 변화를 아우를 수 있는 개념으로 물리적인 공간이자 심리적인 공간의 특징을 모두 함축하고 있기 때문이다. 그러므로 헤테로토피아는 문학의 작품 속에 드러나는 주체의 내면 의식의 흐름을 다층적으로 규명할 수 있는 근거가 되며 보편적인 질서나 기존의 통념에 의문을 제기하는 새로운 방법론이 될 것이다.

헤테로토피아는 우리 현실에 늘 존재했으며 지금도 존재하고 앞으로도 존재할 것이다. 일시적으로 존재할 수도 있고 이전과 다른 방식으로 변화와 생성의 과정을 반복할 수도 있다. 때로는 일탈의 장소로 때로는 보호와 위협의 장소로 또 때로는 축제의 장소로써 말이다. 지금 이 순간에도 세계 곳곳에서는 변화되는 삶의 방식으로 이 헤테로토피아는 소멸되거나 새롭게 구축되고 있을 것이다.

문학의 공간으로서 혹은 문학 속의 이 헤테로토피아는 우리의 삶과 문화가 현실의 장소에서 어떻게 구축되고 변형되는지에 대한 근거이다. 또한 그것은 이상적 장소로서의 유토피아가 현실에서 어떻게 구현될 수 있는지 그 가능성에 대한 의지이며 희망이라 할 수 있다. 무엇보다 공간 자체가 하나의 역사를 가진다면 우리는 이 헤테로토피아를 통해 문학의 변화에 대한 더 다양하고 새로운 해석들을 수행해 나갈 수 있을 것이다.

2부

경험의 위상학과 재구성된 공간의 사유

어떤 것도 전적으로 일치하지 않으며,
모든 것은 뒤섞이고 서로를 가로지른다.
여기서 절대적인 것은 국지적이다.
장소가 한계 지어져 있지 않다는
바로 그 이유 때문이다.
－들뢰즈 가타리,『천개의 고원』

식민지와 함께 근대를 받아들여야 했던 조선은 이질성과 타자성이 혼재된 근대의 경계에 있었다. 김기림의 「기상도」는 이러한 혼종적인 근대화를 받아들여야 하는 식민지 조선의 혼란과 근대 주체의 내면적 결핍과 같은 갈등의 양상을 헤테로토피아와 다중적 시선을 통해 잘 드러내 보여주고 있다.

「기상도」의 배경이 되고 있는 연안, 부두, 배, 정거장, 항구 그리고 메트로폴리스와 같은 근대 국가들의 헤테로토피아는 많은 사람들이 오가는 곳으로 여러 공간의 특질을 동시에 지니고 있는 혼종적인 장소이다. 이러한 장소는 근대 제국주의의 권력과 모순된 현실에 균열을 내며 새로운 세계로의 가능성을 열어주는 동시에 다른 차원의 현실을 조망할 수 있는 다중적인 시선을 생성해낸다. 개인과 공동체를 오가는 자유로운 주체의 다중적 시선은 근대 문명의 병폐나 징후들을 예리하게 포착하며 근대의 명암을 폭넓게 보여주고 있다.

1

김기림의 「기상도」에 드러나는
헤테로토피아와 다중적 시선

*

　김기림[1]이 주로 활동했던 식민지 시대는 그 어느 때 보다 근대의 명암이 뚜렷했다. 이 시기는 과학의 발달과 진보라는 근대의 명분 뒤에 제국주의의 권력과 힘에 대한 야욕이 숨어있었는데 '식민지'와 '근대'라는 특수하고 복합적인 시대적 상황에서 피식민주의의 개인들은 이러

---

1) 김기림은 한국 현대문학사에서 모더니즘 이론을 소개하고 시운동을 이끈 시인이자 비평가로 1933년 ≪구인회≫의 결성과 함께 근대 문학의 지평을 넓혀나갔다. 그는 서구 모더니즘 문학 이론을 체계적으로 수입하고 소개하였으며, 시작을 통해 이를 실천하였다. 근대 지식인들과 마찬가지로 김기림 또한 시뿐만 아니라 다방면의 글쓰기 활동을 하였다. 시론, 문학론, 과학과 문명 비평, 번역서 등을 편찬했으며, 창작에서도 시, 소설, 수필과 희곡 등의 글을 발표하였다. 그는 과거의 시들을 센티멘탈 로맨티시즘이라고 일컬으며 감상적인 음악성이나 병적인 퇴폐성 대신에 주지적이며 문명 비판적인 시와 시론을 주장하였는데, 그의 이러한 활동들은 오랜 직업이었던 기자 생활과 직·간접적으로 연관되어 있는 것으로 보인다.

한 근대의 다층적인 모순들에 노출될 수밖에 없었다. 그 과정에서 형성된 근대 문명에 대한 열망과 전통 지향에 대한 갈등의 방식이 근대 주체의 자기 정립의 방식이기도 하다. 이와 같은 근대의 패러다임 안에는 타자에 대한 저항과 모방이라는 주체의 이중적 위치와 선택이 그대로 드러나 있다.2)

김기림의 「기상도」에는 식민지 근대의 혼란과 저항의 내면적 갈등 양상이 혼종적인 공간의 묘사로 잘 표현되고 있다. 특히 「기상도」에 드러나는 시적 주체의 불안이 시간보다는 공간과 더 관련된다면 이것은 비현실적인 장소로서의 유토피아와 대립되는 헤테로토피아와 연관되기 때문이다. 헤테로토피아가 실질적인 체험의 장소이자 이념의 공간으로 식민지 현실에 이의를 제기하는 장소이기 때문이다.

헤테로토피아는 현실에 존재하지 않는 유토피아적 장소나 파멸을 지향하는 디스토피아적 장소의 극단적 사유를 지양하는 또 다른 장소로 어떤 중심에도 특권을 부여하지 않으며 불연속적이고 전위적인 탈중심적 공간이다. 현실에서 겪게 되는 "'물리적 공간' 뿐 아니라 '상상의 공간'과 두 공간을 합친 '제삼의 공간'에 대한 '체험의 공간(lived space)'"을 모두 포함한다.3)

이런 관점에서 본다면 김기림의 「기상도」는 근대성으로서의 '다른 공간들'에 대한 심미적 형상화에 기여하고 있다. 그는 근대의 차별적 시간이나 억압의 공간으로부터 벗어나 스스로 시를 짓는 과정 즉 텍스

---

2) 김춘식, 「근대 체계와 문학관의 형성」, 『근대성과 민족문학의 경계』, 역락, 2003, 13쪽.
3) 구연정, 「상상과 실재 사이 "헤테로토피아로서 베를린—발터 벤야민의 「1900년경 베를린의 유년시절에 나타난 도시공간을 중심으로」, 『카프카연구』 제29집, 한국카프카학회, 2013, 125쪽

트 내의 공간 설계와 구성의 중요성을 강조하였다. 때문에 「기상도」는 근대 식민지의 혼란과 내면 결핍에 대한 대안적 공간으로서 '다른 공간'에 대한 접근을 시도하며 혼종적인 헤테로토피아의 재현을 시적으로 형상화하였다.4)

「기상도」는 김기림이 자신의 새로운 시론과 함께 모더니즘 이론을 바탕으로 의욕적으로 실험하려고 했던 대표작이다. 근대성의 확보를 위해 그가 심혈을 기울인 작품이지만 긍정과 부정적 평가를 동시에 받고 있는 것 또한 사실이다. 문덕수5)는 현대문명의 위기로 인한 파멸과 재생이라는 주제 아래 전체적으로 통일성을 갖추고 있다고 논했다. 김춘수6) 또한 「기상도」는 일관된 주제를 가지고 치밀하게 계산된 구성을 지니고 있다는 점에서 긍정적으로 평가했다. 이에 반해 임화7)는 김기림의 시가 현실의 근본 문제를 간과하고 생활의 표피만을 다루고 있으며, 그의 비판 정신은 구체적인 상황이 무시된 형식 논리일 뿐이라고 하였다. 최재서8) 역시 새로운 기법과 감각을 인정하면서도 사상적 요

---

4) 헤테로토피아와 관련된 엄경희의 연구는 그것의 존재 원리와 더불어 현대시의 적용 가능성에 대한 이론적인 근간이 되고 있다. 그는 한국 현대시에 나타나는 헤테로토피아적 장소를 특징별로 구분하며 그것의 시학적 가능성을 밝혔다. (엄경희, 「헤테로토피아의 장소성에 대한 시학적 탐구」, 『국어국문학』186, 국어국문학회, 2019, 412쪽) 또한 한원균은 1990년대 최승호 시에 나타나는 삶의 시간성과 공간적 경험의 치환 관계를 통해 동시성과 병치의 헤테로토피아의 구현 양상을 살폈다.(한원균, 「최승호 시와 헤테로토피아의 방법론적 읽기―1990년대의 경우」, 『한국문예창작』19, 한국문예창작학회, 2020, 44~48쪽) 윤수하는 1930년대 모더니즘 시의 상상 공간으로서의 헤테포토피아를 고찰함으로써 시에 내재된 내면적 갈등을 파악하였다. (윤수하, 「1930년대 한국모더니즘 시의 상상 공간 연구」, 『批評文學』65, 한국비평문학회, 2017, 175쪽.)
5) 문덕수, 『한국모더니즘시연구』, 시문학사, 1981, 202쪽.
6) 김춘수, 「김기림의 시형태」, 『김춘수 전집2―시론』, 문장, 1982, 156쪽.
7) 임화, 「1933년의 조선문학의 제경향과 전망」, 『조선일보』, 1934, 12쪽.
8) 최재서, 「현대시의 생리와 성격」, 『조선일보』, 1936, 21쪽.

소가 희박하며 내면적 통일성의 결여를 지적하였다. 해방 이후 송욱[9]은 김기림의 역사와 전통에 대한 의식을 크게 비판하며 그것은 김기림이 서구의 것을 이상적 모델로 삼았기 때문이라고 밝혔다.

그동안 김기림의 모더니즘 이론들이 현실을 지나치게 추상적이고 선험적인 것으로 파악함으로써 전통이나 구시대의 질서를 일방적으로 무시하고 있다는 지적을 받았다. 또한 「기상도」가 근대 문명의 피상적인 나열이라는 평가[10]와 그의 '전체시론'은 이 형식적인 절충에 그쳤다는 비판 또한 피할 수 없었다. 하지만 그러한 의견들을 일정 부분 수용한다고 하더라도 일제 식민지라는 특수한 근대 상황 아래에서 그가 진지하게 성찰하고 모색했던 모더니즘 시론들은 김기림이 스스로 선취하고자 한 학문과 시에 대한 열망이며 그것에 대한 정직한 결과라는 점은 간과할 수 없다. 다양한 시와 시론들을 바탕으로 그가 주장했던 모더니즘은 식민지 근대 문명과 시에 대한 그의 특별한 의식이자 지식인으로서의 새로운 전망을 보여준 것이기 때문이다.

이 글에서는 김기림의 모더니즘적 세계관을 바탕으로 「기상도」에 드러나는 헤테로토피아적인 특징과 다중적 시선을 통해 김기림 시의 식민지 근대성과 미학적 특징들을 재구성하는 데 목적이 있다. 한 사회가 역사나 문화에 의해 만들어지듯 공간이나 시선 또한 그것에 의해 형성될 수밖에 없다. 때문에 「기상도」에 드러나는 헤테로토피아와 다중적 시선의 특징들은 식민지 현실에서 경험하는 주체의 실존성과도 긴밀하게 연결되어 있다.

---

9) 송욱, 「한국모더니즘비판」, 『시학평전』, 일조각, 1963, 186쪽.
10) 임화는 당시 「기상도」가 서구 문명에 대한 호기심에서 비롯된 이국 취향과 지나친 기교 그리고 현란하고 추상적인 관념어 등으로 치장된 채 현실 문제를 도외시한 작품이라고 비판하였다.

그러므로 김기림의 「기상도」는 현실의 닫힌 이분법에서 벗어나 고정된 인식의 틀에 도전하며 세계를 바라보는 새롭고 역동적인 시선을 제시하고 있다. 헤테로토피아는 어둡고 암울한 현실을 극복하기 위한 희망과 존재의 해방으로써 이질적인 발견과 경험의 장소이다. 다중적 시선 또한 시적 상상력으로서의 확장이며 체계이다. 따라서 본 연구는 김기림 시론의 지향점을 재검토하고 역동과 대항의 혼종적 공간인 '헤토로토피아'의 특징을 「기상도」를 통해 밝히려고 한다. 더불어 그러한 장소들에서 드러나는 다중적 시선을 추적함으로써 언론인과 시인으로서 김기림이 제시하고자 했던 식민지 근대에 대한 다양한 관점과 내면 심리를 심층적으로 파악하고자 한다.

1) 모더니즘 시론의 변모와 「기상도」의 근대적 특징

김기림은 1930년대 중반 '구인회(九人會)' 활동을 전후로 하여 최재서 등과 주지주의(主知主義) 문학 이론을 도입하는 데 앞장섰다. 또한 박용철, 임화 등이 펼친 기교주의 논쟁에 가담하는 한편, '오전의 시론'과 '전체시론' 등을 통해 모더니즘 이론을 문단에 선보였다. 1935년에 나온 「오전의 시론」은 1920년대 초의 낭만의 과잉과 1930년대 전후의 프로 문학의 내용 편향성을 극복하기 위한 모더니즘 시론이었다.

김기림의 『시론』은 대부분 그가 모더니즘에 대해 활발하게 글을 썼던 1930~40년대 발표한 글들이다. 이 시기는 만주사변과 제2차 세계 대전 등 국제 정세의 급격한 변화가 있었던 때였고, 『시론』의 글들 또한 상당한 진폭이 드러나는 것 또한 사실이다. 특히 이 시기의 시론은 영미 주지주의나 이미지즘 계열의 모더니즘을 근대의 미적 형식으로 받아들이며, '주지주의'와 '기교주의' 그리고 '전체주의 시론'적 성격의 변모를 보이고 있다. 이것은 서구의 근대적 경험으로부터 발생된 모더니즘과 식민지 조선의 봉건제도 아래에서의 모더니즘이 근본적으로 다를 수밖에 없다는 그의 인식의 변화에서 비롯된 것이다. 따라서 그가 주장했던 모더니즘은 과거 전통과의 시급한 단절을 추구하는 동시에 근대 문명의 부정성에 대한 반성적인 고찰을 의미한다. 김기림은 조선의 근대화가 느리게 혹은 기형적으로 진행되는 것은 봉건적인 유교적 사상 때문이며, 이것의 극복을 위해서는 모더니즘 세례를 받은 신세대가 지성과 이성을 바탕으로 의식적인 시 창작을 해야한다고 보았다.

무엇보다 시가 근대 문명의 부정성을 비판하기 위해서는 시와 현실의 관계를 새롭게 정립해야 한다. 이에 김기림은 시에 드러나는 시적 현실은 언어를 통해 구성되고 조직된 '의미적 현실'이라고 정의하였다.11) 그는 활동 초기부터 역사적 현실에 대한 자각 없이는 문학이 존재할 수 없으며 변화된 시대의 현실을 받아들이기 위해서는 문학의 형식과 언어가 바뀌어야 하며 이러한 역할을 담당해야 하는 것이 '시'라고 보았다. 이처럼 김기림은 한 시대의 문학의 새로운 양식과 존재 방식에 대한 근거를 자신의 시와 시론에서 찾으려고 하였다.

또한 김기림은 당시 모더니즘 문학 특히 한국의 시문학이 깊이 있는 근대성을 성취하지 못하는 데는 식민지적 환경뿐 아니라 근대 정신 자체의 모순이나 파행성에 그 원인이 있다고 보았다. 근대의 모습이 기대했던 것과 달리 많은 문제를 노정하고 있음에도 불구하고 이를 비판 없이 피상적으로 받아들이는 시인들과 그들의 시작에 대해서도 진지한 성찰이 필요하다는 것이다. 시인의 의무는 이처럼 파행과 왜곡으로 거

---

11) 고봉준, 「김기림 시론의 근대성 연구」, 『高凰論集』 25집, 1999, 88쪽.

듭된 근대의 이면들을 시를 통해 성찰하고 비판함으로써 모더니즘을 실천하고 선도해야 한다는 것이 그의 생각이었다.

이에 1935년 김기림은 「오전의 시론」과 「감상에의 번역」 등을 발표하며 모더니즘 시학의 토대를 마련하였다. 그는 일본 유학 도중 엘리어트, 흄, 오든, 스펜더, 리처즈의 이론을 공부하고 그것을 국내에 번역하여 소개하였다. 당시 센티멘탈한 시를 서정적, 자연발생적 시라고 생각했던 문단의 풍토를 비판하며 시의 새로운 가치 창조를 위해서는 객관적이고 의식적인 주지주의[12]태도가 필요함을 언급했다. 또한 과거의 세기말적인 암울함이나 탐닉의 감상성보다는 건강성과 명랑성의 추구가 현대시에 더 필요하다고 보았다. 즉 애매모호한 관념론적 시를 부정하고 밝고 진취적 시를 위해서는 시인의 꾸준한 지적 활동과 주지적인 활동이 중요함을 강조하였다.

1930년대 후반에 들어서면서 김기림은 기교주의를 비판하며 '전체시론'을 정립하였다. 이것은 시문학파의 순수성과 프로 문학파의 관념성을 동시에 지양하며 시의 새로운 경지를 개척하려는 의도였다. 즉 경향파 문학의 '사상'과 모더니즘 문학의 '기법'을 통합하는 '전체시'가 이상적인 시의 모델이라는 것이다.[13] 이러한 전체시론에 이르러서 그는

---

12) 주지주의 이론은 이하윤과 백낙원과 정인섭 등에 의해 이미 소개되었지만 이를 본격적으로 체계화한 것은 김기림과 최재서에 의해서이다. 이들은 비평을 학문적 수준으로 체계화하였고 지성에 바탕을 둔 지식인의 사회 참여를 주장했다는 것이 공통점이다.(문혜원, 「1930년대 주지주의 시론 연구」, 『우리말글』, 우리말글학회, 2004, 255쪽)

13) "전시단적으로 보면 그것은 그 전대의 경향파와 「모더니즘」의 종합이었다. 사실은 「모더니즘」의 말경에 와서는 경향파 계통의 시인 사이에도 말의 가치의 발견에 의한 자기반성이 「모더니즘」의 자기비판과 거의 때를 같이하여 일어났다고 보인다. 그것은 물론 「모더니즘」의 자극에 의한 것이라고 보여질 근거가 많다. 그래서 시단의 새 진로는 「모더니즘」과 사회성의 종합이라는 뚜렷한 방향을 찾았다. 그것은

현대 예술뿐만 아니라 근대 문명 전반의 비인간화와 근대의 부정성에 대하여 신랄한 비판을 제기하였다. 즉 기교주의를 비판함과 동시에 '사상과 기술의 통일' 뿐만 아니라, 문학의 내용과 형식의 통합 등을 구체적으로 제시하였다. 이에 1939년 김기림은 「모더니즘의 역사적 위치」를 『인문평론』지에 발표하며[14] 1930년대 초반부터 유행했던 모더니즘 문학의 성격과 위상을 재정립하며 새로운 분석을 시도했다.

이 시기 한국의 모더니즘이 왜곡된 식민지의 근대화 과정 속에서 서구의 모더니즘적 사조를 수용한 이들에 의해 전개되어 온 것은 부인할 수 없다. 또한 모더니즘은 끊임없는 부정 정신과 새로운 시대 정신의 탐구를 그 본질로 하고 있기 때문에 어느 시대에나 미완의 기획으로 남을 수밖에 없다. 김기림은 이러한 근대성의 복잡하고 다층적인 이면을 검토함으로써 모더니즘에 대한 인식체계를 장시 「기상도」를 통해 새롭게 정립하고자 하였다.

1936년에 발간된 장시집 『기상도』 서문에서 김기림은 '한 개의 현실의 교향악'을 기획하며 썼다는 것을 밝혔다. 또한 '시는 언어의 건축이다. 시는 어디까지든지 정확하게 계산되어 설계되고 구성되어야 한다.'[15]는 시작 의도를 드러내었다. 그는 이 시집을 통해 근대 문명과 과학의 무분별한 발전 그리고 기계적인 합리성 등이 성숙되지 못한 미완성의 근대를 만들고 있음을 분명하게 제시하였다. 실제로 「기상도」에 드러나는 다양한 이미지와 행 그리고 각 장들은 각기 독립적인 의미를 지니면서 모더니즘 문학의 특징인 병치와 반복 그리고 몽타주를 통해서 시의

나아가야 할 오직 바른 길이었다."(김기림, 「모더니즘의 역사적 위치」, 앞의 책, 57~58쪽.)

14) 김기림, 「모더니즘의 역사적 위치」, 『전집 2』, 1988, 53쪽.

15) 김기림, 「오전의 시론」, 『전집 2』, 162쪽.

전체 의미를 구성하고 있다. 이러한 병치와 몽타주는 두 개 이상의 사물이 동시적으로 나열되면서 새로운 의미를 발생시키거나, 그 의미를 낯설게 만드는 기법이다. 현대문명 자체가 일관성이 없기 때문에 「기상도」의 이미지들 또한 산만하고 낯설다는 것인데 한편으로는 이러한 어수선함과 낯섦 자체가 바로 현대문명의 근대적 특징 그 자체라는 것이다.

　사전적 의미로 '기상도'는 일정한 지역과 시간의 기상 상태를 그려놓은 지도를 이르기도 하고, 어떤 분야나 일에서 앞으로의 전망을 의미하는 말이기도 하다. 그런 의미에서 「기상도」는 '태풍'이라는 거대한 자연현상을 통해 세계 곳곳에서 벌어지고 있는 정치와 경제 현상을 비롯한 생활 단면들을 파노라마식으로 보여주는 장시이다. 김기림은 엘리엇이나 스펜더의 시처럼 극적 발전이 가능한 이러한 장시가 쓰이는 데는 어떠한 필연성이나 시대적 약속이 따른다고 보았다.16) 「기상도」 제 1부를 발표하던 당시에 그는 자신의 평론에서 당대의 현실과 관련하여 이 장시를 쓴 배경과 형식에 대해 밝혔다. 즉 동시대의 기상 배치가 균형을 잃고 거칠고 혼탁해짐을 강조하며, "복잡다단하고 굴곡이 많은 현대문명은 그것에 적합한 시의 형태로서 차라리 극적 발전이 가능한 장시를 환영하는 필연적 요구"17)를 가질 수밖에 없다는 것을 제시하였다. 장시는 형태상 단시와 구분되며, 여러 개의 정서를 결합시킨 일련의 긴 시로 시인의 주관적 가치나 역사적 사건의 개입이 쉬우며 길이의 구속이 없어 얼마든지 확장이 가능하다는 것이다. 그러므로 장시의 구별은 길이보다는 작품의 내용, 구조, 사건의 유무 등으로 구별하는데18)

---

16) 김기림, 「감상에의 반역」, 『전집 2』, 100~101쪽.
17) 김기림, 「우리 시의 방향」, 『전집 2』, 141쪽.
18) 서사시나 서술시(narrative poem)와 「기상도」의 장시(long poem)는 구분된다. 서사

시의 내용과 구조를 산문화하는 것 또한 근대 문학의 한 특징이라 볼 수 있을 것이다.

이 「기상도」는 전체가 7부, 424행으로 구성되어 있다. 19)태풍의 발생과 내습, 소멸이라는 기상 현상의 변화에 따른 문명사회의 여러 면을 관찰하는 시인의 시선이 투영되어 있다. 또한 「기상도」에는 차별적 시선이나 억압된 공간으로부터 벗어나 세계 곳곳의 헤테로토피아적 장소에서 벌어지는 사회·정치적 기상들을 혼종적 주체들의 다중 시선을 통해 관측하고 있다. 근대 문명과 제국주의에 대한 풍자적 모습들은 식민지 근대 조선뿐 아니라 불안한 세계의 정치 상황이며 이것을 태풍이 몰려오는 기상도를 통해 비유적으로 드러내고 있다.

2) 역동과 혼종의 '다른 공간들'

근대화를 받아들여야 했던 식민지 조선은 이질성과 타자성이 혼재된 경계에서 이방인의 입장에 놓여 있었다. 즉 이질적인 문화를 일제에 의해 받아들이게 된 식민지 주체들은 근대의 경계에 서 있을 수밖에 없

시나 서술시는 일반적으로 이야기를 내포하며 일정한 주인공을 중심으로 줄거리가 극적으로 전개되므로 발단, 전개, 위기, 절정, 결말의 순서를 밟게 된다. 그러나 「기상도」와 같은 장시는 길이는 길되 중심적인 인물의 등장이나, 인간적인 갈등의 사건이 없다.

19) 전체 구성을 4단계로 나누어 살펴보면 1단계는 1부<세계의 아침>(총 32행)과 2부<시민 행렬>(총 39행)로서 태풍이 발생하기 전의 이상적인 시민사회의 단면들이 나타난다. 2단계는 3부<태풍의 기침 시간>(62행)과 4부<자최>(110행)로서 태풍이 발생하여 북상하고 도시에는 혼란이 휩쓴다. 3단계는 5부<병든 풍경>(40행)과 6부<올빼미의 주문>(79행)이다. 태풍이 휩쓸고 간 바닷가의 황량한 풍경과 도시의 파괴된 모습이 그려지고, '나'라는 시적 주체가 등장하여 절망에 처해있음을 보여준다. 4단계인 7부<쇠바퀴의 노래>(62행)에서는 '나'가 절망을 극복하고 새로운 희망으로써 폭풍경보의 해제를 알리고 있다.

었다. 이 시기 모더니즘 시의 '다른', '낯선', '비현실적인' 공간은 이러한 식민지 근대 주체들의 경험뿐 아니라 상상으로까지 나아가 어느 공간에도 속하지 못하는 '혼종적 공간'을 생성해내고 있었다. 유토피아가 위안과 안정을 주지만 현실에 존재하지 않는 가상과 임의의 장소라면 '혼종적 공간'은 불안과 소외를 함축하는 장소로써 현실의 주변부에 자리하는 무질서의 장소이자 사이의 장소이다.[20] 그것은 가치와 의미가 부재하는 혼돈의 세계에 대한 새로운 접근법으로 선과 악, 현실과 허구, 존재와 부재와 같은 이분법으로부터 벗어난 반(反)공간이다.

이와 같은 '헤테로토피아적 장소성'은 일반적인 공간 연구나 '장소성'의 연구와 달리 패러다임의 변화나 인간 욕망에 대한 변화를 아우를 수 있는 개념이다. 때문에 문화의 전반적 변이를 총체적으로 인식할 수 있는 매개라는 점에서 중요한 의미를 지닌다. 무엇보다 이 헤테로토피아의 상상력은 식민지 근대 제국주의의 힘에 대한 야욕으로 닫혀진 현실에 균열을 내는 동시에 또 다른 세계와 현실을 조망할 수 있는 가능성을 열어준다.

김기림의 「기상도」에는 이러한 이질화된 장소들을 의도적으로 '구성'함으로써, 근대 국가와 개인의 삶이 어떤 식으로 관계 맺는지에 대한 다양한 방식들을 보여주고 있다. 근대는 현실의 장소를 자본과 권력의 요구에 따라 재배치하며 위계화한다. 그런 점에서 김기림은 '엑스타시'가 실현되는 이미지들은 시가 만들 수 있는 공간의 위력을 의미한다고 밝혔다.[21] 「기상도」에는 이러한 헤테로토폴로지에 의한 다양한 장소들을 근대의 혼종적인 엑조티시즘의 공간으로 연출하고 있다.

---

20) 미셸 푸코, 이광래 역, 『말과 사물』, 「서문」, 2012, 11쪽.
21) 김기림, 「시의 모더니티」, 『김기림 전집 2』, 심설당, 1988, 81쪽.

〈기상도〉에 드러나는 헤테로토폴로지의 장소적 특징

	혼종의 헤테로토피아적 장소	엑조티시즘 관련 용어들
1부 世界의 아침	輪船, 停車場, 부두, 선실	아라비아, 사라센, 쥬네브, 스마트라
2부 市民行列	公園,	콜베―르, 막도날드
3부 颱風의 起寢時間	「바시」의 어구 中央氣象臺 亞細亞의 沿岸	바기오, 바시, 파우스트, 괴테, 발칸
4부 자최	萬國公園, 旅客機 圖書館, 租界線 傲慢한 都市 黃河江邊	솔로몬, 테―불, 아라비아, 라우드·스피―커, 쁘람―쓰, 삐―프스테잌, 햄 살라드, 양키, 워싱톤 사라센, 쥬네브, 마르코·폴로, 사이렌, 헤―겔, 쏘크라테쓰, 스마트라
5부 病든 風景	비뚤어진 城壁, 埠頭	칸바쓰
6부 올빼미의 呪文	태풍의 네거리와 公園과 市場 酒幕, 메트로폴리스	아라비아, 아라스카, 타골
7부 쇠바퀴의 노래	太平洋의 沿岸	메트로폴리스, 데모스테네스

　「기상도」의 배경이 되고 있는 항구, 윤선(輪船), 기차, 정거장, 공원, 시장 등은 대부분 경계에 있는 장소로써 사람들이 정착하여 사는 곳이 아니라 많은 사람들이 오고 가는 공간이다. 사이의 공간이자 양립할 수 없는 여러 공간의 특징을 동시에 가진 플랫폼의 장소이다. '엑조티시즘' 역시 이국정서나 그러한 분위기를 조성하거나 탐닉함으로 인해 이질적이거나 혼종적인 장소의 특징을 잘 드러내고 있다.

　근대 사회의 이러한 다층적인 공간은 그 속에 자신이 어떻게 위치되는가에 따라 존재론적 의미가 규정된다. 푸코는 이를 '배치(emplacement)'라고 했는데, 이 공간은 존재해야만 하는 전망에 대한 사유형식으로써 '바깥의 공간'을 의미한다. 기숙학교, 사우나, 정원, 도서관과 같은 일상적이고 안정된 공간들을 비롯해서 권력에 대한 환상을 가지는 선박, 도박장과 매음굴과 같은 환타지 공간 그리고 묘지, 감옥과 같은 폐쇄적인 공간 등 이러한 장소들은 현실의 부당한 규범이나 부패한 질서를 거부하며 기존의 체제에 대해 새로운 방식으로 질문한다. 그러므로 그 장소들은 시간에 따라 다양한 형태로 변화하는 새로운 가능성을 내재하고 있다.

> 비눌
> 돛인
> 海峽은
> 배암의 잔둥
> 처럼 살아났고
> 아롱진「아라비아」의 衣裳을 들른 젊은 山脈들
>
> 바람은 바다가에「사라센」의 비단幅처럼 미끄러웁고
> 放漫한 風景은 午前 七時의 絶頂에 가로누었다.
>
> 헐덕이는 들 우에
> 늙은 香水를 뿌리는
> 敎堂의 녹쓰른 鐘소리
> 송아지들은 들로 돌아가려므나
> 아가씨는 바다에 밀려가는 輪船을 오늘도 바래보냈다
> 國境가까운 停車場.
> 車掌의 信號를 재촉하여
> —「世界의 아침」부분

인용된 시의 1, 2연에는 파도, 해협, 산맥, 바람 등의 시각적 이미지를 통해 태풍이 발발하기 전의 세계 곳곳의 아침 상황을 묘사한다. 해협의 파도를 '비늘/돛인' 또는 '배암의 잔등/처럼 살아났'다는 시각적 표현으로 그 상황을 이미지적으로 살려내고 있다. 그런가 하면 산맥을 '아롱진 「아라비아」 衣裳을 들른'으로, 바람을 '「사라센」의 비단幅처럼 미끄러웁고'와 같은 이미지 묘사를 통해 역동적인 바다와 파도의 움직임을 보여준다.

시의 전반에 등장하는 '배(ship)'는 전형적인 헤테로토피아적 공간으로 근대적 상상력을 엿볼 수 있는 '장소 없는 장소이자, 떠나는 공간'이다. 경제적 확장이나 식민지 수탈의 수단이면서 미지의 모험을 자극하는 '상상력의 보고(寶庫)'라는 양가적 의미를 지닌다.22) 그런 지점에서 현실과 환상, 자유와 억압, 질서와 무질서와 같은 대립되는 장소들 사이를 오가는 움직이는 장소이다.

아라비아나 사라센과 같은 이국의 '放漫한 풍경'은 해협과 항구가 있는 근대 문명 속의 혼돈과 불안의 헤테로토피아 장소로써 이곳에서 벌어지는 일상의 풍경들은 현실에서 벗어난 이질적인 공간으로 "교당의 녹슬은 종소리"가 들리는 곳이다. "바다에 밀려가는 輪船을 오늘도 바래보"는 "아가씨"들이 있는 항구는 내일의 희망을 기대하는 곳이지만 도박이나 유흥이 있는 쾌락과 타락의 장소이기도 하다. 화려하고 낭만적인 항구는 새로운 문명을 우선적으로 받아들이는 곳이지만 현실을 살아가는 주체들이 근대의 현실에서 생존을 위해 발버둥치며 환멸을 느낄 수밖에 없는 이방인의 공간인 것이다.

푸코는 이 헤테로토피아를 문화의 내부에 있는 실제적인 자리들 즉 다른 모든 실제 자리를 재현하고 그것에 저항하고 전복하는 일종의 '대항-자리들'로 정의했다. 근대의 공간이 자연과 문화적 기능을 수행하

---

22) 미셸 푸코, 이상길 역, 『헤테로토피아』, 문학과지성사, 2014, 58쪽.

기보다는 정치—경제적인 성격을 더 강하게 띠면서 중심이 없는 국지화를 지향하게 되는데 이 끝없이 확장되는 공간, '헤테로토피아'를 근대 사회의 특징적 공간으로 주목하였다. 그곳은 중심이 아닌 외부 공간에 있는 이종적 공간(heterogeneous)이며 절대적 '타자성의 공간'으로 모든 식민지가 작동되는 방식과 동일하다. 전지구적인 거시적 시각에서 볼 때 이러한 '식민지'는 공간의 조직화라는 문제와 관련해 헤테로토피아의 역할을 가장 잘 수행하고 있다고 볼 수 있다.[23]

> 「大中華民國의 繁榮을 위하야———」
> 슯으게 떨리는 유리컵의 쇳소리
> 거룩한 「데—불」 보내기 우에
> 펴놓은 歡談의 물굽이 속에서
> 늙은 王國의 運命은 흔들리운다
> (중략)
>
> 十字家를 높이 들고
> 動亂에 향하야 귀를 틀어막던
> 教會堂에서는
> 「하느님이여 카나안으로 이르는 길은
> 어는 불ㅅ길 속으로 뚫렸습니까」
> 祈願의 중품에서 禮拜는 멈춰섰다
> 아모도 「아—멘」을 채 말하기전에
> 門으로 門으로 쏟아진다……

---

23) 푸코는 17세기 영국인들이 아메리카에 건설했던 청교도사회와 남아메리카에 세워진 예수회의 특별한 식민지들을 말하며 매음굴과 이 식민지를 극단적인 유형의 헤테로토피아로 보았다. 파라과이의 예수회 수도사들이 주민들을 언제 어디서나 규제할 수 있는 식민지를 구축했는데 이처럼 그들은 아메리카 세계의 공간과 자리를 자기들의 근본 기호로 표시하고자 했음을 언급했다. (푸코, 앞의 책, 57쪽)

圖書館에서는

사람들은 거꾸로 서는 「소크라테쓰」를 拍手합니다

生徒들은 「헤-겔」의 서투른 算術에 아주 歎服합니다

어저께의 同志를 江邊으로 보내기 위하야

(중략)

떨리는 租界線에서

하도 심심한 步哨는 한 佛蘭西 婦人을 멈춰 세웠으나

　　　　　　　　　　　　　　　　　　　　—「자최」부분

　4부 「자최」는 뉴스 형식으로 각 연마다 다른 장소에서 벌어지는 사건들을 열거하고 있다. 1연에는 大中華民國, 2연에는 萬國公園, 3연에는 旅客機, 4연에는 教會堂, 5연에는 圖書館, 6연에는 租界線, 7연에는 「뻴딩」의 숲속, 8연에는 불自動車, 9연에는 어깨가 떨어진 「마르크·폴로」의 銅像이 있는 공원, 10연에는 飛行機, 11연에는 公使의 行列이 있는 도로, 12연에는 黃河江邊 등 서로 다른 공간들이 파노라마 형식으로 등장한다.

　이 장소들은 대부분 많은 사람들이 왕래하는 곳으로 그들의 시선과 정서들이 복잡하게 얽혀있는 헤테로토피아적 공간이다. 이곳에서 재현되는 이미지는 허구와 실재가 뒤섞여서 매순간 다양하게 연출된다. 때문에 시간과 공간의 병렬적 구성이나 현실과 상상의 경계가 모호하게 되면서 현실적 공간의 제약으로부터 벗어나게 된다. 헤테로토피아는 이러한 다양한 장소를 구성하는 주체들이 위반의 경험을 통해서 이루어진다. 이러한 공간은 당시 김기림이 거주했던 식민지 현실에서 벗어난 '다른 공간'으로, 서로 양립이 불가능한 탈중심화된 곳으로 불완전하고 위태로운 사건들이 반복적으로 일어나고 있는 장소이다. 다시 말해 헤테로토피아는 다양한 문화와 대상들의 혼종적인 장소이며 변화와 혼란의 공간인 것이다.

또한 "늙은 왕국"의 흔들리는 "운명"이나 "십자가를 높이 들고" 動亂으로부터 귀를 막고 있는 "교회당"은 주변 환경과 고립되어 있지만 열린 공간이면서 동시에 닫힌 공간이다. 한때 많은 사람들이 유토피아적인 꿈과 희망을 가졌던 공간이지만 역사적인 많은 사건들로 위기감이 고조된 장소이기도 하다. 급기야 태풍이 북상하면서 이러한 공간들에 긴장감과 함께 혼란스러운 모습이 더 급격하게 드러난다.

이처럼 「기상도」에는 태풍 전의 이상적인 세계 아침으로부터 태풍이 한바탕 몰아치고 지나간 세계 곳곳의 모습들이 다채롭게 드러난다. 이 '태풍'은 근대 문명 속의 혼돈과 불안을 의미하기도 하지만 그로 인해 세계 곳곳의 헤테로토피아라는 장소에서 벌어지는 근대 일상의 풍경을 적나라하게 드러내 보여주고 있다. 그러므로 이러한 혼종적인 엑조티시즘의 공간은 제작된 화면처럼 영화적 상상력으로[24] 현실과 이질적인 공간의 내면적 풍경을 보여줌으로써 근대 사회의 이면을 적나라하게 드러내고 있다.

3) 다중적 시선으로 본 문명비판과 근대의 명암

앞서 살핀 바와 같이 1930년대 중반 이후 김기림은 근대 사회와 도시 문명에 대한 비판적 시선과 태도를 시와 산문을 통해 적극적으로 표

---

24) 윤수하는 김기림의 시가 엘리엇의 <황무지>와 비교되는 영화적 상상력과 기교를 실현하고 있으며, 이러한 혼종적인 엑조티시즘의 공간을 1930년대 그의 시를 통해 밝히고 있다. (윤수하, 「1930년대 한국모더니즘 시의 상상 공간 연구」, 『批評文學』 65, 한국비평문학회, 2017, 178쪽)

면화했다. 그는 근대 문명의 대부분의 영역에서 인간이 주체가 되지 못하는 즉 인간의 결핍이 근대 문명 자체의 병폐라고 보았다.[25] 때문에 시가 기교주의적이고 말초적으로 변하는 것을 지양하며, 시인은 근대 문명에 대한 시적 감수성이나 나르시시즘에서 벗어나 그 이면의 부조리와 모순을 인지하고 항상 비판적 자세를 견지해야 한다고 보았다.

시는 시대의 새로운 변화를 추구하는 동시에 시시때때로 변모하는 역사와 사회적 흐름에 기민하게 대처하는 정신과 태도가 필요하다. 특히 현대시는 그 시대에 대한 감각과 비판 정신으로써 살아 움직여야 하는데, 새로운 시대에 맞는 시는 과거의 시와 다른 내용과 형식으로 그 시대의 현실을 담아야 한다는 것이 김기림의 생각이었다. 현실이라는 것은 주관과 객관을 포함한 역사적이고 사회적인 한 시점이기도 하지만 끊임없이 움직이는 것이기도 하다. 이러한 역동적인 현실에 대해서 시인은 언제나 비판적인 시선과 태도를 취해야 하고 그것이 곧 시인의 의무라고 강조했다. 때문에 역사와 시대정신을 잃은 기교주의의 모더니즘을 배격하고 그것을 종합하여 새로운 시적 질서를 시 속에서 만들어 내야 한다고 보았다.

> 우리는 우리의 각도를 이동시킴으로써 사물을 입체적으로 이해할 수가 있다. 평면의 저편에 숨어있는 비밀을 우리의 것으로 만들수가 있을 것이다. 여기에 또한 새로운 각도가 제시되었다. 시간이 그것이다. (중략) 공간과 시간—그 속에서 우리들의 각도의 이동, 변화의 가능성은 시간·공간 자체의 한계처럼 넓을 것이다. 같은 사물이라도 「카메라」의 「앵글」을 바꿈으로써 거기에서 발견되는 가치도 각각 달라질 것이다.[26]

---

25) 김기림, 「오전의 시론」, 『전집 2』, 159쪽.

우리가 보는 시선과 각도의 변화는 시·공간의 변모처럼 다양하게 바뀌고 또 이동된다. 김기림은 장콕도의 말을 인용하며 진짜「리얼리티」란 날마다 우리가 접촉하고 있는 대상을 기계적으로 보는 것이 아니라 마치 그것을 처음 보는 것처럼 새로운 각도로 보는 것이며, 오늘날의 시인은 자신의 각도를 언제든지 준비하고 그것을 변화시키거나 이동시킬 줄 알아야 한다고 언급하였다.[27] 이러한 시각이 '시선'이라면 그것은 공간이나 장소가 이동함에 따라 시적 주체의 시선이나 시각이 바뀔 수 있음을 의미하는 것이기도 하다.

김기림의 모더니즘 시론의 주체는 개인의 층위에서뿐만 아니라 대중과 민족적 염원으로까지 확대된다. 이처럼 개인과 공동체로 자유롭게 오가는 주체의 시선을 '다중적 주체' 시선이라 할 수 있다.[28] 이러한 다중 주체와 다중 시선은 김기림의 대중성의 확보에 대한 의지와 밀접하다. 또한 그것은 근대 교양으로서 시가 가져야 할 윤리이자 당연한 의무라는 것이다.

그런 점에서「기상도」는 당시 식민 조선과 세계의 현실 속에서 근대 주체들이 겪게 되는 문명의 병폐와 불안한 징후들을 예리하게 담고 있다. 시에 드러나는 근대 주체의 다양한 시선들은 세계의 곳곳에서 펼쳐지는 근대 문명에 대한 예리하고 풍자적인 근대의 명암을 폭넓게 드러내어 보여준다.

넥타이를 한 흰 食人種은

---

26) 김기림,「각도의 문제」,『전집2』, 169~170쪽.
27) 김기림,「각도의 문제」,『전집2』, 170쪽.
28) 한주영,「김기림 시론에서의 다중 시선의 가능성과 영화시 연구」,『우리문학연구』63, 우리문학회, 2019, 629쪽.

니그로의 料理가 七面鳥보다도 좋답니다
살갈을 희게 하는 검은 고기의 위력
醫師「콜베ー르」씨 의 處方입니다
「헬매트」를 쓴 避暑客들은
亂雜한 戰爭競技에 熱中했습니다
숲은 獨唱家인 審判의 號角소리
너무 興奮하였으므로
內服만 입은 파씨스트
그러나 伊太利에서는
泄瀉劑는 일제 禁物이랍니다
 (중략)
公園은 首相「막도날드」氏가 世界에 자랑하는
여전히 실업자를 위한 국가적 시설이 되었습니다
교주들은 언제든디 치일 수 있도록
가장 간단한 곳에 성경을 언저 두었습니다
신도는 죄를 지을 수 있는 구실이 되었습니다
「감사합니다」
「아멘」

ー「市民行列」 부분

위 시에서는 근대를 위기에 빠뜨린 서구 문명에 대한 다중적 시선이
복합적으로 드러난다. 의사 콜베르 씨, 호각을 부는 심판, 검은 셔츠만
입는 파시스트, 망향가를 부르는 니그로, 석 달 만에 취직한 수만이와
책상만 치는 독재자 그리고 자살을 할 것인가 망설이는 파리의 남편들
과 아메리카의 여자들이 연이어 등장한다. '넥타이를 한 흰 식인종'은
백인 인종주의자를 풍자하고 이러한 백인 우월주의의 기원을 중상주
의에서 찾기도 한다. 이러한 모습에서 서구인들은 흑인을 착취할 뿐 아
니라 세계를 전쟁 위험으로 몰아넣고 그들을 식민지화하려는 폭력적

이고 야만적인 태도에 비판적이고 풍자적인 시선을 보여주고 있다. '헬 매트를 쓴 피서객'은 군인을 풍자한 것이라면 '슭은 독창자인 심판의 호각소리'는 국제관계를 유지할 규칙이 사라졌음을 의미한다. 또한 '내 복만 입은 파씨스트'는 1922년 이래 이탈리아를 지배한 무솔리니를 의 미하는 등 세계 곳곳의 일상에서 흔하게 드러나는 근대 문명의 폭력성 과 부패를 다중 주체의 다중 시선을 통해 드러내고 있다.

전쟁, 광분한 파씨스트, 빈부의 격차, 우리나라의 취업난과 여성들의 불만스러운 삶, 영국의 실업 문제와 기독교의 타락 등에 대한 다중 시 선은 서구사회가 20세기에 부딪친 여러 가지 난제들인 동시에 당시 근 대 조선의 문제인데 근대는 이러한 모순들을 필연적으로 수반할 수밖 에 없었다.

颱風은 네거리와 公園과 市場에서
몬지와 휴지와 캐베지와 膿脂와
戀愛의 流行을 쫓아버렸다
(중략)
대체 이 疲困을 피할 하루밤 酒幕은
「아라비아‘의 「아라스카」의 어느 가시밭에도 없느냐
戀愛와 같이 싱겁게 나를 떠난 希望은
지금 또 어디서 復讐를 준비하고 있느냐
　　　　　　　　　　　　　　　―「올빼미의 呪文」 부분

颱風이 짓밟고 간 깨어진 「매트로폴리스」에
어린 太陽이 병아리처럼
홰를 치며 일어날게다
하루밤 그 꿈을 건너다니던
수없는 놀램과 소름을 떨어버리고

이슬에 젖은 날개를 하늘로 펼게다
탄탄한 大路가 희망처럼
저 머언 地平線에 뻗히면
우리도 四輪馬車에 내일을 싣고
유량한 말발굽 소리를 울리면서
처음 맞는 새길을 떠나갈게다
밤인 까닭에 더욱 마음달리는
저 머언 太陽의 故鄕

— 「쇠바퀴의 노래」 부분

"몬지와 휴지와 캐베지와 燕脂" 그리고 "戀愛의 行蹟"과 같이 이 시에 언급된 상황이나 도시의 모습들은 향략적이고 혼란스럽다. 이러한 상황의 주체들은 자본주의의 퇴폐화와 모순에 따른 불안과 욕망에 노출되어 있다. 무엇보다 "네 거리와 공원과 시장"이 있는 "메트로폴로리스"의 혼종적인 장소에서는 자본주의 욕망에 노출된 다중 주체의 시선이 존재한다. 이러한 다중적 시선은 근대 사회의 불안과 기만의 원인인 '돈'과 '권력'이 지배하는 자본주의 속성을 면밀하게 들여다본다. 문명의 발전이 풍요나 평화를 가져다주리라 여겼지만 현실은 이유 없는 불안함과 "疲困"함 그 자체이다. 때문에 황홀한 기대나 약속은 '돌아서 등불을 비틀어 죽'이는 것처럼 의미 없고 애초에 실패할 수밖에 없는 것이다.

무엇보다 근대가 '국가와 개인의 利慾'으로 희망과 신뢰를 잃게 된 데는 근대 내부의 회의와 불순이 원인이다. 때문에 이 시에서 "하루 밤"의 꿈과 같은 근대의 헛된 유행이나 욕망을 쫓아버리거나 쓸어버릴 수 있는 것은 다름 아닌 "태풍"이다. 그 "태풍"이 통과한 뒤 솟아오르는 "태양"과 "고향"에 대한 염원은 절망적이고 회의적인 근대에 대한 또 다른 희망을 의미한다. 근대의 파국과 문명의 타락은 필연적인 역사 진행의 과정이지만 새로운 가치와 질서로 맞이할 시대 또한 도래하고 있다는 것이 이 시의 마지막 「쇠바퀴의 노래」의 메시지이다. 그러한 시대가 열릴 곳이 바로 "탄탄한 대로"이며 "희망"처럼 사륜마차에 내일을 싣고 새길을 따라 말발굽 소리를 울리면서 다다르는 곳이 다름 아닌 "태양의 고향"인 것이다.

김기림은 1930년대 세계사적인 혼돈과 불안의 상황을 여러 시적 주체들의 다중 시선들을 통해 파노라마 형식으로 나열하고 있다. 그가 시에 조망한 이러한 세계사적 현실은 당대 우리의 현실과 무관하지 않다. 식민 근대의 현실을 깊이 들어가다 보면 필연적으로 앞서 살핀 모순적인 근대의 세계사적 현실과 만날 수밖에 없다. 그는 「기상도」를 통해 모순과 위기에 처한 근대 사회가 파국에 이르게 된 것은 사실이지만 근대 주체의 노력에 따라 새로운 방향을 찾을 수 있다는 희망 또한 놓지 않고 있음을 보여 주고 있다. 이것은 저널리스트였던 김기림이 국제정세를 파악하는데 예민한 촉수를 가졌으며 아울러 근대과학이나 문명에 대한 문제점을 항상 인식하고 있었기에 가능한 것이었다고 볼 수 있다.

근대에 대한 신뢰와 부정이 교차하며 김기림의 근대 인식이 변모된 데에는 시와 시론을 통한 지속적인 반성적 모색이 있었기 때문이다. 시는 자본주의 사회의 장식물이 아닌 새로운 현실과 인생의 가치관을 반영하며 근대의 모순적이고 이중적인 요소를 배척하는 비판적 태도를 갖는다.29) 그런 점에서 「기상도」는 헤테로토피아적 상상력과 다중적 시선을 통해 시·공간에 대한 객관적이고 총체적인 그의 시론을 본격적으로 실현해 나간 장시이다. 태풍이라는 자연현상을 통하여 소외와

---

29) 김기림, 「시인과 시의 개념」, 『전집 2』, 293쪽.

불안 등 근대화의 과정에서 드러나는 자본주의와 도시의 팽창, 제국주의 열강들의 침략과 같은 근대 문명에 대한 비판적이고 실험적인 태도를 잘 보여주고 있다. 이것은 「기상도」가 근대 사회의 어지러운 현상들을 진단하고 비판한 자본주의 문명의 '기상도'이자 세계정세 속의 식민 근대의 명암을 반영한 '기상도'이기 때문이다.

*

김기림은 모더니즘 문학이 지니고 있는 역사적 가치의 명분이나 그것의 실현 가능성을 전제로 과거의 문학 활동에 대한 반성과 미래에 대한 새로운 전망 등을 체계화하려고 활발한 문학 활동을 펼쳤다. 비록 그가 열망하던 새로운 시적 세계를 명확히 밝히거나 그것을 현실과 밀착시켜 보여주지는 못했다고 하더라도, 그는 '현재'라는 시간 속에 내재하는 역동적인 질서와 근대적 삶의 질서를 누구보다 분명하게 인식하고 그것을 치열하게 실천하려고 하였다.

특히 1930년대를 거치면서 그가 시에서 가장 경계했던 것이 감상주의와 봉건적 요소였는데, 이러한 감상주의를 배격하기 위해 강조한 것이 '지성'이었다.[30] 이러한 지성을 강조하는 모더니즘 시는 과거의 감상적 속성을 배제하고 주지적인 동시에 이미지를 새로운 가치로 받아들이는 것이었다.[31] 그리하여 김기림의 시론은 '주지주의'와 '기교주의' 그리고 '전체주의' 등의 변모 양상을 보였다.

식민지 치하의 지식인의 존재에 대한 회의와 불안감이 실재와 혼재된 상상 공간을 만들었는데, 이 시기 김기림의 시에 드러나는 헤테로토

---

30) 김기림, 「바다와 나비, 머리말」, 『전집 1』, 157쪽.
31) 김기림, 「우리 시의 방향」, 『전집 2』, 145쪽.

피아는 근대 주체들의 경험뿐 아니라 상상으로까지 나아가는 혼종의 공간이다. 특히 「기상도」의 배경이 되고 있는 연안, 부두, 배, 정거장, 항구 그리고 메트로폴리스로 대변되는 수많은 근대 국가들의 도시는 많은 사람들이 오가는 여러 공간의 특질을 동시에 가지는 헤테로토피아적 장소이다. 헤테로토피아는 현실과 비현실, 유동성과 고착성, 실현 가능성과 실현 불가능성이라는 대립적 요소를 내포하고 있다. 이러한 장소는 근대 제국주의의 욕망과 힘에 대한 야욕이 드러난다. 또한 모순된 현실에 균열을 내고 새로운 세계로의 가능성을 열어주는 동시에 다른 차원의 현실을 조망할 수 있는 계기를 제공한다.

최재서가 「기상도」에 대해 현대 세계를 한마디로 요약할 통일적 주체가 즉 단일된 주체가 없다[32]고 언급하였다. 그의 말처럼 기상도에서는 단일된 주체가 아니라 다중 주체가 드러나는데, 「기상도」의 이러한 다중 주체의 다중 시선들은 근대 문명의 이면을 다채롭고 신랄하게 비판하고 있다. 개인과 공동체를 오가는 자유로운 주체의 다중적 시선은 대중성의 확보나 교양인으로서의 의무이며 나아가 문명의 병폐와 불안한 징후들을 예리하게 포착하여 근대의 명암을 폭넓게 드러내 보여주는 지점이다.

시인이자 지식인으로서 김기림이 목격했던 근대의 이면과 문학에 대한 포부는 조선의 식민지적 현실에서 크게 벗어날 수 없었다. 그가 추구하려고 했던 근대의 이상과 질서를 실현시킬 토양이 당시 '조선'에는 마련되어 있지 않았던 것이다. 그런 의미에서 「기상도」에 호명된 헤테로토피아적 장소나 다중적 시선들은 식민지 근대 조선의 물리적 공간뿐 아니라 그 현실에서 벗어난 상상의 공간 혹은 두 공간을 합친 제

---

32) 최재서, 「현대시의 생리와 성격」, 『문학과 지성』, 서울: 인문사, 1938, 76~81쪽.

삼의 공간을 모두 시 속에 소환하고 있다. 그의 모더니즘 이론이나 시론을 근거로 한 헤테로토피아적 장소와 다중적 시선에 대한 고려가 없다면, 김기림의 「기상도」에 대한 해석이나 이해는 피상적이고 단순해져 버릴 것이다.

이처럼 「기상도」는 이질적이고 혼재된 근대화를 받아들일 수밖에 없는 식민지 근대 조선의 혼란과 근대 주체의 내면 결핍과 같은 갈등의 양상을 혼종적인 장소의 묘사와 다중적 시선을 통해 잘 드러내고 있다. 태풍의 발발과 소멸에 따른 세계 곳곳의 모습을 파노라마식으로 제시하는 것 역시 식민지 근대 조선의 현실을 비판함과 동시에 탈중심화되어 가는 근대 문명의 다양한 명암에 대한 깊이 있는 인식과 결부되어 있기 때문이다.

김수영 시의 포로수용소와 도서관 그리고 거리와 같은 규율화된 공간이나 현실의 다성적 표상의 헤테로토피아는 비판과 대안의 여지를 함축하고 있다. 이에 반해 김춘수는 일본 세다가야서(署)에서의 감옥 생활과 전후 고향과 같은 근원 상실의 장소들은 자연 회귀로서의 신화와 원형적 상상을 통해 부재나 파편적 관계와 같은 잃어버린 세계에 대한 실존적 성찰들을 보여준다.

두 시인의 시에 드러나는 헤테로토피아는 각각 '현재'와 '과거'라는 시간과 관계되는 부정과 원형의 장소이다. 그들이 그 장소들을 시에 호출한 것은 개인의 참다운 윤리적 실존을 위협했던 역사와 전후 폐허의 현실에서 시적 자아의 공포나 불안을 극복하기 위함이었다. 나아가 동시대에 겪었던 경험적 현실을 병치시킴으로써 인간의 가치와 생명을 위협했던 근대의 부조리함에 대한 신랄한 비판이자 성찰이라 할 수 있을 것이다.

2

김수영과 김춘수 시의 헤테로토피아

*

　인간은 자신이 처해 있는 현재 위치에 대한 각성으로부터 스스로의 정체성을 찾는다. 이질적이고 낯선 장소로의 이동은 기존 질서의 체계를 허물어뜨리며 균열시키는데 존재는 그 불안과 허무의 틈에서 언제나 불가능한 세계와 자신의 한계를 체험한다. 시인은 이러한 시적 감응으로 정치적 현실과 경험적 자아 사이에서 충돌하고 분열하는 존재에 대한 사유를 시로 증명한다. 이처럼 세계에 대한 시인의 사고가 구현되는 장소들은 시적 주체가 이 현실에 대응하는 방식이자 자의식의 표현 공간이다.

　전후 시문학을 대표하는 김수영1)과 김춘수2)는 일제 강점기를 지나

1) 김수영(1921－1968)은 서울 종로에 태어나 1945년 『예술부락』에 「묘정(廟廷)의 노래」를 발표하면서 작품 활동을 시작하였다. '신시론' 동인을 결성하여 문인들과 교류하였으며 1949년에 합동 시집 『새로운 도시와 시민들의 합창』을 출간하였다. 김수영은 한국전쟁으로 의용군과 포로 수용소 생활을 오래 했다. 1950년대 당시 그는

해방과 6·25 전쟁을 거쳐 분단이라는 우리 현대사를 몸소 체험하였으며 한국 모더니즘을 이끌어간 시인들이다. 특히 1950년대 그들의 시는 공간과 삶에 대한 인식이 현실이나 시대의 흐름과 밀접한 관련을 맺으며 형상화되었다. 특히 이 시기 두 시인의 시에 드러나는 공간은 시적 자아의 경험에 따라 달라지는 인식의 장소로 시적 사유나 상상 그리고 과거의 경험이 만나는 자리로서 역사와 이데올로기의 폭력을 체험한 두 시인의 저항과 부정의 면모가 잘 드러난다.

미셸 푸코는 '유토피아'의 딜레마를 극복하기 위해 '헤테로토피아'를 제시하며 기존의 공간적 사유나 상상이 미치지 못하는 지점들에 주목하였다. 헤테로토피아는 유토피아의 이상적 관념을 실존하는 공간에 반영한 장소로 다양한 서사와 구조를 통해 하나로 정의되지 않는 복수의 공간이다.

선과 악, 현실과 허구, 자아와 타자, 존재와 부재 같은 현실의 이항 대립을 헤테로토피아는 무화시킨다.[3] 실제 공간과 혼재된 동시에 현실에

잡지사와 신문사의 문화부에서 근무하기도 하고 외국 잡지 번역을 하며 시를 쓰다 1959년에 첫 시집 『달나라의 장난』을 출간하였다.

2) 김춘수(1922-2004)는 경남 통영에서 태어나 1940년 일본 니혼대학(日本大學) 예술학부의 창작과에 입학하여 수학하였다. 1946년 『해방 1주년 사회집』에 「애가」를 발표하면서 문단 활동을 시작했다. 1950년대 김춘수의 시집으로는 1950년 『늪』, 1951년 『기旗』, 1953년 『인인隣人』, 1954년 『제1시집』, 1959년 『꽃의 소묘』, 『부다페스트의 소녀의 죽음』 등 7권이 있다. 이 시기의 시편들에서는 인간 실존의 허무를 초월하기 위한 관념적 세계로의 형이상학적인 존재 탐구의 모습을 보였다.

3) 헤테로토피아는 도서관이나 박물관과 같은 영원성이나 이질적 시간의 공간, 놀이나 백화점과 같은 쾌락과 환상의 공간, 감호소나 군대와 같은 규율과 억압의 공간, 게토나 새터민과 같은 배제와 도피의 공간, 영화나 텔레비전과 같은 디지털 시대의 비현실적 환상의 공간이며 혼종의 장소이다. '저항과 경계 넘기'는 헤테로토피아 공간을 성격 규정하면서 가장 많이 거론되는 개념이다. 그러므로 헤테로토피아는 사이 공간이며 양립할 수 없는 여러 공간적 특질이 한 장소에 겹쳐 존재하는 공간이라 할 수 있다.

이의를 제기하는 대항 공간으로서 삶과 죽음, 성과 속이 교차되는 병원이나 교도소 그리고 도서관이나 거리 등과 같은 양가적 속성들이 공존하는 장소이다. 권력에 의해 위계화된 모든 장소에 맞서는 '장소 안의 장소'이면서 동시에 '장소 밖의 장소'이다. 유토피아적 속성을 포함하는 피폐한 현실적 도피처로서 헤테로크로니아와 결합되어 기계적이고 선형적인 시간에 균열을 낸다. 때문에 반복 재생되는 기억을 통해 일상으로부터 탈주하고 해체하며 일상 자체와 분절된다. 그러므로 현존과 부재가 반복되는 순간이나 특정한 공간에서의 기억은 그 장소에 포착되고 저장되므로 현실의 기억은 장소와 공간이라는 논제를 바탕으로 논의될 수밖에 없다. 1950년대 시인들의 시에 드러나는 세계에 대한 불확실성과 현대성의 자각으로서의 부정성은 파편화된 현실의 알레고리적 장소인 헤테로토피아와 깊게 관련되어 있다.

김현은 김춘수의 무의미 시론과 김수영의 새로움을 향한 저항의 시론은 1950~1960년대 시단이 거둔 가장 값진 수확이라고 밝혔다.4) 혼란한 정치와 이데올로기의 현실에서 근대 사회의 획일화를 거부했던 두 시인은 창작의 지향점이나 방법론의 편차는 있지만 세계의 불모성이나 부정성으로부터 탈근대적인 시적 사유의 모습을 보였다. 절망의 시대는 환멸적 자아나 현실 그리고 타자 사이의 어떤 가능성으로서 화해의 지점들을 단절시킨다. 이 절대 고독의 단절 상황에서 두 시인은 자기 변모와 쇄신을 거듭하며 스스로를 둘러싸고 있는 장소로부터 의식 세계의 공간으로까지 시세계를 넓히며 동시대의 경험적 현실을 병치시키며 현실의 폭력과 부조리를 비판하였다.

김수영 시의 공간에 대한 연구로 여태천5)은 '방'과 '집'을 통해 시어

---

4) 김현, 『시인을 찾아서』, 민음사, 1975, 22쪽.

의 사용 빈도와 의미의 변화를 시기별로 살피며, 방과 집은 정주의 장소이자 갈등과 위기의 공간으로 김수영의 치열한 비판의식이 잘 드러나는 장소로 보았다. 김응교[6]는 종로 마리서사와 충무로 유명옥 그리고 소공동 국립도서관 등의 장소를 통해 김수영 시의 실증적인 정보와 컨텍스트로서의 공간과의 연관성을 제시하고 있다. 또한 김원경[7]은 김수영 시의 '방'이라는 닫힌 공간과 '거리'라는 열린 공간의 변증법적 의미를 살피며 '마당'을 회복과 정화의 헤테로토피아로 분석하고 있다.

신범순[8]은 김춘수 초기 시의 고독은 현대 세계의 일상을 무화시키는 것이며 자신의 우주를 새롭게 창조하는 것으로서 '꽃'을 인생의 보편적이고 철학적인 원리를 보여주는 개화의 존재로 보았다. 이경민[9]은 김춘수 시에 드러나는 공간을 바슐라르의 『공간의 시학』을 바탕으로 설명하고 수직 공간과 상승, 원체험의 공간과 역사의식 배제 그리고 닫힌 공간과 순수시 지향으로 분류하고 각각 그 특징들을 고찰하였다. 또한 강경희[10]는 김춘수 시의 유년에 대한 기억은 불안과 공포, 슬픔과 아름다움이라는 정서로 표출되는 개인의 특수한 정서로 '늪'과 '바다'라는 시적 장소와 관계됨을 밝혔다. 조강석[11]은 현실에 없는 절대 자유를 추

5) 여태천, 「김수영 시의 장소적 특성 연구: '방'과 '집'을 중심으로」, 『민족문화연구』 41, 고려대학교 민족문화연구원, 2004, 347~384쪽.

6) 김응교, 「마리서사・유명옥・국립도서관─김수영 시의 장소에 대한 연구」, 『외국문학연구』 73, 한국외국어대학교 외국문학연구소, 2019, 139~165쪽.

7) 김원경, 「김수영 시에 나타난 공간 연구」, 『경희논총』 66, 경희대학교대학원, 2020, 67~95쪽.

8) 신범순, 「무화과 나무의 언어 : 김춘수 초기에서 '부다페스트에서의 소녀의 죽음' 까지 시에 대해」, 『한국현대시의 퇴폐와 작은 주체』, 신구문화사, 1998.

9) 이경민, 「김춘수 시의 공간 연구」, 중앙대 석사논문, 2001.

10) 강경희, 「김춘수 시 연구: '늪'과 '바다' 이미지의 상관관계를 중심으로」, 『숭실어문』 19, 숭실어문학회, 2003.

11) 조강석, 「비화해적 가상으로서의 김수영과 김춘수 시학 연구」, 연세대 박사논문,

구하는 김춘수는 세계와의 불화를 새로운 시학이 탄생하는 선결 조건으로 보고 '비화해적 가상'을 통해 현실과 역사의 이데올로기를 극복하고 있다고 보았다.

기존 연구에서는 두 시인의 공간과 현실에 대한 인식이 시대 흐름과 밀접하게 연관되어 역사나 개인적 경험과 직결됨을 밝히고 있다. 이를 바탕으로 새로운 시적 현실과 문학적 토대로써 동시대 현실의 모순에서 벗어나 삶의 방향성으로서의 내면적 탐색을 두 시인의 1950년대 시에 드러나는 헤테로토피아를 통해 고찰하고자 한다.

1950년대의 전쟁과 폭력이 가져온 단절은 죽음에 대한 충동과 방향 상실 등의 허무주의로 이어졌다. 또한 현실의 비극을 극복하기 위한 실존주의적 초월의식은 반성적 개인으로서 부정적 현실을 고발하기 위한 동시대적 사명이기도 했다. 이처럼 전후 해체된 현실에 이의를 제기하는 '이질적 장소'들은 전쟁이 가져온 파괴와 비인간화된 상황을 폭로하고 고발하는 미적 부정성의 한 단면을 드러내는 것이기도 하다.

등단 시기뿐 아니라 감옥이나 수용소 생활을 동시에 겪은 두 시인의 현대 사회에 대한 날카로운 비판적 성찰을 고려해 볼 때 기존의 관습이나 질서에 포섭되지 않는 비화해적 모습들이 헤테로토피아에서 첨예하게 드러나고 있다. 그것은 전후 폐허의 현실과 삶의 관성으로부터 벗어나려는 시적 감응으로 경험적 자아의 불안과 한 개인의 참다운 윤리적 실존이 이질 혼효적인 장소에서 잘 표출되기 때문이다.

김수영 시의 헤테로토피아가 주로 '현재'를 중심으로 현실의 이질적 경험과 관련된 장소라면, 김춘수의 경우 '과거'를 중심으로 한 원형적 헤테로토피아로서 기억이나 상상의 장소와 밀접하다고 할 수 있다. 즉

2008, 45쪽.

김수영 시에 드러나는 포로수용소, 도서관 그리고 근대 기획 아래에 있는 도시의 거리와 같은 헤테로토피아는 피로나 절망으로부터 오는 소시민적 삶의 부정과 저항을 의미한다. 이에 반해 김춘수의 초기 시에 드러나는 공간과 지명은 현실적 공간이나 전후 실존의 일상적 공간에서 분리된 자기 회귀로서의 신화적 자연 공간으로 원형적 헤테로토피아이다. 김수영이 역사와 현실의 부정성으로서 실제 경험 장소인 도시 공간을 추구했다면 김춘수는 영원성과 같은 무한함에 대한 갈망으로 원시 신화적인 원형적 공간을 지향했다.

현실의 도시 공간으로서의 부정적 헤테로토피아와 과거의 신화적 공간으로서의 원형적 헤테로토피아는 모두 1950년대라는 시대 현실에 이의를 제기하는 '이질적 장소'들이다. 세계와 현실에 예민한 감각과 지성을 지녔던 두 시인의 시에 드러나는 상이한 두 헤테로토피아는 폭력적인 역사와 현실에 대한 저항 의지를 확인할 수 있는 근거가 된다. 나아가 불안한 현실에서 그들이 선택한 이질적 장소에 대한 분석은 시공간의 변화에 따른 현대시의 또 다른 시각이나 가능성의 제시이다. 언어의 규범에서 벗어나거나 논리적인 인과관계의 전개가 불가능한 텍스트의 장소 분석은 기존의 연구 방식과 같을 수 없다. 때문에 전통과 근대, 국가와 개인 등의 프레임이 교차하고 역동성과 다의성이 동시에 포착되는 헤테로토피아는 두 시인의 시에 드러나는 불가해성에 접근하는 새로운 연구 방법이 될 것이다.

1) 1950년대라는 이질적인 시간과 혼종적 공간

1950년대는 전쟁을 기점으로 국가적 통제나 규율이 강화되고 남북 분단이 고착화됨에 따라 주체들은 개인과 세계 그리고 역사의 관계를 기존과 다른 방식으로 인식하기 시작하였다. 무엇보다 이 시기는 억압적인 국가조직이 비대칭적으로 성장함에 따라 국민국가라는 지형 위에서 자유와 민주가 일상의 문화적 전략이 되는 모순과 혼란의 시대였다.[12] 국가에서는 도심 재건과 새로운 근대화 등에 힘을 기울였지만 체계적인 복구 대책을 갖추지 못했을 뿐 아니라 관 주도의 표면적 개발은 도시의 인구집중과 실업난을 부추기며 개인들의 피곤과 소외를 불러왔다.[13] 가속화되는 경제발전과 억압된 정치 속에서 한 개인의 존재에 대한 사유는 장소와 공간에 대한 실존과 직결된다. 이때 '실존'은 반공과 국가주의라는 이분법적인 틀의 한계나 개인의 정체성에 대한 질문이며 탈근대의 부정 정신과 관계를 맺으며 현대성의 다층적인 면모를 드러낸다.

이처럼 1950년대는 '가능성의 불가능성'으로서의 다른(heteros) 시간(chronos)이며 일상적인 리듬이 분할되고 그것이 강박화된 시기였다. 기계적이고 선형적인 시간에 균열을 내며 현실에서 벗어난 시간으로써 전통적 시간과 단절된 헤테로크로니아(hetero-chronie)의 '다른 시간'이라 할 수 있다. 현재의 시간을 이탈하여 전쟁의 기억이나 폐허로부터 벗어나려는 이질적 시간과 혼종적 공간의 시대였다.

바슐라르는 공간이란 비어 있거나 동질적인 것이 아니라 서로 다른

---

12) 권보드래, 「1950년대 시민의 개념과 담론」, 『식민지─제국의 해체와 전후 동아시아 문화질서의 재편』, 동국대학교 문화학술원 국제학술회의, 142쪽.

13) 짐멜은 이러한 대도시에 사는 주체들에게는 내외적인 변화의 지속적인 자극에 인한 것으로 전형적으로 심리에 기반한 신경과민과 같은 증상을 보이는 것이라고 하였다. 이 때문에 급속한 이미지들이 생성되고 교체되며 전혀 예기치 못한 경우도 발생한다고 보았다. (게오르그 짐멜, 김덕영 역, 『짐멜의 모더니티 읽기』, 새물결, 2005, 36쪽)

특질들로 가득 차 있다고 하였는데, 푸코 또한 이에 동의하며 공간은 자체적으로 지각하고 몽상하며 정념적인 내재적 특징을 지닌다고 보았다. 가볍고 순수하지만 때로는 어둡고 거친 공간으로 이질혼효적인 것으로 가득 차 있는 헤테로토피아는 불안과 혼란을 통해 기존 언어와 습관적 문법들을 새롭게 전복시킨다.

규율의 범위를 넘어서는 반(反)배치의 장소인 헤테로토피아는 문화 내에서 발견할 수 있는 다른 배치들이 동시에 재현되고 전도된다는 점에서 현실에서 실현된 유토피아로 장소 밖에 있는 장소들이다. 유토피아와 헤테로토피아는 현실의 존재 여부를 넘어 서로 영향을 미치는 관계이다.

현대시는 어떤 사유가 한 언어 속에 들어와 실제로 드러나는 모습일 뿐만 아니라 이러한 사유가 스스로를 사유하게 하는 집합체이다.[14] 그런 점에서 이 시기 시문학은 해방과 한국전쟁을 통해 시와 사회와의 관계를 새롭게 인식하며 서정성과 대중성뿐만 아니라 상상력과 체험 등의 문제들을 쟁점화하였다. 무엇보다 전쟁을 직접 겪은 신진 시인들의 현실 인식이나 현대성의 문제가 시단의 주요한 쟁점으로 부각 되었다.[15]

현실적 정세에 대한 적극적 대응이나 스스로의 시세계에 대한 어떤 절박감으로부터 자유로울 수 없었던 그들은 경험적 과거를 선택적으

---

14) 알랭 바디우, 장태순 역, 『비미학』, 이학사, 2010, 43~44쪽.
15) 이 신진 시인들은 1950년대를 기점으로 활동한 '신시론(1946-1949)' 동인과 '후반기(1951-1953) 동인들이 대표적이다. 김수영을 대표로 하는 '신시론' 동인인 김경린, 박인환 그리고 양병식의『새로운 도시와 시민들의 합창』은 제목에서 드러나는 도시성을 중심으로 새로운 시적 미학에 치중했다. 후반기 동인은 박인환, 김경린, 김규동, 조향, 김차영 등이 중심이 되어 활동하였으며, 전통서정시의 반대편에서 모더니즘을 주창했다. 이들은 주로 전통시에서 벗어나 도시적 소재에 천착해 왔으며 현실에 대한 비판적 대응 의지를 담지해 왔다.

로 기억하며 국민국가의 알레고리로부터 벗어나 세계의 보편성 속에서 자유로운 개인을 추구하려고 하였다. 즉 불안과 허무라는 시대적 정서를 내면화하며 국가와 개인 간의 대립과 같은 모순된 현실과 시적 자아와의 관계를 새롭게 정립해야 했던 것이다. 시가 혼란과 불안의 시대에 어떤 역할을 해야 하는지, 또 어떤 의미를 지닐 수 있는지 자신의 시작을 통한 증명이 그 어느 때보다 절실했기 때문이다. 이처럼 당대 사회를 어떻게 인식할 것인가 하는 것은 시간이나 공간의 현실적 문제와 직결된다. 또한 생명이나 인간성 탐구에 몰두하며 시대의 현대화16)에 기여하는 것이기도 하다. 이 시기 신진 시인들은 자기의 시론을 적극적으로 피력하며 시적 정체성을 확립하려는 부단한 노력 속에 있었다.

김수영의 1950년대 시에서는 '설움'이나 '비애'와 같은 시적 정서가 큰 특징으로 드러난다. 이러한 정서는 비교적 최근에 확인된 김수영의 수용소 생활에 대한 두 편의 산문 「시인이 겪은 포로 생활」과 「나는 이렇게 석방되었다」에서 그 단서를 찾을 수 있을 것이다. 이 글들에서는 수용소 생활에 대한 사실적 정보와 함께 최소한의 인권과 생명조차 보장받지 못했던 죽음에 가까운 체험들이 상세하게 드러난다.17) 생존을

---

16) 마샬 버만은 '현대화가 된다'는 것은 우리의 모험이나 권력 그리고 쾌락이나 발전과 같이 우리 자신의 변화와 세계의 변화를 보장하고 증명해 주는 것이라고 보았다. 동시에 그것은 우리가 가지고 있는 모든 것과 우리가 알고 있는 모든 것 그리고 이 순간 우리를 파괴하고 위협하는 환경 속에서 우리 자신을 새롭게 발견하는 것이고 하였다. (마샬 버만, 윤호병 역, 『현대성의 경험』, 현대미학사, 1998, 12쪽)

17) 2009년 이영준은 1953년 『희망』 8월호에 실린 미공개 산문 「나는 이렇게 석방되었다」를 찾아 공개함으로써 김수영의 포로 생활에 대한 몇 가지 새로운 사실들을 알려주었다. 또한 박태일이 1953년 6월호 『해군』에 실린 「시인이 겪은 포로생활」을 발굴하면서 김수영의 포로 생활에 대한 더 자세한 내용을 알 수 있게 되었다. 무엇보다 이 글은 시인이 포로수용소에서 석방된 뒤 발표한 시 「달나라의 장난」이후 처음 발표한 산문이라는 점에서 이 시기 그의 시세계를 재고할 수 있는 중요한 글이다.

위한 투쟁을 원초적인 메커니즘으로 축소해버리는 수용소에서의 삶을 기록한 이 글들은 그의 시가 지니고 있는 난해함과 기이한 행적을 이해하는 데 도움이 될 뿐만 아니라 김수영 시에 대한 새로운 문제의식을 도출할 수 있는 계기가 되리라 본다. 나아가 김수영에게 포로수용소의 경험은 인간의 자유가 어디까지 억압될 수 있는지 자유의 소중함을 온몸으로 깨닫게 해주었다. 철저하게 자유를 부정당했던 경험들은 아러니하게도 그를 자유의 시인으로 만든 것이다. 즉 '자유'를 실천하고 행동하게끔 했던 김수영의 1960년대 시의 단초를 1950년대 '부정의 헤테로토피아'를 통해 밝힐 수 있을 것으로 본다. 이처럼 그는 자신의 경험을 자유로운 주체의 존재 지평을 위한 방법으로 전이함으로써 시의 현실적 응전력을 실천하였다. "도회의 소음과 광중과 속도와 허위"(「시골선물」)에 대한 부정적 사유는 전쟁이나 국가적 이데올로기의 폭력을 경험한 김수영의 삶과 시의 동력으로 작용하였던 것이다.

김춘수는 당시의 문학이 불안 속에서 그 권위를 상실해가면서 공감하거나 이해하기 어려운 괴물로 점차 변해가는 것을 안타까워했다.[18] 일본 유학 시절 겪어야 했던 감옥 생활과 전후 고향과 같은 근원 상실로의 부재 의식은 유년의 원형적 공간이나 생명 공간으로서의 신화적 세계로 회귀하고 있다. 특히 김춘수의 원형적 헤테로토피아는 '장소 밖의 장소'로서 '언어' 즉 '시어'로 존재하는 관념적 장소의 측면이 강하다. 즉 실재하는 장소와 언어로만 존재하는 장소 사이의 관계에서 비롯된다고 할 수 있다. 이것은 푸코가 제시한 '언어의 비(非)-장소'로서 언어가 지시하는 장소를 의미하며 현실의 장소와 직접적으로 연루되지

---

18) 김춘수는 그런 점에서 톨스토이는 문학의 효용을 플로베르나 괴테 그리고 발자크 등은 예술을 위한 예술을 강조하였는데 현대는 톨스토이의 문학관이 절실히 필요하다고 보았다. (김춘수, 「문학이라 하는 괴물」, 『문예』, 1953. 12, 44~46쪽)

않는 '장소 아닌 장소'로 이해할 수 있다.

무엇보다 "나는 타락해 있는 것이 아닌가"라는 김수영의 고백과 "나는 왜 여기서 이러고 있는가?"라는 김춘수의 의문은 현실적 혼란 속에서 비롯된 두 시인의 실천적 자각으로 이질적 경험들을 해명하고 성찰함으로써 혼종적 장소에 대한 질문을 제기한다고 볼 수 있다. 그러므로 이 시기 두 시인이 전쟁으로 인한 폐허와 허무 그리고 현실적 불안들을 어떻게 인식하고 수용했는지를 상이한 두 헤테로토피아를 통해 밝힐 수 있을 것이다.

2) 역사와 현실의 도시 공간과 부정의 헤테로토피아

김수영은 1950년 한국전쟁 당시 의용군으로 붙들려 평안남도 북원리까지 갔다가 두 번의 탈출 끝에 간신히 서울로 돌아왔다.[19] 하지만 곧 이태원 육군형무소에서 큰 고문을 당해 다리를 심하게 다쳤고 그 상태로 인천 포로수용소로 이송되었다. 하지만 이틀 만에 또 적십자 군용병원 열차에 실려 다시 부산 서진병원으로 옮겨졌다. 제14야전병원에서 다리가 거의 완치된 김수영은 바로 부산 거제리 수용소에 수감되었

---

[19] 김수영은 1950년 8월 3일 서울 충무로3가 일신국민학교에서 의용군으로 끌려가 북행을 하게 된다. 8월 6일 연천에서 다시 북행 기차를 타고 개천군 북면에 있는 북원 훈련소에 도착했다. 훈련소 생활을 견딜 수 없었던 김수영은 탈출을 시도하지만 순천읍 지점에서 북한 내무성 군인에게 체포되어 다시 훈련소로 보내지게 된다. 그후 9월 21일경 다시 탈출하여 일주일간 순천, 평양, 황주, 신막까지 거의 210킬로를 걷다가 28일경 신막에서 미군 트럭을 타 서울로 오게 된다. 서대문 사거리에 내린 김수영은 적십자병원 맞은편에 있던 임시 파출소에서 의용군으로 북한에 갔다 온 사실을 모두 털어놓았다. 하지만 집으로 돌아가던 길에 해군본부 건물을 지나자마자 검거되어 중부서로 끌려가 말할 수 없이 심한 고문을 당했다. (홍기원, 『길 위의 김수영』, 삼인, 2020, 137~185쪽)

다.[20] 그는 이곳에서 1951년 2월 28일 열한 명의 동료와 더불어 좌익 포로들에게 인문 재판을 받았지만 곧 거제도 포로수용소로 옮겨졌는데 그것은 우익 포로들의 안전을 위한 조치였다. 그 후 1952년 11월 28일 충남 온양 국립구호병원에서 25개월 동안의 수용소 생활을 마치고 집으로 돌아가게 된다. 그는 포로수용소에서의 비천한 대우나 의용군으로 북한에 끌려가서 받은 설움 등 그 시절 죽음을 넘나들었던 경험을 "인간이 아니었고", "포로는 생명이 없는 것"이어서 살아 있는 것 자체가 "비참한 안도감"을 주었다고 밝혔다.[21] 이처럼 김수영에게 포로수용소는 폭력적이고 비인간적인 공포적 경험의 공간이었다. 그곳은 적군과 아군이 서로 대립되어 죽음이 난무하고 인간의 자유를 억압하는 일탈의 헤테로토피아로 '격리'와 '금지'로서의 규율적 장소였다.

김수영은 1950년대를 "나는 절망 위에 산다—. 나는 죽음 위에 산다—. 이러한 신념이 없이는 나는 이 좁은 세상을 단 1분만이라도 자유로이 살 수가 없다"[22]고 회상했다. 그것은 절망이나 죽음과도 같은 현

---

20) 부산 거제리 포로 수용소 생활에 대해 김수영은 다음과 같이 언급했다. "별별 사람들이 다 모여 있는 곳이다. 위에는 검사, 판사, 신문기자, 예술가로부터 중학생, 농부, 노동자에 이르기까지 별별 성격의 사람들이 주위 4,000미터의 철조망 속에 한데 갇혀 있는 곳이다. 서로 싸우고 으르렁거리고 조금이라도 더 잘 먹고 남보다 잘 지내려고—나는 내가 받아야 할 배급 물품도 제대로 받지 못하였다. 옷이나 담배나 군화 같은 것이 나와도 나는 맨 꼬래비로 받아야 하거나 그렇지 않으면 못 쓰게 된 파치만이 나의 차례에 돌아오고는 하였다"('시인이 겪은 포로 생활' 중) 또한 최하림은 이곳에서 포로수용소 생활을 했던 당시 김수영이 자신이 스케치한 것을 보며 백지 다발을 수차 갖다 주기도 하고, 수용소 내에서 포로들에게 영어를 가르쳐 주는 등 다른 포로들이나 간호원들 그리고 잠역부들에게 따뜻한 마음을 베풀어 주었다고 회상하며 김수영이 첫 눈에도 눈빛이 보통 사람같지 않았음을 이야기했다. (최하림, 「장희범의 회고」, 『김수영 평전』, 실천문학사, 2001, 170쪽)

21) 김수영, 「내가 겪은 포로 생활」, 『김수영 전집 2, 산문』, 33~38쪽.

22) 김수영, 「나에게도 취미가 있다면」, 위의 책, 60쪽.

실에서 스스로 타락하지 않고서는 그 현실을 버틸 수 없음을 의미한다. 생사를 넘나들었던 경험으로 자신을 더 치열하게 들여다보게 된 김수영은 이 시기 그의 시에서 그러한 심정을 잘 묘사하고 있다.

특정 시대의 특정 공간은 구성원들에게 공통의 경험을 이끌어내며 시대정신의 근간이 된다. 앞서 언급한 두 편의 산문은 시인으로 하여금 '포로수용소'라는 장소에서 겪고 느꼈던 많은 일들을 통해 스스로 자신의 존재와 입장을 끊임없이 해명하게끔 하고 있다.[23] 규율을 통한 억압의 신체화가 관철되는 수용소는 공간화된 권력의 상징으로 자유가 부정되는 규제의 헤테로토피아이다. 북원리 의용군 훈련소 → 서울 육군 형무소 → 인천 포로수용소 → 부산 거제리 포로수용소→ 거제도 포로수용소를 거친 25개월의 '수용소' 생활은 그의 시에서 이 헤테로토피아적 시세계의 근간이 되었다고 할 수 있다.

> 조국에 돌아오신 상병포로 동지들에게
> 그것은 자유를 찾기 위해서의 여정이었다
> 가족과 애인과 그리고 또 하나 부실한 처를 버리고
> 포로수용소로 오히려 집을 버리고 나온 것이 아니라
> 포로수용소보다 더 어두운 곳이라 할지라도
> 자유가 살고 있는 영원한 길을 찾아
> 나와 나의 벗이 안심하고 살 수 있는
> 현대의 천당을 찾아 나온 것이다
> (중략)

---

23) 윤숙의 연구는 김수영의 전쟁과 포로 경험에 대한 기존 논의에서 보여지는 국가와 반공이라는 거시적 관점에서 벗어나 전쟁과 수용소 생활을 겪은 당사자들의 경험 자체에 중점을 두고 전후까지 이어진 폭력적 상황에 시선을 돌리고 있다는 점에서 중요한 의미를 주는 연구이다. (윤숙, 「김수영 시론의 원점으로서의 포로체험」, 『한국시학연구』 60, 한국시학회, 2019, 183~215쪽)

"내가 포로수용소에서 나온 것은
포로로서 나온 것이 아니라
민간 억류인으로서 나라에 충성을 다하기 위하여 나온 것이라고
그랬더니 억류되고 있는 대한민국과 UN군의 포로들을 구하여내
기 위하여
새로운 싸움을 하라고 합니다
나는 정말 미안하다고 하였습니다
이북에서 고생하고 돌아오는
상병포로들에게 말할 수 없는 미안한 감이 듭니다"

　내가 6·25 후에 개천 야영훈련소에서 받은 말할 수 없는 학대를
생각한다
　북원 훈련소를 탈출하여 순천 읍내까지도 가지 못하고
　악귀의 눈동자보다도 더 어둡고 무서운 밤에 중서면 내무성 군대
에게 체포된 일을 생각한다
　그리고 나는 평양을 넘어서 남으로 오다가 포로가 되었지만
　내가 만일 포로가 아니 되고 그대로 거기서 죽어버렸어도
　아마 나의 영혼은 부지런히 일어나서 고생하고 돌아오는
　대한민국 상병포로와 UN상병포로들에게 한마디 말을 하였을 것
이다
　"수고하였습니다"

― 「조국에 돌아온 상병포로 동지들에게」 부분

　미발표작이었던 위 시는 시인의 형제들이 보관하던 서류에서 나온
것으로 알려져 있다. 6·25 전쟁은 민족적 비극인 동시에 개인들에게는
자신의 경험에서 가장 큰 트라우마를 안겨주었다. 김수영은 당시 자신
의 수용소 생활을 "세계의 그 어느 사람보다도 비참한 사람이 되리라는
나의 욕망과 철학"을 일깨워준 생활이었으며 자유를 찾기 위해 포로수

용소에 간 것이라고 역설했다.[24] 일반적으로 수용소에서는 자유를 누릴 수 없다. 이 시에 말하는 '자유'는 기존에 우리가 알고 있던 자유나 착각하고 있던 자유를 모두 의미한다. 시에서는 인간으로서는 도저히 상상할 수 없는 가장 비참하고 끔찍한 상황을 견뎌야 했던 포로 생활에 대해 비교적 자세히 언급되어 있다. 무엇보다 이 시에서 김수영은 자신은 포로가 아니라 민간 억류인[25]으로서 수감되었음을 해명하고 싶어 하였다. 이영준[26]은 이 시에서 말하는 "민간 억류인"으로서의 김수영과 관련된 자료들을 통해 당시 이데올로기의 대립각이 충돌하는 지점에서 정부와 언론들은 "민간 억류인"들에게는 크게 관심을 두지 않았다고 설명했다. 김수영은 의용군으로 끌려갔던 그 시절이 "악귀의 눈동자보다도 더 어둡고 무서운 밤"이었다고 회상한다. 그는 유엔군의 서울 수복 소식을 듣고 탈출을 시도하다 인민군에게 잡혀 사흘 밤낮을 가리지 않고 손톱이 다 부서지도록 땅을 파내 군복과 총을 찾아 겨우 죽음을 면하기도 했다.

시에서는 이북에서 고생하고 온 '상병포로들'에게 말할 수 없는 '미안함'을 드러내며 억류되어 있는 민간인 포로들을 위해 자신이 해줄 수

---

24) 김수영, 「내가 겪은 포로 생활」, 『김수영 전집 2』, 33~38쪽.

25) 1951년 7월 남북의 정전 협상이 시작되었다. 제네바협약에서는 남북 포로를 즉시 송환시킨다는 것을 원칙으로 하였지만 가장 큰 문제가 바로 북한이 남한을 점령하고 있을 때 강제로 징집한 의용군 문제였다. 당시 남한 정부는 북한군 포로 14만명 중 적어도 4만명은 남한 점령 시 징집된 의용군으로 포로가 아니라 민간인이 억류된 것이라고 보고 '민간인 억류자'란 개념을 한국전쟁에서 처음 사용하였다. 유엔군이 이것을 받아들이면서 '민간인 억류자'를 포로에서 제외시키는 것에 대한 찬반의 입장이 팽팽하게 맞섰다. 이 문제로 인해 결국 정전 협상이 2년간 시간을 끌게 된 것이다. (홍기원, 『길 위의 김수영』, 삼인, 2020, 204쪽)

26) 이영준, 「김수영과 한국전쟁－"민간 억류인"이 달나라에 살아남기」, 『한국시학연구』 67, 한국시학회, 2021, 105~149쪽.

있는 것이 아무것도 없다는 죄책감과 다시 찾은 자유에 대한 무한한 벅찬의 감정이 교차하고 있다. 김규동27)은 『나는 시인이다』에서 김수영이 사람을 조금 경계하고 군인들을 몹시 싫어하였다고 했는데 그 말을 유추하면 의용군과 포로수용소의 경험이 평생 김수영의 무의식 속에 억눌린 감정으로 자리하였던 것을 알 수 있다. 때문에 술만 먹으면 <인민 항쟁가> 등의 이북 노래를 슬프게 불렀던 것28) 또한 '반공 국가' 지식인의 슬픈 자화상이라 할 수 있다. 하지만 김수영의 내면을 평생 지배한 것은 어쩌면 두려움이었을 것이다. 포로수용소의 '죽음과 공포'에 대한 기억은 김수영이라는 한 시인의 무의식에 보통 사람들보다 훨씬 더 깊은 공포를 심어 주었기 때문이다.29) 거제도 포로수용소에서는 친공과 반공의 포로들이 밤마다 서로의 막사 철조망을 부수고 습격하였고 하루에 10명이 넘는 포로들이 인민재판 형식으로 처형되었다. 매일 아침 어제까지 같이 얘기하던 동료들의 주검 옆에서 식사를 했으며 생이빨을 뽑아야 했을 정도로 참담한 생활을 했던 곳이 바로 수용소였다.

무엇보다 수용소를 나와 보니 자신의 부인이 선배와 함께 살고 있었고 두 명의 남동생들이 북으로 간 것 때문에 김수영은 취직도 못하고 연좌제로 힘든 시기를 보냈다. 인간의 한계와 사상의 고민으로 문학과

---

27) 김규동, 『나는 시인이다』, 바이북스, 2011, 70쪽.
28) 홍기원, 앞의 책, 245쪽.
29) 염무웅은 '공안과'라고 하니까 대뜸 공안과公安課를 떠올리셨죠? 그게 국가보안법 아래 살아온 우리의 무의식이라고 말하며 김수영에 대해 언급했다. (중략) 의용군으로 붙들려 올라갔던 넷째 동생 김수경이 일본을 통해 본가로 편지를 보내온 사실 때문에 국가 기관원이 구수동으로 김수영을 데리러 왔을 때 그는 "조선일보 땜에 오셨소?"라고 물었다고 했다. 그것은 당시 조선일보에서 이어령과 일종의 사상 논쟁을 벌인 것을 떠올리고 그런 대답을 한 것이다. 이것을 유추해보면 당시 김수영의 무의식 속에 있었던 것은 다름 아닌 이 '공포감'이라 말할 수 있다고 하였다. (홍기원, 앞의 책, 357쪽)

시가 변화된다면 김수영에게는 이러한 의용군과 '포로수용소'의 경험이 가장 큰 영향을 끼쳤다고 볼 수 있을 것이다. 그 좌절과 설움과 고통이 「긍지의 날」에서 '피로'와 '설움' 그리고 '긍지'로 대비되고 있다.[30]

근대 도시의 현대인들은 흐르는 시간이나 공간 안에 자신의 흔적을 남긴다. 도시는 빠르게 변하는 현대인들의 집합적 기억의 장소이자 향수를 불러일으키는 장소로 여러 시대의 기억들이 얽혀있는 공간이다.[31] 하지만 현대 도시의 삶이 가속화될수록 그 공간은 점점 실존적인 의미를 상실하고 주체들의 삶은 고립되거나 물질화된다. 도시화와 산업화 속에서 해방과 전쟁을 거쳐 분단의 현실을 맞이한 서울은 급속한 자본주의화를 이뤄낸다. 당시 서울은 과거와 현재, 낡은 것과 새것, 봉건적 가치와 자본주의적 가치 등이 위태롭게 혼종되어 있었다.

대도시에 밀집한 구성원들은 혼란과 불안에 휩쓸리는 이질적이고 다양한 공간을 경험하게 된다. 「국립도서관」이라는 시에 나오는 '도서관'이라는 헤테로토피아[32]는 당시 서울 소공동에 있던 '국립도서관'을

---

30) 이영준 교수는 2016년 5월 28일 김수영연구회에서 이 「긍지의 날」은 1953년 문예지 9월호에 처음 발표되었다고 밝히며 2018년 이전 전집에 '1955년 2월'로 기록된 오류를 지적했다. 그렇게 본다면 이 시는 그가 포로수용소에서 구상했을 것으로 추측할 수 있다. (김응교, 『김수영, 시로 쓴 자서전』, 삼인, 2021, 131~132쪽)

31) 도시를 역사적 기억의 모델로 보았던 발터 벤야민(Walter Benjamin)은 '파사주-아케이드 프로젝트'를 통해 현재 살고 있는 도시와 기억, 역사의 관계에 대해 서술하며 도시에 숨어 있는 기억의 흔적을 발견하는 것의 중요성을 강조하였다. '거리 산책자'로서 도시 공간을 탐구하고 도시가 가지고 있는 이질 혼효적인 특성을 강조하였다. (수잔 벅모스, 『발터 벤야민과 아케이드 프로젝트』, 문학동네, 2004, 57~88쪽)

32) 푸코는 자신의 헤테로토폴로지 명제에서 시간과 공간의 상관성을 언급하였다. 현실에 존재하는 않는 장소인 유토피아가 현실에 실현된 장소로 변하여 헤테로토피아가 되었고 또한 그 현실에 없는 시간이 바로 유크로니아(uchronia)이다. 푸코는 현실에 존재하는 유크로니아로서의 이 헤테로크로니아(hiterochronia)로 구획되는 장소를 '영원성'과 '일시성'으로 보고, 영원성의 헤테로토피아가 무한히 시간을 쌓는 박물관과 도서관으로 일시성의 헤테로토피아는 장터, 휴양지, 박람회 그리고 축제

말한다. 번역으로 생계를 이어나갔던 김수영은 모르는 단어나 필요한 정보가 있으면 반드시 '국립도서관'까지 가서 사전들을 찾아 확인한 후에 글을 썼다고 한다.

> 모두들 공부하는 속에 와보면 나도 옛날에 공부하던 생각이 난다
> 그리고 그 당시의 시대가 지금보다 훨씬 좋았다고
> 누구나 어른들은 말하고 있으나
> 나는 그 우열을 따지고 싶지는 않다
> 그러나 <그때는 그때이고 지금은 지금>이라고
> 구태여 달관하고 있는 지금의 내 마음에
> 샘솟아 나오려는 이 설움은 무엇인가
> 모독당한 과거일까
> 약탈된 소유권일까
> 그대들 어린 학도들과 나 사이에 놓여 있는
> 연령의 넘지 못할 차이일까…(중략)
>
> 오 죽어 있는 방대한 서책들
>
> 너를 보는 설움은 피폐한 고향의 설움일지도 모른다
> 예언자가 나지 않는 거리로 창이 난 이 도서관은
> 창설의 의도부터가 풍자적이었는지도 모른다
>
> 모두들 공부하는 속에 와보면 나도 옛날에 공부하던 생각이 난다
> ─「국립도서관」 전문

도서관에서 열심히 공부를 했던 지난날 자신을 떠올리는 시인은 이곳에서 공부를 하고 있는 학도들의 모습을 지켜본다. 하지만 그 시선은

등으로 보았다.

"모독된 과거"나 "약탈된 소유권"과 같이 반복되는 현실에서 제대로 "흥분하지 못하"는 스스로에 대한 부정적 시선으로 이어진다. 또한 "어린 학도들"은 정치적 목적이나 사회적 시선들이 작동하며 규율이나 체제에 순응시키려는 "창설의 의도부터가 풍자적"인 이곳에서 과연 무엇을 읽고 무엇을 생각하고 있는 것일까. 그러한 사유들은 "죽어 있는 방대한 서책"들을 보며 "피폐한 고향"에서 예언자가 나타나지 않는 현실에 대한 실망감이기도 하지만 한편으로는 "예언자"가 나타나기를 바라는 새로운 희망을 의미하기도 한다.

도서관이라는 장소는 무한한 시간과 기억들이 집적된 지식과 정보의 보고(寶庫)이다. 하지만 당시 현실에서는 그 기능과 역할이 다분히 제한되어 있었다고 볼 수 있다. 특히 1950년대 전후에는 일반인들이 도서관에 갈 기회가 그렇게 많지 않다고 볼 수 있다. 공부를 전업으로 하는 학생이나 글을 쓰고 가르치는 사람들에게는 열려있는 장소이지만 일반적으로 생업에 바쁜 사람들에게는 닫혀 있는 공간이다. 오래된 서적들이 배치되어 있는 도서관은 다른 시간들을 공유하고 기억하는 헤테로크로니아의 장소이다. 곰팡이가 피어 있는 어둡고 축축한 세계와 아무도 들여다보지 않는 지식들의 질서가 머물러 있는 공간이다. 하지만 그 장소는 타인의 간섭에서 벗어나 자신만의 내밀한 시간을 소유하며 새로운 희망이나 욕망을 꿈꿀 수 있는 곳이기도 하다.

또한 1953년에 쓴 김수영의 산문 '낙타과음'(1953)에서 '구석 쪽 외떨어진 자리를 택하여 앉기를 즐기는' 시인의 모습을 통해 도시의 중심부에서 비껴난 변두리 장소에 대한 그의 애착을 확인할 수 있다. 이러한 애착으로 그는 여관, 국립도서관, 다방이나 거리 등과 같은 이질적인 도시 공간들을 이 시기 시에 소환하고 있다.

종로 네거리도 행길에 가까운 일부러 떠들썩한 찻집을 택하여 나는 앉아 있다

이것이 도회 안에 사는 나로서는 어디보다도 조용한 곳이라고 생각하고 있기 때문이다 …(중략)…

서울에 들어온 지 일주일도 못 되는 나에게는 도저히 도회의 소음과 광증과 속도와 허위가 새삼스러웁게 밉고 서글프게 느껴지고

— 김수영, 「시골선물」 부분

시를 배반하고 사는 마음이여
자기의 나체를 더듬어보고
살펴볼 수 없는 시인처럼
비참한 사람이 또 어디 있을까
거리에 나와서 집을 보고
집에서 앉아서 거리를 그리던 어리석음도 이제는 모두 사라졌나
보다
날아간 제비와 같이

날아간 제비와 같이 자국도 꿈도 없이 어디로인지 알 수 없으나
어디로이든 가야 할 반역의 정신

나는 지금 산정에 있다—
시를 반역한 죄로
이 메마른 산정에서 오랫동안
꿈도 없이 바라보아야 할 구름
그리고 그 구름의 파수병인 나

— 「구름의 파수병」 부분

도회지 안에서 쫓겨다니듯 살고 있는 나는 "종로 네거리"를 걸으며 도시의 속도와 소음을 떠올리거나 '거리에 굴러다니는 보잘 것 없는 설

움'(「거리 2」)을 생각한다. 김수영 시에 많이 등장하는 이 "거리"는 "번잡한 현실"을 인식하고 반성함으로써 존재를 재인식하는 장소이다. 이 '거리' 또한 열려있지만 닫혀 있는 장소로 '다른 공간'으로 향하는 사이의 장소이다. "서울 안에서 가장 번잡한 거리의 한 모퉁이"를 어슬렁거리며 돌아다니는 것은 과거의 기억으로부터 새로운 세계에 대한 가능성을 모색하는 행위이다. "오늘 세상에 처음 나온 사람"처럼 걷는 이 '거리'에서 나는 언제나 낯선 존재이다. 탈중심적이고 불균질적인 헤테로토피아 공간으로서의 거리는 "새삼스러웁게 미웁고 서글프게 느껴지"는 소시민들의 생활공간이자 그 너머를 상상하는 곳으로 모든 현실적 가치들이 유기적으로 연결되는 통로이다.

「구름의 파수병」에서 시적 주체가 있는 곳은 바로 "산정"이다. 이 시기 김수영이 살았던 구수동 집은 비교적 높은 언덕에 있었다. 한강이 내려다 보이는 집에서 시인은 시와 다른 "반역된 생활"을 하고 있다. '방 두 칸과 마루 한 칸과 말쑥한 부엌과 애처로운 처'를 거느리고 일상에 안주하는 삶은 바로 "시를 배반하며 사는" 것이다. 집에서는 밖을 생각하고 또 밖에서는 집을 생각하는 이러한 일탈(逸脫)의 심리는 "산정"이라는 이질적 장소에서 더 두드러지게 드러난다. 이 산정은 실제 시인이 살고 있는 언덕 위의 집을 말하는 것이기도 하고 "반역의 정신"이 꿈틀거리는 무의식 속의 장소이기도 하다. 어쨌든 시인이 산정에 있는 이유는 꿈도 없이 "시를 반역한 죄" 때문이다. 그러므로 시인은 구름의 파수병이 되어 장소 밖의 장소인 "산정"을 스스로의 유배지로 삼고 있는 것이다.33)

김수영 시에 드러나는 이러한 '도시' 공간은 낯선 이들과 우연히 혹

---

33) 김응교, 『김수영, 시로 쓴 자서전』, 삼인, 2021, 259쪽.

은 일시적인 만남이 이루어지는 장소로 우연성, 일시성, 덧없음의 공간이다. 이러한 공간 인식은 공간이 시간으로 인식되어 현재성으로 드러나는데 이 현재성은 동시대의 부정이나 저항을 의미하는 것이다. 하지만 현실에 대한 이 부정과 저항은 그 현실의 절망이나 비극을 냉소하거나 자학하지 않고 그대로 직시하는 눈이다. 시인에게 그 직시의 대상은 다름 아닌 "나타와 안정"에 취해 있는 "자신의 나체" 즉 시인 자신일 것이다. 때문에 고통스러운 자기 체험을 기억하고 진술하는 경험적 자아의 서사는 권력 중심의 폭력과 억압으로부터 좌절되고 변이된 공간, 즉 헤테로토피아에서 더 극명하게 드러난다.

'수용소'나 '도서관' 그리고 '거리'와 '산정' 등의 헤테로토피아적 장소는 현실의 다성적 표상의 공간으로 비판과 대안의 여지를 포함하고 있다. 진정한 자유로부터 성취되는 근대는 인간의 생존과 자유를 위협하는 세계의 부조리함을 성찰하고 비판하는 데서 시작되기 때문이다. 1950년대 김수영의 부정적 헤테로토피아라는 공간적 사유는 스스로의 체험과 현실 '도취'의 세상을 넘어 '어디로인지', '어디로이든' 가야 한다는 자아 성찰이자 새로운 세계에 대한 열망이었다.

3) 신화적인 자연 공간과 원형의 헤테로토피아

김춘수는 첫 시집『구름과 薔薇』에서부터 마지막 시집『달개비 꽃』에 이르기까지 지속적인 자기 성찰의 면모를 보이며 고정된 시정신과 형식에 안주하지 않았다. 특히 그는 1950년대 해방과 전후의 혼란스러운 시대 속에서 하나의 구도나 형식으로 포괄할 수 없는 문학적 면모를 보였다. 그에게 이 시기 시는 취향이나 형식의 문제가 아니라 역사적 상실감으로 '불모의 이 땅바닥'(「서시」)에서 자신의 존재와 경험을 인식하고 재현하는 실존적 조건이었다. 즉 시적 자아의 내면 의식을 투영하고 상징하는 중요한 지표로서 이 '불모'의 공간은 하나의 고정된 장소나 시간에 귀속되지 않으면서 존재의 결핍을 인식하고 증명하는 장소였다. 이러한 장소들은 자아의 고립과 고독, 주체의 시선이나 경계 밖으로 사라는 대상들의 불명확성을 자각하는 '장소 밖의 장소'로서 관념적이고 언어적인 헤테로토피아적 특성을 지닌다. 이처럼 주체의 바깥이나 경계 너머로의 지향은 역사나 이데올로기에 대한 저항 의지로 자연 회귀나 신화를 통한 원형적 세계로의 추구를 의미한다.

1950년대 김춘수는 자신의 체험이나 기억 속에서 개인적인 신화 공간을 창조하였는데 산, 언덕, 하늘이나 바다와 같은 원형적인 자연 공간에서부터 통영, 부다페스트, 다뉴강, 사키엣 시디 유세프, 세다가야 서(署)와 같은 신화적이며 원체험적 장소들이 그것이다. 스스로를 역사와 이데올로기의 피해자라고 생각했던 그는 현실적 갈등이 부재하는 공간에 자신의 무의식을 투사하였다. 즉 현실에서 확립할 수 없는 정체성을 신화의 자연 공간에서 재현함으로써 불안이나 피해의식을 극복하려 하였다. 자연과 조화로운 삶을 지향하는 신화나 원형적 공간은 전후 폐허와 근대의 이질적 관계에 대한 성찰로서 잃어버린 세계에 대한 성찰이라 할 수 있다.

나는 왜 여기서 이러고 있는가 하는 정서라 할까 감정은 실은 하나의 형이상학적 물음이다. 이 물음은 내 화두가 돼 평생토록 나를 따라다니며 놓아주지 않았다. 이 형이상학적 물음을 좇아다니는 그것이 곧 내가 나를 찾고 있는 하나의 꼴이 됐다. 이리하여 이 물음, 즉 이 화두가 풀리지 않는 이상 나는 나를 찾았다고 할 수는 없게 됐

다. (중략) 어떤 이데올로기가 역사라는 겁나는 탈을 쓰고 나를 깔아
뭉개려 했을 때도 나는 이 물음, 즉 이 화두를 저버리지 않았다. 34)

　　시인이 말하는 "나는 왜 여기서 이러고 있는가"라는 주체의 장소 부
재에 대한 부정성은 실존에 대한 물음이자 근원 상실의 내면적 고독을
반영하는 것이다. 김춘수는 통영에서 서울로 올라갔을 때 그리고 도쿄
로 유학을 가기 위해 한국을 떠날 때도, 세다가야 감방에서 감금 생활
을 할 때도 그 물음이 하나의 진언처럼 자신을 따라 다녔다고 했다. 그
것은 현실에서 실존의 고투가 아무리 치열하더라도 삶은 언제나 미완
일 수밖에 없다는 고뇌에서 비롯된 것이다. 통합이 불가능한 어떤 균열
에서 느끼는 결핍은 불안과 허무를 초래하는데 이것은 대부분 익숙한
장소에서 벗어나 이질적이고 낯선 장소에서 생기는 감정들이다. 한 시
인의 존재 이유가 바로 시를 쓰는 이유라면 부단한 방황과 그에 따른
회의는 인간의 본질적이고 존재론적인 시작(詩作)으로 귀결될 수밖에
없다.

　　김춘수는 이 시기 숲이나 바다, 늪과 담(潭)과 같은 자연의 원형적 공
간으로부터 외국 지명과 한국의 특정 장소들을 시에 소환하였다. 이러
한 장소는 김춘수가 실제 체험한 곳을 비롯해 내면의 상상적 공간을 모
두 포함하는 것으로 죽음과 부활을 거듭하며 모순된 현실과 고통스러
운 체험을 재현하는 헤테로토피아적 장소들이다.

　　　　다늡강에 살얼음이 지는 동구의 첫겨울
　　　　가로수 잎이 하나 둘 떨어져 뒹구는 황혼 무렵
　　　　느닷없이 날아온 수발(數發)의 쏘련제 탄환은

---

34) 김춘수, 「꽃과 여우」, 민음사, 1997, 14쪽.

땅바닥에
쥐새끼보다도 초라한 모양으로 너를 쓰러뜨렸다.
순간,
바숴진 네 두부(頭部)는 소스라쳐 삼십보 창공으로 튀었다.
두부를 잃은 목통에서는 피가
네 낯익은 거리의 포도(鋪道)를 적시며 흘렸다.
―너는 열세 살이라고 그랬다.
네 죽음에서는 한 송이 꽃도
흰 깃의 한 마리 비둘기도 날지 않았다. …(중략)…
나는 스물두 살이었다.
대학생이었다.
일본 동경 세다가야서(署) 감방에 불령선인(不逞鮮人)으로 수감
되어 있었다
어느날, 내 목구멍에서/
창자를 비비 꼬는 소리가 새어 나왔다
<어머니, 난 살고 싶어요!>
난생 처음 들어보는 그 소리는 까마득한 어디서
내 것이 아니면서, 내 것이면서……
나는 콩크리이트 바닥에 머리를 부딪고
북받쳐 오르는 울음을 참을 수가 없었다.
　　　　　　　　　―「부다페스트에서의 소녀의 죽음」 부분

　헝가리 혁명에서 희생당한 소녀를 모티브로 하고 있는 이 시의 "다늅
강", "부다페스트", "세다가야서(署)"는 역사적으로 폭력이 만연했던 장
소들이다. 다늅강과 부다페스트가 1956년 헝가리 혁명의 현장을 말하
는 것이라면 우리나라의 "한강"으로 상징되는 한국전쟁과 병치된다.
즉 "쏘련제 탄환"을 맞고 온몸이 상처투성이가 된 "부다페스트 소녀"의
죽음은 뒤에 나오는 "한강의 소녀"의 죽음과 등가적 위치에 놓이는데

이것은 이데올로기와 역사적 폭력이라는 알레고리로 유추된다.

김춘수는 자신의 몸과 마음에 각인된 스물두 살 일본 유학 시절의 감방 체험을 서술하며 당시 국제 정세 속에서 자행되던 약자 희생이라는 당위적 현실을 비판하고 있다. 일본 유학 시절 그는 부두 하역 노동자로 일하다가 일본 총독부를 비판하였다는 밀고로 치욕스러운 고문을 겪으며 '세다가야서'에 수감 되었다. 육체적인 고통으로 인한 공포와 수치심의 트라우마는 평생 그를 괴롭혔다.[35] 폭력적인 고문과 그 치욕에 대항할 어떠한 명분도 갖지 못했던 피식민지 청년 지식인의 모습은 전쟁이나 역사가 짓밟고 간 개인들의 상처로 이어진다. 이처럼 강대국의 폭력에 희생된 약자들로서 '부다페스트의 소녀', '한강의 소녀', '불령선인(不逞鮮人)으로 수감된 스물두 살의 나'를 각각 병치시키며 이들에 대한 연대 의식을 보여주고 있다.[36] 식민지 청년이 일본 헌병에게

---

35) 세다가야서(署)에 대해 김춘수는 다음과 같이 회고했다. "헌병대와 경찰서 고등계의 지휘 하에서 몇 달의 영어 생활을 하게 되었지만 나는 참으로 억울했다. …… 누구에게 이 억울함을 호소할 수 있었던가? 동포들도 외면하고 몇 안 되는 벗들도 그저 그러고만 있었다. 일제 말 이런 바람이 한 번 스쳐간 뒤로 한참 동안 나는 내 자신을 가누지 못하고 있었다. 20대의 말에 6·25가 왔지만, 끝없이 쫓겨 다닌 나는 왜 내가 그래야만 했는지 명분을 찾아낼 수가 없었다. 폭력은 나에게 그런 모양으로 왔다. 당한 사람은 실신할 정도로 억울하지만, 폭력은 그 자체로 어떤 명분을 세워 놓고 있었는지도 모른다. …… 한동안 나에게 있어 역사는 그대로 폭력이었다. 역사의 이름으로 지금 짓밟히고 있는 것은 누구냐?"(김춘수, 『전집 2』, 현대문학, 573~74쪽)

36) 이강하는 「부다페스트에서의 소녀의 죽음」의 개작 과정을 정리하며 이 시에 대해 시인의 제국주의에 의한 폭력과 상처의 영어(囹圄) 생활이 '한강의 소녀'로 규정되고 있다고 보았다. 나아가 '소련군, 이국의 아저씨, 로마군, 일본 헌병' 등을 '폭력적 강자'로 배열하고, '부다페스트 소녀, 한강의 소녀, 예수, 시인'을 '희생당한 약자'로 범주화하고 있다. 이 두 축은 '쏘다'와 '못박다' 등의 폭력적인 행위로 통합되며 제3세계 국가들의 당위적 현실을 드러내는 것이라고 보았다. (이강하, 「김춘수의 「부다페스트에서의 소녀의 죽음' 연구」, 『동악어학회』 63, 동악어문학회, 2014, 379~408쪽)

당했던 치욕과 폭력의 트라우마는 신념이나 사상이 어떠한 가치가 있으며 문학의 존재 이유가 무엇인가에 대한 회의적 질문으로 이어진다.

때문에 김춘수는 시를 쓰면서 세다가야署의 감방이나 방, 밀실과 같은 공간에서의 육체적 고통을 통한 존재와 역사적 한계로서의 현실에 오래 천착하였다. 그는 이데올로기가 역사의 탈을 쓰고 아무 죄 없는 사람들을 겁주고 무차별 폭력을 가하는 것을 똑똑히 보고 경험했다고 회고했다.[37] 역사적 폭력 앞에서 희생당하고 고통받는 무고한 이들은 분단된 나라의 '인천'에서부터 폭격으로 많은 민간인 희생자가 나온 튀니지의 작은 도시 '사키엣 시디 유세프'에 이르기까지 역사적 현장에서 보편적으로 드러났다.

냉전 체제와 관계되는 이데올로기의 대결 구도는 이질적인 공간의 병치를 통해 더 극명하게 드러난다. 분단된 반공 국가의 지식인은 불안한 세계정세의 흐름 속에서 자신의 정체성을 다각적으로 파악할 수밖에 없다. 폭력과 억압적 체제에 대한 저항으로써 시인은 현실의 불안이 무화되는 이상적 공간이나 과거 공간으로의 회귀를 추구하게 된다. 현실이 부정적이고 어두울수록 자아는 그 피폐한 현실에서 벗어나 다른 공간을 탐색하는데 신화적 세계나 고향과 같은 원형적 헤테로토피아가 바로 그곳이다. 즉 억압된 현실 공간에서 소외된 자아의 욕망과 피해의식들이 현실적 장소 밖의 장소를 통해 실현되거나 극복되기 때문이다.

간밤에 단비 촉촉이 내리더니, 예저기서 풀덤불이 파릇파릇 돋아나고, 가지마다 나뭇잎은 물방울 흩뿌리며, 시새워 솟아나고,

---

37) 김춘수, 「꽃과 여우」, 『왜 나는 시인인가』, 현대문학, 2005, 416쪽.

점점(點點)이 진달래 진달래가 붉게 피고,

흙 속에서 비윗틈에서, 또는 가시 덩굴을 헤치고, 혹은 담장이 사이에서도 어제는 보지 못한 어리디어린 짐승들이 연방 기어나고 뛰어 나오고……

태고연히 기지개를 하며 신이 다시 몸부림을 치는데,

어느 마을에는 배꽃이 훈훈히 풍기고, 휘녕청 휘어진 버들가지 위에는, 몇 포기 엉기어 꽃 같은 구름이 서(西)으로 서으로 흐르고 있었다

—「신화의 계절」 전문

이 시의 장소는 단비가 내리고 진달래가 피어 있으며 어린 짐승들이 담장 사이로 뛰어나올 것 같은 그런 이상적인 곳이다. 시적 주체는 '태고연히 기지개를 하며 신이 다시 몸부림을 하는' 평화로운 이곳에서 신화의 계절을 맞이한다. 모든 생명과 자연이 화해로운 시간을 보내고 있는 "마을"은 폭압적 역사나 문명화된 현실과 대비되는 곳이다. 인간과 자연이 조화로운 삶을 살고 있는 이 신화의 세계는 모든 생명들이 동경하는 원초적인 사랑과 낭만이 있는 무욕(無慾)의 공간이다.

이와 같이 김춘수의 원형적 헤테로토피아는 '장소 밖의 장소'로서 '언어' 즉 '시어'나 '관념'으로 작용되는 측면이 강하다. 즉 실재하는 장소와 언어로만 존재하는 장소 사이의 관계에서 비롯된다고 할 수 있다. 푸코가 제시한 '언어의 비(非)—장소'는 언어가 지시하는 장소로서 현실의 장소와 직접적으로 연루되지 않는 '장소 아닌 장소'로 이해할 수 있다. 그는 『말과 사물』에서 '헤테로토피아'는 문학의 공간에 그 기원

을 두고 있다고 밝혔다. 즉 이것은 '언어가 공간과 교차'하면서 파생시킨 '장소적 상상력'을 통해 시적 인식을 확장시키는 것을 의미한다.[38] 1950년대 김춘수 시에서는 잃어버린 세계에 대한 실존적 성찰로서 이 신화와 원형적 헤테로토피아를 통해 그러한 측면을 잘 보여주고 있다.

전후 폐허가 된 현실을 다시 복원하기 위해 현실은 빠르게 변해가야 하지만 한편으로는 원시의 아름다움을 간직한 신화나 과거 유년의 원형을 그대로 보존함으로써 그 회복이 가능한 것이기도 하다.[39] 정체성의 상실과 비인간화 그리고 근대화의 획일화로 존재가 그 가치와 방향을 잃어갈 때 이에 대한 반성적 성찰은 근원적이고 원형적인 장소를 통해 구현된다. 문명사회와 역사 이전의 원형적 세계는 인간과 자연이 조화를 이룰 때 진정한 소통이 이루어진다. 인간은 무의식적으로 탈역사적인 자연 풍경과 근원적 공간으로의 회귀를 갈망하기 때문이다. 그 공간 중의 하나가 바로 몸과 마음의 안식처이자 순수한 생명력이 흐르는 시원으로서의 '고향'이라는 헤테로토피아이다. [40]

---

38) 엄경희, 『헤테로토피아의 장소성에 대한 시학적(詩學的)탐구』, 『국어국문학』 186호, 국어국문학회, 399~400쪽.

39) 남기혁은 김춘수 초기 시에 드러나는 신화성에 대한 동경은 '자와－세계의 융화 상태에 대한 지향'으로서 자아와 세계, 주체와 객체의 완벽한 합일을 형상화하고 있다고 보았다. 따라서 현존재의 소멸을 통한 자아의 고양과 개별적 자연물을 통한 근원적 시공간의 에피파니를 김춘수 초기시의 두 축으로 설명하였다 (남기혁, 「김춘수 초기시의 자아 인식과 미적 근대성」, 『한국시학연구』 1호, 한국시학회, 1998, 64~100쪽)

40) 한 인간의 삶의 본질을 구성할 뿐 아니라 자아의식을 지배하는'고향'은 일정한 장소를 가지고 있는 '절대적으로 다른' 헤테로토피아로서 개방적이면서 폐쇄적인 공간이다. 즉 지도에 있는 물리적인 장소로서는 누구에게나 개방되어 있지만, 기억이라는 이질적 시간 안에서는 특정한 경험을 가진 이들에게만 개방되어 있는 이질적 공간이다. 때문에 고향은 시대와 사회적 변화에 따라 인간 내면에서 동경이나 저항과 같은 다양한 의미가 부각되는 혼종적 장소이다. (김지율, 「허수경 시에 나타나는 '고향'이라는 헤테로토피아의 변모와 서발턴 연구」, 『우리말글』 93, 우리말글학회,

그 집에는 우물이 있었다

우물 속에는 언제 보아도 곱게 개인 계절의 하늘이 떨어져 있었다

언덕에 탱자꽃이 하아얗게 피어 있던 어느 날 나는 거기서 처음
으로 그리움을 배웠다.

나에게는 왜 누님이 없는가? 그것은 누구에게도 물어 볼 수 없는
내가 다 크도록까지 내 혼자의 속에서만 간직해온 나의 단 하나의
아쉬움이었다.

(중략)

무엇이 귀한 것인지도 모르고, 나를 사랑하는 사람들 곁에서 한
사코 어딘지 달아나고 싶은 반역에로 시뻘겋게 충혈한 곱지 못한 눈
매를 가진, 나는 차차 청년이 되어 갔다.

—「집·1」 부분

모든 이브에게는 아담만이 알고 있는 비밀이 있다.

모든 아담에게는 이브만이 알고 있는 비밀이 있다.

(오—비밀은 연애처럼 달더라)

그리하여 우리들은

다스릴 수 없는 원시의 알몸은, 저 동굴 같은 방 속에다 가두워야
했다.

(중략)

우리들 원시의 건강을 찾아

아! 초원으로 가자.

—「집·2」 부분

인간에게 자신이 태어난 곳과 유년을 보냈던 고향이라는 장소는 생

2022, 259~292쪽)

애 가장 중요한 기준점으로 생명의 중심이자 정체성의 뿌리가 되는 곳이다. 위 시의 유년의 고향 "집"에는 "곱게 갠 인 계절의 하늘"이 흘러가는 곳이며 우물이 있던 장소이다. 그곳은 시인이 탱자꽃이 언덕에 하얗게 필 때 처음으로 "그리움"을 배웠던 곳이다. 사계절의 하늘이 아름답게 펼쳐져 있던 고향집의 "우물"은 현실의 시간이 개입되지 않는 초월적 공간이기도 하다. 유년의 평화로운 공간에는 "한사코 어딘지 달아나고 싶은" 불안으로 어른의 세계로 성장해가는 서정적 자아의 모습을 엿볼 수도 있다. 그런 점에서 고향 집은 세계와의 불화로 단절된 존재의 고통과 모순된 현실의 한계를 극복하기 위한 회귀적 장소이다.

「집·2」에서의 "집" 또한 "아담"과 "이브"의 비밀이 숨어 있는 생명의 모태로써 폭력적인 역사나 문명적인 현실과 구별되는 원초적 공간이다. "다스릴 수 없는 원시의 알몸"으로 "저 동굴 같은 방 속"에 갇혀 있는 태고적 상상력은 현실적 시간과 공간으로부터 벗어나 인간이 궁극적으로 추구하는 무의식의 공간이다. '원시의 건강'과 태고의 신비를 간직하고 있는 장소로 우주의 순환질서가 흐르는 곳이다. 무한한 자연과 영원 회귀적 장소인 "초원"은 근원적 존재 의미를 성찰하는 탈장소로서 폭압적인 현실적 공간과 대비된다.

1950년대 김춘수는 세다가야서(署)에서 겪은 감옥 생활과 전후 현실에서 배제하고 싶은 폭력이나 억압적 현실을 극복하려는 심리적 대응으로 원형적 헤테로토피아로의 회귀를 택하였다. 김춘수가 장소에 대한 질문을 지속적으로 던졌던 것은 사라져 간 것, 흘러간 것에 대한 안타까움인 동시에 현존과 부재 사이의 영원성에 대한 갈망이라 볼 수 있다.[41] 또한 개인의 윤리적 실존을 위협했던 역사와 현실에 구속된 경험

---

41) 서진영은 이 시기 김춘수 시에 드러나는 상실감이나 부재의식은 '흘러간다', '사라

적 자아의 공포나 불안을 극복하기 위함이었다. 나아가 동시대에 겪었던 경험적 현실을 병치시킴으로써 잃어버린 세계를 회복하고 인간의 가치관과 생명을 위협하는 근대 사회에 던지는 비판적 시선이라 할 수 있다.

*

1950년대는 해방과 전쟁을 거쳐 분단을 맞이했지만 빠르게 진행되는 도시화와 산업화 속에서 급속한 자본주의화를 이뤄냈다. 근대적 도시의 삶이 가속화될수록 주체들은 권태나 혼란 속에서 방황과 불안에 휩쓸리며 다양한 혼종적 공간을 경험하게 된다. 그런 측면에서 인간성 상실이나 절망 등의 위기의식이 위태롭게 존재하는 현대시의 강박화된 희망이나 이데올로기에 대한 저항의 실마리를 '다른 장소'인 헤테로토피아에서 찾을 수 있었다.

이 시기 김수영의 시에 드러나는 '수용소'나 '도서관' 그리고 '거리'와 '산정'과 같은 헤테로토피아적 장소는 현실의 다성적 표상의 공간으로 비판과 대안의 여지를 함축하고 있는 이질적 장소였다. 죽음이 난무하고 인간의 자유를 억압하는 '수용소'는 부정의 헤테로토피아로 '격리'와 '금지'의 기능이 강조되는 억압의 장소였다. '죽어 있는 방대한 서책'들과 같이 과거와 모순적 현실에 '흥분하지' 못하는 '도서관' 역시 오래된 지식들이 머물러 있는 헤테로크로니아의 장소이다. 또한 '나타와 안정'에 취해 있는 '거리'나 '산정'은 안일한 현실적 자아를 '어디로든' 가게

져 간다' 등의 어휘에서 주로 발견된다고 보았다. 또한 이것이 그의 시의 고독감과 연결되어 궁극적으로 자기 폐쇄성이나 나르시시즘으로 이어지며 김춘수 초기 시의 한계를 보여주고 있다고 밝혔다. (서진영, 「김춘수 시에 나타난 나르시시즘 연구」, 서울대학교 석사 논문, 1998, 23쪽)

하는 일탈의 심리가 작용하는 장소였다. 이처럼 고통스러운 자기 체험을 진술하는 경험적 자아의 서사는 권력 중심의 폭력과 억압으로부터 좌절되어 고통이 변이된 공간, 즉 헤테로토피아에서 더 극명하게 나타나며 생활의 피로와 절망의 소시민적 삶에 대한 성찰과 부정의 의미를 드러내고 있었다.

김춘수는 스스로의 체험이나 기억 속에서 개인적인 신화 공간을 창조하였는데 산, 언덕, 하늘이나 바다와 같은 원형적 공간에서부터 통영, 부다페스트, 다뉴강, 사키엣 시디 유세프, 세다가야서(署)와 같은 원체험적 장소들이 그것이다. 자아와 세계, 인간과 자연 그리고 이상과 현실 사이의 단절은 끊임없이 자신을 부정하며 새로운 시에 대한 열망으로 나가가게 한다. 그는 세다가야서(署)에서 겪은 감옥 생활과 전후 현실 속에서 폭력이나 억압의 현실을 극복하려는 심리적 대응으로 신화적이고 원형적인 시적 세계를 선택하였다. 스스로를 역사와 이데올로기의 피해자라고 생각했던 김춘수는 현실적 갈등이 부재하는 공간에 자신의 무의식을 투사하였다. 즉 현실에서 확립할 수 없는 정체성을 신화와 자연 공간에서 재현함으로써 현실적 불안과 피해의식을 극복하려 하였던 것이다. 이처럼 자연과 인간의 조화로운 삶을 지향하는 원형적 공간은 전후 폐허와 근대의 이질적 관계에 대한 비판적 사유로서 잃어버린 세계에 대한 실존적 성찰이라 할 수 있다.

1950년대 김수영 시의 헤테로토피아는 주로 현재를 중심으로 현실의 이질적 경험과 관련된 장소라면 김춘수 시의 경우 과거를 중심으로 한 원형적 헤테로토피아로서 기억이나 상상의 장소와 연관된다고 할 수 있다. 두 시인의 상이한 헤테로토피아는 전쟁으로 인한 불안과 환멸 그리고 절망과 같은 불확실성에 대한 현실 인식이며 현대성의 자각으로서의 시적 형상화 방법이었다. 나아가 개인의 참다운 윤리적 실존을 위협했던 역사 현실에 구속된 경험적 자아의 공포나 불안을 극복하고 동시대의 부정적 현실을 병치시킴으로써 인간의 가치관과 생명을 위협하는 근대에 대한 부정적 시선이라 할 수 있다. 이처럼 이질적인 탈장소로서의 헤테로토피아는 두 시인의 시에 드러나는 불가해성에 접근하는 새로운 연구 방법이며 시공간의 변화에 따른 현대시의 또 다른 시각이나 가능성을 제시할 수 있을 것이다.

3부

기억의 토포스와 서사적 공간의 내러티브

우리는 장소를 바꾸는 게 아니라
우리의 본성을 바꾼다.
—가스통 바슐라르, 『공간의 시학』

1970년대는 유신(維新)과 급속한 근대화로 여러 사회 문제들이 일어났으며, 문학에서는 이러한 사회적 모순에 대항하여 기존의 문학적 인식과 가치에서 벗어나려는 다양한 문학적 담론이 활성화되었다. 대표적인 전후 모더니스트 시인인 전봉건의 시는 지배 이데올로기에 저항하며 그것의 폭력성과 허구를 적극적으로 드러냈다. 뿐만아니라 다양한 실험적 시의식뿐 아니라 전쟁과 실향의 상처를 끝없이 시적으로 극복하고 형상화하였다.

'마카로니 웨스턴' 연작시를 비롯한 개방적 장소의 시에서 드러나는 감시는 주체의 불안과 혼란 그리고 강박적 모습 등을 초래하며, 현실 부정적 시선이 강하게 드러난다. 전쟁과 죽음의 공포를 체험하고 실향의 아픔을 겪고 있던 시인이 생계를 이어갔던 '도시'라는 장소에서는 소외와 고향 회고의 시선이 두드러진다. 또한 외부의 시선으로부터 단절된 고립된 장소의 선택은 개방적 장소에서 느끼는 존재론적 불안에서 비롯되었으며, 성찰적이고 분열적인 동시에 환상적 시선으로 이어진다. 이러한 장소의 선택과 시선들은 시대 상황을 인식하고 모순된 질서나 규율로부터 자신의 세계를 구축하려는 의지이자 현실 대응의 한 방식이라 할 수 있다.

1

전봉건 시의 장소와 현실 대응 방식

*

한국 현대사에서 1970년대의 10년은 '유신(維新)'이라는 단어로 압축해서 표현할 수 있을 것이다.[1] 이 시기는 1960년대 중반의 한일 회담과 월남 파병을 토대로 경제개발계획을 본격화했던 시기이다. 이러한 급속한 근대화는 결국 지배 권력의 폭압적인 권위나 종속적 경제 구조 그리고 심각한 빈부 격차 등 사회적인 문제를 동반하며 여러 변화들을 가져왔다.

정치·사회적인 변화들은 문학 담론에도 영향을 미쳤는데, 그 대표

---

1) 유신체제는 1971년 12월 국가비상사태 선포를 거쳐서 1972년 10월부터 시작되었다. 유신(維新)은 낡은 제도를 고쳐 새롭게 한다는 뜻으로, 남북 분단의 현실과 국제사회의 변화에 능동적으로 대처한다는 명분 아래 대통령의 권한을 크게 강화하고 국민의 기본권을 제한할 목적으로 만든 제도였다. 1979년 10월 박정희 대통령의 암살로 막을 내리게 되는데, 유신이라는 단어는 한국 현대사에서 70년대라는 시기를 그 이전 60년대와 이후의 80년대와 구별 짓는 하나의 표지판과도 같은 의미를 지닌다.

적인 예로써 '순수·참여논쟁'은 순수문학이 우세하던 한국 문단에서 문학의 사회적 기능과 작가의 역할에 대한 새로운 출구를 모색하게 했다. 이를 토대로 1970년대 문학은 사회적 모순에 대항하며 기존의 문학적 인식과 가치에서 벗어나려는 다양한 문학적 담론이 활성화되었다. 이러한 모습들은 시에서도 자연스럽게 나타났고, 문학의 현실 참여를 강조하는 리얼리즘시, 자율성을 중시하는 모더니즘시, 순수성을 옹호하는 전통서정시 등으로 차별화되었다.[2]

1970년대 모더니즘시[3]에서는 '유신'이라는 정치와 경제개발이라는 '근대화' 이면에 자리 잡은 모순에 저항하는 '자아'의 병적이고 분열적인 모습들에서 더 나아가 시의 형식과 언어의 문제에까지 확대되어 나타나고 있었다. 이러한 비판적이고 반성적인 모습들은 불안한 시대 상황 속에서 새로운 문학적 질서를 만들기 위한 시도의 과정으로 볼 수 있을 것이다. 하지만 이 시기 시에 대한 연구는 그 이전 시대나 다른 장르의 연구에 비해 미진한 상태이며, 또한 대부분 시 연구가 민족 문학과 민중문학에 편협 되어 있는 실정이다.

---

2) 이 시기 사회 참여의 리얼리즘 경향의 시인으로 김지하, 고은, 이성부, 최하림, 정희성, 김준태, 신경림 등이 있다. 모더니즘적인 유파의 시인으로는 김춘수, 전봉건, 송욱, 이승훈, 황동규, 정현종, 오규원 등이며 있으며, 전통 서정시인으로는 박정만, 신대철, 강은교, 조정권, 이성선, 나태주 등을 꼽을 수 있다. (권영민, 『한국현대문학사 2』, 민음사, 2002, 345~407쪽)

3) 모더니즘이 추구하는 것은 현실을 그대로 재현, 반영하는 것이 아니라, 당대의 사회 문화에 대응해서 현재를 새롭게 인식하고 비판하는 것이다. 이러한 모더니즘은 30년대 김기림, 정지용, 이상 등의 시인들이 전성기를 이루었고, 해방 후 50년대는 후반기 동인들이 청록파를 중심으로 한 전통주의 시에 반발하였으며, 60, 70년대를 거쳐 80년대 해체시에 이르기까지 우리 문학사에서 중요한 위치를 담당해 왔다. 물론 60년대 중반 이후에는 50년대 모더니즘 시의 무분별한 서구 추종과 난해하고 현실 도피적인 특성에 대해 비판의 목소리가 강했고, 이 계열의 많은 시와 시인들이 소외되었던 것이 사실이다.

전봉건[4]은 <후반기> 동인의 다른 시인들보다 현실에 보다 밀착되어 있었으며 동시에 심미적 의식이 강했다.[5] 그는 6·25전쟁을 몸소 겪었으며 해방과 함께 월남하였는데 평생 전쟁의 참혹한 기억과 실향이라는 이중의 고통 속에서 시작(詩作)을 했다. 때문에 다른 시인보다 현실의 변화에 민감하였으며 실존과 고향 회고에 대한 탐구를 새로운 시형식으로 형상화했다.

전봉건에 대한 연구는 1988년 그의 타계 후 더 활발한 연구로 자리매김하였는데, 이것은 다양한 그의 시세계와 형식적 특징들 그리고 그의 실험정신이 보여준 결과일 것이다. 민병욱[6]은 성장 체험에서의 어머니와 친형 전봉래의 영향 그리고 6·25라는 역사적 상황의 체험이 형성한 여성주의와 단순성의 세계관은 그의 시론과 시적 서사에 영향을 미쳤다고 보았다. 이해 반해 김재홍[7]은 전봉건의 시들이 전쟁의 어두운 그림자를 사랑의 갈구와 서정적인 세계에 대한 추구와 확신으로 극복하고 있다고 긍정적인 평가를 하고 있다. 문혜원[8] 또한 사랑이 전봉

---

4) 전봉건은 1950년에 『문예』지에 서정주의 추천으로 「願」, 「四月」을 발표하였고, 김영랑의 추천으로 「祝禱」를 발표하며 문단에 나온다. 김종삼·김광림·전봉건 3인 연대시집 『전쟁과 음악과 희망과』(자유세계사, 1957)를 시작으로 『사랑을 위한 되풀이』(춘조사, 1959), 『춘향연가』(성문각, 1967), 『속의 바다』(문원사, 1970), 『피리』(문학예술사, 1979), 『북의 고향』(명지사, 1982), 『돌』(현대문학사, 1984) 등을 출간한다. 이외에 7권의 선시집과 1권의 시론집, 2권의 산문집이 있다.

5) 김현은 전봉건을 당대의 또 다른 대표 시인이었던 김수영, 김춘수의 시와 비교하면서, "김수영 씨와 전봉건 씨는 김춘수 씨와 다르게 주장하고 설명하는 시를 쓰는 시인들"이며, "그들은 의미의 시에 매달려 있다"고 지적했다. 여기서 김수영의 '의미의 시'가 구체적이고 일상적인 현실과의 대결을 통한 의미라면, 전봉건은 관념적이고 심미적인 의미를 현실에 부여하는 것이라고 지적했다. (김현, 「전봉건을 찾아서」, 『시인을 찾아서』, 민음사, 1974, 58쪽.)

6) 민병욱, 「전봉건의 서사정신과 서사갈래 체계」, 『현대시학』, 1985, 2월호, 98쪽.

7) 김재홍, 『한국 전쟁과 현대 시의 응전력』, 평민서당, 1978, 46~54쪽.

8) 문혜원, 『한국 현대시와 모더니즘』, 신구문화사, 1996, 55쪽.

건 시의 실체임을 지적하고, 사랑을 통해 전쟁의 상흔을 치유하고 타자에 대한 믿음을 회복하며 그 연원에는 생명력의 영구불변함에 대한 믿음이 있다고 평가하였다.

이성모9)는 전봉건의 초기 시부터 후기 시까지의 흐름에서 통시적으로는 시적 변용과 심화 과정을 공시적으로는 감각적 상상력의 문제, 전쟁의 체험, 환상 체험, 에로스의 체험 등으로 나누어 검토하고 그를 이미지의 시인이자 생명의 시인이라 평가하였다. 박주현10)은 전쟁 체험을 형상화하는 미적 원리가 역동적 상상력에 기반해 있음을 밝히며, 바슐라르 이론을 원용하여 전봉건 시의 시적 근거를 제시하였다. 또한 시대순으로 나누어 시세계의 변화과정을 살핀 연구11)들과 이미지나 다양한 표현에 집중하여 내면 의식을 고찰한 연구12)등이 있다. 비교적 최근 연구로 황인찬13)은 전봉건이 추구한 '현대성'이 그의 전쟁 체험과 밀접한 관련이 있다고 보고 장시와 연작시 중심으로 살폈다.

1970년대 발표된 전봉건의 시에 드러나는 장소와 시적 주체의 시선은 시인의 내면적 자의식과 암울한 현실 인식의 표현이라 할 수 있다. 시의 장소는 시적 주체의 체험과 밀접한 관련이 있고, 이것은 곧 '시선'과 연결된다. 현실의 장소 혹은 기억과 꿈을 통해 시에 재현된 공간은 시인이 선택하고 배재한 장소이며 이 장소에서 드러나는 시선은 고유

---

9) 이성모, 「전봉건 시 연구」, 경남대학교 박사학위논문, 1990.

10) 박주현, 「전봉건 시의 역동적 상상력 연구」, 서울대학교 석사논문, 1997.

11) 김경수, 「없음을 통한 있음의 세계」, 『피리』, 문학예술사, 1979, 75쪽; 이승훈, 「추락과 상승의 시학」, 『새들에게』, 고려원, 1983; 최동호, 「실존하는 삶의 역사성」, 『아지랑이 그리고 아픔』, 혜원출판사, 1987.

12) 김우정, 「해설」, 『춘향연가』, 성문각, 1957; 윤재근, 「황홀한 체험」, 『돌』, 현대문학사, 1984.

13) 황인찬, 「전봉건의 현대성 연구」, 중앙대학교 석사학위논문, 2015.

하면서 동시에 차별화된 시선이다. 전봉건 시에 나타나는 시선들 속에는 개인의 자아 분열적인 시선과 사회적이고 국가적인 감시의 시선 등 보다 다양한 의미를 내포하고 있다.

이 시기 전봉건 시의 장소는 개방적 장소, 소외된 도시와 고립된 장소로 나눌 수 있다. 개방적 장소에서의 감시는 주체의 불안과 혼란을 초래하며, 현실 부정적 시선이 강하게 드러난다. 그리고 전쟁과 실향의 아픔을 겪은 시인이 생계를 이어갔던 도시라는 장소에서는 소외와 고향 회고의 시선이 두드러진다. 또한 고립된 개인적 장소에서의 주체는 자신의 내면을 응시하며, 성찰적이고 분열적인 동시에 그로데스크적인 환상적 시선으로 이어진다.

현실 부정이나 고향 회고 혹은 내면 응시 등은 시적 주체가 시대 상황을 인식하고 현실의 모순된 질서나 규율로부터 자신의 세계를 구축하려는 의지이자 정신적 감응으로서의 현실 대응의 한 방식이라고 볼 수 있을 것이다.

1) 감시 속의 개방적 장소와 현실 부정

시에 드러나는 장소는 시인의 주관적 지향성을 드러내거나 그가 지배하고 있던 특정 관점이나 정신적 태도를 파악할 수 있는 근간이 된다. 장소에 따른 자아와 세계의 상호 관련 속에서 시인의 의식과 세계관이 확장되거나 변모되기 때문이다. 시의 장소는 현실적 장소에서 출발하지만 일상적인 장소뿐만 아니라 시인의 기억이나 꿈 혹은 그가 추구하는 이상적인 장소로 확장된다. 이러한 장소는 체험의 실제를 구성하는 중요한 요인일 뿐 아니라 시적 자아의 주체적 경험에 따라 변화하

는 인식의 장소가 되기도 한다.14)

　사회·경제·문화 전반이 통제되던 유신체제인 1970년 말에 전봉건은 시집 『피리』15)를 발간하였는데 이 시집은 대부분 1970년대에 발표한 시들을 묶은 것이다. 특히 이 시기 발표한 연작시 「마카로니 웨스턴」또한 이 유신이라는 70년대 지배 이데올로기에 저항하는 담론을 함축하고 있다. '마카로니 웨스턴'16)은 이탈리아식 서부극을 지칭하는 말로 폭력과 살인을 저지르는 비영웅적인 주인공과 그에 대항하는 악당의 대결을 그린 영화의 장르를 이르는 말이다. 싸움과 배신 그리고 죽음이 난무하는 마카로니 웨스턴의 세계는 가부장적이고 정치적인 억압이 통용하던 당시 한국 사회의 모습과 유사하며, 다섯 편의 연작시에 이러한 현실에 대한 부정과 저항의 목소리를 담고 있다.17)

---

14) 로만 인가르텐, 이동승 역『문학예술작품』, 민음사, 1985, 255쪽.

15) 1970년에 발표한 전봉건의 시는 주로 이 시집에 묶여 있다. 이 시집은 1979년 12월 문학예술사에서 간행하였는데, 시인이 작품을 발표한 연도를 살피면, 「마카로니 웨스턴」연작들은 1973년에서 1975년. 「요즘의 시」는 1976년. 「새에 대하여」와 「피리」는 1979년에 각각 발표되었다. 그 외 시집 『꿈속의 뼈』에 수록된 5부 「말」이 1970년에서 1973년 발표되었고, 시집 『새들에게』의 5부 「다시 도화리 기행」시편들이 1974년에서 1980년 사이 발표 되었다.

16) 마카로니 웨스턴(Macaroni Western)이란 이탈리아 또는 이탈리아와 스페인 합작으로 만든 변종 서부극을 말한다. 파솔리니의 죽음과 정치적인 영화를 만들던 베르톨루치의 노선 선회 등으로 뉴이탈리아 영화의 기운이 약해지자 새롭게 등장한 장르이다. 세르지오 레오네(Sergio Leone)로 대표되는 마카로니 웨스턴은 미국식 서부극에 대한 반작용이었고 이탈리아 영화의 전통과는 거리가 있었다. 즉 정통 서부극의 영웅주의와 개척 정신은 찾을 수 없으며 현상금 사냥꾼들의 비열한 욕망과 탐욕이 영화 전반을 지배하고 있다. <황야의 무법자>, <옛날 옛적 서부에서>를 비롯하여 마카로니 웨스턴은 정통 서부극을 기이하게 비튼 내용과 혁신적인 스타일로 당시 일시적으로 선풍적인 바람을 일으켰다.

17) 최동호는 「마카로니 웨스턴」연작을, "70년대를 몰아쳤던 물질적 풍요의 광적인 추구에 비하여 상대적으로 궁핍했던 정신적 삶의 황폐감"을 정교한 시의 언어를 빌어 묘파하고 있다고 보았다. 즉 살인과 복수 그리하여 피와 모래와 섹스로 얼룩진 한 시대의 정신적 공허감을 그린 작품이라고 평가했다 (최동호, 「실존하는 삶의

누가
하모니카를 부는데
두레박 줄은 끊어지기 위해서 있고
손은 짓이겨지기 위해서 있고
눈은 감겨지기 위해서 있다

그곳에서는
누가 하모니카를 부는데
피를 뒤집어쓰고 죽은 저녁노을이
까마귀도 가지 않는 서쪽 낮은 하늘에
팽개쳐져 있다
　　　　　　　　　　　　　―「다시 마카로니 웨스턴」 전문18)

　　감시19)와 통제 속에서 누군가가 하모니카를 불고 있지만 아무도 그
소리에 귀 기울이지 않는 것은 서로에 대한 무관심이거나 불신의 표현
일 것이다. 유신의 독재 그리고 경제개발이라는 시대적 상황 아래 억압
받는 주체들의 현실은 "피를 뒤집어쓰고 죽은 저녁노을"처럼 힘들고
폭력적인 상황에 놓여있다. 그러한 현실이 시적 주체에게는 '견딤'의
대상이자 동시에 '극복'의 대상이기도 하다. 누군가 하모니카를 부는데
도 아무도 듣지 않는 "마카로니 웨스턴"은 그 당시 사회의 현실을 그대

　　역사성―전봉건 시에 대하여」,『아지랭이 그리고 아픔』, 혜원출판사, 1987, 132쪽)
18) 전봉건, 남진우 엮음,『전봉건 시전집』, 문학동네, 2008, 432쪽.
19) 기드슨(A.Giddens)은 '감시체제'가 현대의 사회생활 조직력을 대대적으로 증대시
　　키는데 기초가 되었음을 언급했다. 즉, 감시는 '국민국가'와 밀접하게 관련되어 있
　　는데, 매우 특수한 형태의 영토성과 감시능력을 취하며, 폭력 수단에 대한 통제력
　　을 독점하고 있다는 것이다. 그러므로 현대적 조직을 특징짓는 것은 그 규모나 관
　　료적 성격이라기보다는 집중적인 성찰적 감시인데, 현대는 이것을 가능하게 함과
　　동시에 이것을 요구한다고 보았다. (A. 기드슨,『현대성과 자아정체성』, 권기돈 역,
　　새물결, 1997, 60~68쪽)

로 재현한 세계이다. 서로가 서로를 볼 수 있는 장소에서 개인들이 할 수 있는 것은 손을 짓이기거나 눈을 감는 것뿐인데 그것은 모두가 감시의 가해자이자 피해자이기 때문이다.

> 그 마을에서는
> 아무도 말을 하지 않는다
>
> 바람 소리만 듣습지요
> 네에 흙바람 소리 말입지요
> 늑대 소리만 듣습지요
> 달밤도 대낮도 갈기갈기 찢어발기는
> 늑대 소리 말입지요
> 양미간에 한 방
> 네에 왼쪽 젖꼭지 밑에 한 방
> 거짓말 같이 정통으로 총알
> 쑤셔박는 총소리만 듣습지요
> 바람소리만 듣습지요
> 네에 풀이란 풀 모조리 뭉개버리고
> 하늘도 왼통 시커멓게 뭉개버리는
> 흙바람 소리 말입지요
> 이렇게 남의 이야기처럼 중얼거릴 뿐이다
> 그 마을에서는
> 아무도 자기 말을 하지 않는다
>   ―「마카로니 웨스턴 습유(拾遺)―그 마을」

정치적인 억압으로 인한 감시의 모습들은 이 시에서 좀 더 노골적으로 드러난다. "그 마을"이라는 소제목은 어떤 지역의 장소에서 '마카로니 웨스턴'의 폭력성이 드러나고 있음을 암시한다. 마을은 공동체를 의미하는 단어지만, "그"라는 관형사로 인해 보통 마을과는 다른 구체적인 장소로 변모된다. 즉 사회·역사적인 층위에서 "그 마을"이라는 기표는 공동체의 상실과 독재정권의 통제 아래 있는 1970년대 한국이라는 이데올로기적 의미를 내포하고 있다.

따라서 아무도 말을 하지 않는 곳에서의 "자기 말"은 "그 마을"의 질서에 대항하는 것이다. "늑대소리", "총소리", "흙바람소리" 등은 현실 속 개인들을 통제하고 감시하는 표상이다. 특히 양미간과 심장을 꿰뚫는 "총소리"는 시적 주체를 억압하는 유신체제의 폭력성을 의미한다. 그러한 현실에서 "그 마을"에 살고 있는 사람들이 할 수 있는 것은 오직 "듣는 것" 뿐임을 알 수 있다. [20]

> 충청북도에는/ 통금이 없다./ 제원군에는/ 통금이 없다./ 청풍면에는/ 통금이 없다./ 도화리에는/ 통금이 없다./ 桃花里에 흐르는/ 남한 강에는 통금이 없다./ 강기슭에는 누워 있는 돌밭에는/ 통금이 없다.// 우리가 그곳에 친/ 두 개의 천막과 천막 사이에는/ 통금이 없다/ 우리의 야영에는 통금이 없었다./ 통금이 없는 桃花里 밤하늘에/ 긴 장마 뒤의 둥근 달이 떠올랐다./ 우리의 밤은 밤새껏 대낮처럼 환하게 밝았다./ 우리는 밤새껏 뜬눈으로 새웠다.
>
> ─「桃花里 기행」부분

---

20) '이 마을'과 관련하여 '피에트로'라는 지명이 나오는 시가 있다.

피에트로 문에서 죽고/ 피에트로 늪에서 죽고/ 피에트로 묘지에서 죽고/ 피에트로 밥상에서 죽고/ 피에트로 말잔둥에서 죽고/ 피에트로 바람 속에서 죽고/ 피에트로 계단 아래서 죽고/ 피에트로 계집 위에서 죽고/ 피에트로 진창에서 죽고/ 피에트로 길에서 죽고/피에트로 섬에서 죽고 (「마지막 마카로니 웨스턴」 전문)

이 시에 등장하는 "문", "늪", "묘지", "계단", "진창", "길" 등은 모두 "피에트로"라는 마을에 있는 장소들이다. 하지만 그곳이 실재일 수도 있고, 그렇지 않을 수도 있지만, 중요한 것은 이러한 장소(마을)에서 누군가가 "죽고" 또 죽임을 당한다는 것이다. 시적 주체는 "마카로니 웨스턴"이라는 기표를 통해 이러한 폭력적인 현실을 부정하고 동시에 그것이 절대적이지 않다는 것을 강조하고 있다.

"통금"은 해방과 6·25전쟁 이후 치안 강화를 목적으로 실시되었지만 그 이후에는 국민을 통제하고 감시하는 등 권력 체제를 유지하려는 정치적 수단으로 변질되기도 했다.21) 이러한 상황 속에서 한자로 표기된 "桃花里"는 통금이 없는 장소로 이름대로 '복숭화 꽃이 피는 마을'이다. 이 마을은 실제 장소명일 수도 있지만 현실적 규제로 부터 벗어난 이상적인 장소의 상징적 의미이기도 하다. "충청북도에는/ 통금이 없다"에서처럼 당시 충청북도는 실제 통금이 해제된 몇몇 지역 중 하나였다. 통금이라는 법의 지배 속에 있는 화자는 "통금이 없다"는 말의 반복과 상징적 장소의 대비를 통해 암담한 현실 속에서는 뜬눈으로 "밤"을 새울 수밖에 없다는 현실의 부정적 시선을 드러내고 있다. 특히 외부로부터 가해지는 시선22)에 대한 주체의 강박적 시선 또한 현실 상황에 대한 비판적이며 저항적인 태도를 의미한다.

　　바람도 없는데/ 풀잎이 떱니다// 대낮입니다// 새는/ 하늘/ 한 귀퉁이에/ 못 박혔습니다/ 날개를 폈습니다// 새까맣습니다// 칼소리도 없는데/ 소년이 떱니다

　　　　　　　　　　　　　　　　　　　　　　　　　　—「대낮」 전문

---

21) 야간통행금지는 밤사이 민간인의 활동을 금지하기 위한 법으로 1945년부터 1982년까지 37년 동안 유지 되었다. 상황에 따라 변화가 있었지만, 자정에서부터 새벽 4시까지로 확정되었다. 통금은 외국인에게는 적용되지 않았으며 제주도는 1964년 해제되었고, 그 다음 해에는 국내 유일의 내륙도인 충청북도가, 1966년에는 온양, 경주 등과 같은 관광지에 해제되었고, 88년에 이르러서야 나머지 지역이 통금에서 완전히 자유로워졌다.

22) 누군가가 지켜보고 있다는 사실을 자각하는 것만으로도 이미 주체는 자기를 응시하는 시선 앞에서 자유로울 수 없음은 푸코가 '일망(一望) 감시시설'의 예를 들어 지적하였다. 일방적인 시선이 소유하는 절대적 권력에 대하여 주체는 맹목적으로 굴종할 수밖에 없다. 즉 일망 감시의 장치는 끊임없이 대상을 바라볼 수 있고 대상을 즉각적으로 판별할 수 있는 그러한 장소와 공간적 단위들을 구획 정리한다. (미셸 푸코, 오생근 역, 『감시와 처벌』, 나남, 1994, 309~323쪽.)

고요한 대낮인데 하늘 한 귀퉁이에 못 박힌 새를 바라보는 시적 주체의 시선과 바람이 없음에도 떨고 있는 풀 그리고 칼 소리가 들리지 않는데도 뛰어 도망가는 소년은 현실의 폭력성과 지배 이데올로기를 대변하는 시선과 주체들이다. 시적 주체의 시선은 마치 카메라 렌즈처럼 거리를 조망하고 있다. 새까맣게 날개를 펴는 새 또한 희망이 없는 현실의 상징이다. 떨고 있는 풀잎과 하늘에 못 박힌 새, 뛰어가는 소년 등의 시각적 효과들은 자본주의와 독재의 폭력에 대항하는 힘없는 약자들의 모습들로 비춰진다.

마을과 거리 그리고 광장이나 들판 등의 개방적 장소는 집단적 사회 이념이나 유신의 독재와 같은 경제개발의 자본주의적 이데올로기가 교묘히 작동하는 곳이다. 이런 장소에서의 시적 주체는 자유로움을 느끼기보다 오히려 불안하고 부정적인 시선의 면모를 드러낸다. 즉 이 장소들이 집단의 이념이나 시대적 논리를 대변하는 곳으로 변할 때, 주체는 이 현실에 부정적 시선을 던지고 있음을 알 수 있다.

2) 소외된 도시와 고향 회고

시적 주체가 시에 드러낸 장소는 지금 '이곳'의 장소이자 과거의 회상 속에 있는 장소로써 회고와 동경의 대상이 되는 곳이다. 그런 점에서 도시라는 장소는 시인과 시적 주체가 고향을 떠나오면서[23] 그가 꿈

---

23) 전봉건은 1928년 평안남도 안주군 동면 명학리에서 7형제 중 막내로 태어난다. 관리인이었던 아버지를 따라 평안남도 내의 이곳저곳을 전전하며 어린 시절을 보냈다. 해방이 되던 1945년 숭인상업고등학교를 졸업하고, 이듬해 1946년 여름, 형 전봉래(시인)와 바다를 통해 월남한다. 월남 후 경기도 한 초등학교에서 교편을 잡으며, 시를 쓰기 시작했으며 6·25가 발발하자 징집되어 참전하지만 부상을 입고 제대했다.

꾸었던 이데아의 세계이며, 나아가 '과거의 나'와 '현실의 나'를 재정립해 줄 또 '다른 장소'이자 공간이다. 따라서 도시는 '물리적 장치의 집합체'에서 나아가 다양한 경험이나 해석의 실천적 장'으로 현대적 삶의 총체적인 모습이 집약된 곳이다.

시집 『북의 고향』[24]의 시편들은 대부분 70년대 발표했으며, 이 시기는 '남북적십자회담'이 개최되어 남북 간의 대화의 문이 열리게 된 시점이다. 전봉건이 이 시기에 본격적으로 고향에 대한 시를 쓸 수 있었던 것은 이러한 역사적 사건과도 무관하지 않다. 그는 서울에 있는 출판사를 여기저기 전전하며 생계를 이어나갔다. 도시는 전쟁의 상처와 기억으로부터 벗어나지 못하는 그에게 소외감을 느끼게 함과 동시에 고향을 회고하는 장소이기도 하였다. 왜냐하면 그의 시와 삶을 꿰뚫는 가장 중요한 원체험은 6·25전쟁이며,[25] 생계를 이어나가야 했던 도시라는 장소에서도 그 전쟁의 상흔과 고향상실에 대한 기억은 피할 수 없었기 때문이다.

한 사나이를 보았다

---

24) 이 시집의 고향 시편들은 회고와 그리움의 정서가 대부분이다. 전봉건은 시집의 머리말에 자신의 고향에 대해 쓴 시는 개인의 지극히 내밀한 경험과 개인사를 바탕으로 이루어졌기 때문에 넋두리로 떨어질 가능성이 많다는 것을 언급했다. 하지만 이 고향 시편들은 단순히 그리움을 표방하는데서 그치는 것이 아니라, 분단과 이산에 대한 역사적, 현실적 비판의식에서 비롯되었음을 재고해야 할 것이다.

25) 전봉건은 「꿈속의 뼈」에서 '전장에서 죽는 죽음을 보았습니다'로 시작하여 이등병이었고, 위생병이었던 자신의 전쟁 체험을 상세히 기술했다. 죽은 사람과 부상당한 사람들이 매일 곁에 있었고, 항상 피곤하고 배고프고 무서운 곳이었다고 기술했다. 때문에 그는 실컷 눈 빠지게 잠자고, 실컷 배불리 먹고, 남이야 어떻게 되든 자신은 살아남아야 한다는 생각을 했다고 고백했다. 전쟁의 경험으로 동물적인 본능과 사람다움의 그것이 얼마나 다른 것인지를 똑똑히 알았다고 피력했다. (전봉건, 『전봉건 시선』, 탐구당, 1985, 244~245쪽)

추석 하루 전날
고향으로 내려가는 사람들
꾸역꾸역 미어지는
서울역 개찰구를
한 치쯤 떠서 빠져나가는
그 사나이를 보았다

한 사나이를 보았다
추석 사흘 뒷날
고향에서 돌아오는 사람들
꾸역꾸역 쏟아지는
서울역 광장을
한 치쯤 떠서 빠져나가는
그 사나이를 보았다

아무도 보지 못한 그 사나이
땅바닥에서 한 치쯤 떠서 고향길 가고 온 그 사나이
한반도처럼 허리 꺾인 사나이를 나는 보았다
나만이 본 그 사나이
갈기갈기 해어진 바짓가랑이를 보았다

오래 삭은
쇠가지에 찢기고 다시 찢겨
바람 부는 땅바닥에서 한 치쯤 떠서
갈기갈기 날리는 것을 보았다

—「한 치쯤 떠서」 전문

    추석날 "서울역" 풍경을 다룬 이 시에는 고향을 상실한 실향민들이
맞이하는 명절의 심경이 "서울역 개찰구/ 한 치쯤 떠서 빠져나가는/ 그

사나이"와 그를 보고 있는 "나"와의 동질감에서 잘 드러나고 있다. 추석을 보내기 위해 고향으로 갔다가 돌아온 "서울역"과 "광장"이 있는 도시는 공동체와의 소통의 장소이지만 시에서 드러난 것처럼 서로가 무관심으로 지나치는 장소이기도 하다. "한반도처럼 허리 꺾인 사나이"나 "갈기갈기 헤어진 바지가랭이"가 분단의 현실을 드러낸 것이라면, 시적 주체의 눈에 들어온 "그 사나이"와 "나" 역시 상처와 아픔으로 서로에게 낯선 타인으로 존재하고 있을 뿐이다.

열시 흐릿하다
열한시 가물가물 보인다
열두시 하루가 다하고
　　하루가 시작되는 어둠은
　　더욱 짙은 어둠이다
　　그러나 그때 성큼 한 발자국
　　내게로 다가서는 너를 본다
한시　마침내 너는 어둠을 밀어낸다
　　산이여 강이여 하늘이여
두시　밭이여 언덕이여 샘이여
　　홰나무여 대문이여 안뜰이여
　　큰 부엌의 큰 솥이여 작은 솥이여
　　마른나무 활활 불타는 눈부신 아궁이여
세시　할아버님 할머님
　　아버님 어머님이시여
네시　(네 번 치는 괘종 소리)
다섯시 머리 위에 떠오르는 희끄무레한 창
여섯시 다시 네가 없는 밝음이다

—「여섯시」 전문

잠을 뒤로한 채 시적 주체를 붙들고 있는 고향에 대한 회고와 그리움은 이 시에서 더욱 구체적으로 드러난다. 2인칭으로 불리어지는 '너'는 어둠 속에서만 만날 수 있는 대상이다. 가물가물한 어둠 속에서 성큼 다가서는 '너'는 고향이거나 고향에 살고 있는 특정 대상일 수도 있다. 어둠은 법과 현실이 지배하는 낮의 밝음에서 벗어나 개인에게 잠재되어 있거나 욕망하는 대상들을 만날 수 있는 내밀한 분위기를 조성한다. 법과 현실이 지배하는 금지가 낮의 세계라면 밤은 어둠 속에서 주체의 욕망을 드러낼 수 있고 꿈꿀 수 있는 시간이다. 즉 여러 사람들이 모인 공적인 장소에서의 낮 동안의 활동은 지배 이데올로기의 영향을 받게 되지만 밤은 개인이 자신만의 내밀함을 영위할 수 있고 꿈꿀 수 있는 시간이다. 어둠 속에서 시적 주체가 부르는 산이나 강 그리고 하늘과 언덕들은 모두 고향에 있는 장소들로, 그 장소들은 소외된 도시와 관계로부터 상처받은 시적 주체가 마음의 위안을 얻을 수 있는 회상 속의 장소이기도 하다.

시적 주체의 시선은 먼 곳에서부터 가까운 풍경으로 즉, 외부 장소에서 내부 장소로 이동하고 있다. 산과 강을 지나 언덕 너머 고향집의 유년 시절을 떠올리다 종소리와 함께 긴 회상에서 돌아와 새벽을 맞이한다. 해가 뜨면 또 "다시 네가 없는 밝음"은 시작되지만 고향은 일상의 시간으로부터 밀려나 꿈과 어둠 속에서만 아프도록 '환한 밝음'(「내 어둠」)으로 존재한다.

전쟁의 불안과 공포로 인한 정신적 외상[26]은 무의식에 깊이 각인되

---

26) 프로이트가 말한 강력한 외부 자극 즉 '외상(外傷)'은 자극에 대해서 효과적으로 대처하던 장벽에 어떤 파열구가 생겼다는 것을 의미한다. 외상과 같은 외적인 사건은 정신적으로 큰 혼란을 초래하고 가능한한 모든 방어 장치를 가동하게 된다. (프로이트 지음, 박찬부 옮김, 『쾌락 원칙을 넘어서』, 열린책들, 1997, 41~45쪽)

거나 억압되어 있다가 외부의 자극에 의해 다시 드러난다. 시인 역시
도시의 일상에서 신경증적이고 불면증적인 모습을 보이고 있다.

> 삼십여 년 전에 나는 이북의 고향을 떠났습니다 그날은 눈보라가
> 쳤습니다 산모퉁이를 돌아서는데 눈 한 송이가 내 등허리를 파고들
> 었습니다 늙어 한쪽 눈만 보시는 어머님의 그 눈 하나도 산모퉁이까
> 지 쫓아와서 내 등허리를 파고들었습니다 그뒤로 나는 삼십여 년을
> 이남에서 살고 있습니다 어느덧 명치 끝에 스며들어 꽁꽁 얼어붙은
> 채 녹지 않는 눈 한 송이와 또 그 어머님의 한쪽 눈 하나와 함께 봄
> 가을 여름 겨울 없이 살고 있습니다
>
> ―「눈」 전문

시의 도입부는 고향을 떠난 시기를 알리는 것으로 시작하는데, 오랜
시간 이북의 고향을 떠나 남한에 살고 있는 시적 주체의 쓸쓸한 심정이
잘 드러난다. 여기서 '눈'은 내리는 눈(雪)과 어머님의 한쪽 눈(目)이라
는 이중적 기의를 함축하고 있다. 즉 눈(雪)은 고향의 대체물이자 고향
에 대한 그리움의 매개물로 작용한다. 때문에 시적 주체는 도시에 내린
눈을 통해 '그날'을 잊지 못하며 어머니 또한 한 쪽 눈으로 삼십 년이라
는 부재의 시간을 견디고 있다. "명치 끝에 스며들어 꽁꽁 얼어붙은 채
녹지 않고, 봄 여름 가을 없이 살고 있는" 모습에서 실향의 아픔을 엿볼
수 있다.

> ① 청천강에서 탄 밤배가/ 어두운 황해를 숨어내려 인천항에 닻
> 을 내린/ 1946년 무더운 여름날 새벽/ 바로 그날 새벽부터 십 년을
> 하루같이/ 다시 십년을 하루같이 또다시 십 년을 하루같이/ 삼십 년
> 을 하루같이 한 오직 한 가지 생각
>
> ―「가서 보고 섞고 죽어 그리고 다시 태어나리」 부분

② 삼십 년을 더 넘게 가지 못하는 고향 하늘. 삼십 년을 더 넘게 눈물에 씻겨 푸르디푸른 고향 하늘에 비낀 구름 한 자락. 새도 아닌 토끼도 아닌, 그리고 순이의 얼굴도 아닌 저 하얀 구름 한 자락을 멍들도록 봅니다. 삼십 년을 더 넘게 오직 내내 그저 하나만을 보는 것입니다.

―「눈동자」 부분

③ 바라보기 30년/ 오직 바라만 보기 삼십 년은/ 눈 짓물고/ 간 짓물고/ 쓸개 짓물고/ 넋이마저 짓물은/ 그러한 세월입니다

―「오래도록」 부분

대도시의 바쁜 일상에서 시적 주체는 "삼십 년을 하루같이" 한 가지 생각으로 살아내고 있다. ①에서는 시인이 월남할 때의 상황을 구체적으로 서술하고 있는데 이것은 실향민으로서 현실 인식의 명징성을 보여주고 있다고 볼 수 있다.[27] 죽을 각오로 월남했지만, 정신적인 터를 잡지 못하고 '우리가 우리 속에 짊어지고 가는 무덤'처럼 회고와 기억[28]에 의지하고 있는 시적 주체의 모습이 드러난다. ②의 시에서도 삼십년 동안 가지 못한 고향에 대한 그리움이 부각되고 있다. 삼십년 동안 시적 주체의 시선이 머문 고향 하늘, 그 '한 하늘만' 바라보고 있었던 것이다. ③의 '눈 짓물고', '간 짓물고', '쓸개 짓물고' 견딘다는 것은 고향에 대한 간절함이 그만큼 더 절실했음을 의미한다.

---

27) 김성조, 「전봉건 시의 고향 콤플렉스 극복과정―『北의 고향』을 중심으로」, 『정신문화연구』 31권, 한국학중앙연구원, 2008, 177쪽.

28) 회고와 기억은 시간에 저항하는 요새가 아니라 시간을 느낄 수 있는 가장 예민한 센서이다. 로크의 말을 빌려 말하며, 우리가 우리 속에 짊어지고 가는 무덤인 것이다. 따라서 이 회상기억은 우선 성찰이나 자기 관찰, 자기 왜곡, 자기 분리나 이중화를 의미하기도 한다. (알라이다 아스만, 변학수 옮김, 『기억의 공간』, 그린비, 2011, 127~135쪽)

전쟁으로 인한 민족 분열이 가지고 온 고통과 비극은 시인에게는 근원적 존재 상실인 동시에 그 회복의 불가능성에 대한 이중적인 상처였을 것이다. 출판사와 여러 잡지사를 전전하며 도시 생활을 했던 그에게 이 실향의식은 단순히 고향에 대한 그리움을 넘어 역사와 현실에 대한 비판적 시대 인식을 내포하고 있다. 동족상잔의 비극이나 통일 등의 분단 현실을 바라보는 시선 역시 이념이나 이데올로기의 문제이기 이전에 시인 전봉건에게는 절실한 삶의 문제였고 논리적인 판단의 문제라기보다 감성적이고 실존적인 삶의 문제로 내면화된 것으로 판단된다.

3) 고립된 장소에서의 자기 응시와 그로데스크적 환상

전봉건은 ≪현대시학≫주간을 하며29) 도시 생활을 했지만 전쟁의 상처와 실향 그리고 현실에서 느끼는 회의와 절망으로 스스로 고립된 장소를 택하기도 하였다. 이방인으로 살아갈 수밖에 없었던 그의 장소 선택은 시인의 의식 혹은 무의식이 작용한 것으로 소통을 거부하거나 외부와의 단절을 위해 자발적으로 선택한 장소일 가능성이 크다. 주체의 시선 또한 단순히 풍경이나 대상을 바라보는 것에서 머물지 않고 스스로의 내면을 응시하게 된다. 자신이 실향민이라는 뚜렷한 현실 인식은 그것을 극복하기가 불가능하다는 것을 이미 누구보다 잘 알고 있으므로, 그가 꿈이나 환상을 통해 그것을 시적으로 극복하려고 한 이유도

---

29) 전봉건은 ≪현대시학≫ 주간을 오래 하였지만, 이방인으로 살아갈 수밖에 없는 실향민의 정서가 평생 그를 지배했다. 1952년 대구 피난민 수용소에서 서울로 올라온 뒤 희망사(希望社)에 취직함으로써 출판계에 몸을 담게 되지만 평생 무언가를 찾아 헤맸다. 출판사나 ≪예술시보≫, ≪신세계≫, ≪문학춘추≫ 등의 잡지사 편집 일을 잠깐씩 했지만 일생 고정된 직장을 갖지 못했고, 유일하게 열정을 바쳐 몸담았던 시 전문지가 ≪현대시학≫이었다.

여기에 있다. 때문에 전봉건 시에서의 시적 주체의 내면 응시는 성찰적 혹은 분열적 모습을 보임과 동시에 환상적 시선으로 이어진다.

> 우리집에는/ 아무도 알지 못하는/ 창문 하나가/ 있습니다.// 이십 년을 넘게/ 함께 산 자식들이 알지 못하고/ 삼십 년 가까이나/ 함께 산 집사람도 알지를 못합니다.// 납작한 한옥이지만/ 대문을 행길 쪽으로 낸/ 남향집 등허리에/ 북쪽을 향해서 난/ 이 조그만 창문을 알고 있는 것은/ 우리집 식구들 가운데서/ 나 혼자뿐입니다.// 삼십대에도 그랬고/ 사십대에도 그랬고/ 돋보기를 놓지 못하는/ 오십대 중반인 지금에도/ 변함없이 나 혼자뿐입니다.
>
> ─「창문」부분

이 시기 시적 주체는 고립된 장소인 집의 '창문'을 통해 세계와 관계하고 있다. "아무도 몰래" 고향을 바라볼 수 있게 북쪽으로 낸 작은 창문은 그의 정신적, 신체적 상실의 깊이를 반영한다. 창문은 열리고 닫힌 정도에 따라 자신의 심리상태를 드러내는데 이와 동시에 세상과의 소통과 단절을 반복적으로 보여주는 것이기도 하다. 닫혀 있는 집과 그 안의 작은 창문은 어두운 새벽이나 깊은 밤중 혹은 명절날에만 열고 닫히는 다소 제한된 고립적 장소를 의미한다. 이 장소에서는 시적 주체의 불안이 내재된 자기 응시의 내밀한 시선을 확인할 수 있다.

> 요즈음은/ 시 몇 줄을 쓰기 바쁘게/ 지워버리기 일쑤입니다/ 개나리/ 진달래/ 목련/ 철쭉/ 이런 것들이 책상머리에 와서/ 빤히 눈을 뜨고/ 들여다보는 것입니다/ 그래 나는/ 간신히 잡은/ 시 한 줄을 뭉개버립니다/
>
> 금강/ 낙동강/ 한탄강/ 그리고 남한강의/ 돌밭에서 만나/ 함께 내 집에 와서 살게 된/ 말없는 돌 속의/ 말없는 새들이/ 내가 쓰는 시를/

말없이 지켜보는 것입니다/ 그래 나는 간신히 잡은/ 시 한 줄을 또 뭉개버립니다

　그뿐인가요/ 비닐봉지 속에서 죽은/ 캄보디아 사나이가/ 죽은 눈을 떠서/ 저 투명한 비닐봉지 너머로/ 보는 것 아닙니까/ 분명 훔쳐보는 것 아니겠습니까/ 그래 나는 간신히 잡은/ 시 한 줄을 또 뭉개버리고 맙니다/ 요즈음은 시 석 줄 쓰기가 어렵습니다
—「요즈음의 시」 전문

나는 하늘 아래 있고/ 나는 바람 속에 있고/ 나는 바다 가운데 있다

나는 지도 위에 있기도 하고/ 나는 지도 위에 없기도 하다
—「섬」 전문

　「요즈음의 시」의 시적 주체는 다소 고립된 장소에서 매일 시를 쓰고 지우는 행위를 반복하고 있다. 그 이유가 "개나리"나 "진달래" 등이 빤히 눈을 뜨고 들여다보기 때문이라고 고백한다. 더 나아가 3연에서는 캄보디아 사나이의 비참한 죽음 때문이라고 현실의 정치적인 비극을 드러내고 있다. 작은 꽃과 돌 그리고 말없는 새들에서부터 비닐봉지에 쌓여 죽은 캄보디아 사나이까지 현실을 살아가는 존재는 그 자체가 시로 대변하기엔 너무 가볍거나 혹은 너무 무거운 존재들이다. 이방인이라는 현실과 유신의 억압적 그늘에서 시를 쓰는 시인과 그러한 현실에 대한 성찰적 시선이 강조되는 부분이다.

　말할 수 없는 시대30)에 직접 대항하지 못하고 스스로 고립되어 있는 시인과 침묵할 수밖에 없는 현실. 때로는 그 현실에서 자발적인 침묵을

---

30) 박정희 정권 시기에는 필화사건이 끊이지 않았다. 1960년대에는 '이영희 필화사건', '분지 필화사건' 등 다수의 필화사건이 발생했으며, 1970년대는 언론과 문인 통제를 더욱 강화하며, 더 엄밀해졌다. 이 시기 '오적 필화사건'이 그 대표적인 사건이다.

강행하는 시적 주체의 모습이 겹쳐 나타난다. 시인에게 시와 시쓰기는 어떤 이념이나 이론으로 구축될 수 있는 것이 아니다. 그것은 기억과 잃어버린 세계로 통하는 유일한 통로이자 피난처인데, 시 한줄 쓰지 못하는 시인의 모습은 바꾸어 말하면 모순된 현실에 대응하는 엄밀한 자의식31)에서 드러난 것이라고 할 수 있다.

「섬」은 시의 제목처럼 사회나 타인으로부터 단절된 고립된 장소를 의미한다. 따라서 이 시는 시인의 운명에 대한 표상이자 자기 선언에 해당한다고 볼 수 있다. 어디에나 있고 어디에도 없는 '나'는 세계의 부조리 속에서 살고 있지만 "섬"처럼 고립된 존재로 "지도 위에 있기도 하고", "지도 위에 없기도"한 것처럼 때때로 고립을 자처하거나 자신을 응시하고 있다.

전봉건의 시적 주체는 이처럼 불안정한 세계의 실재를 재현함과 동시에 주체의 분열과 불안을 표면화시키는데, 이러한 불안은 꿈이나 환상으로 나타나기도 한다.

> 내 고향은 이북이지만/ 꿈속엔 길이 있어서 갈 수가 있습니다.
> ─「찬 바람」 부분

> 꿈마다 찾아가는 고향집은 썰렁하니 비어서 어두컴컴하였습니다. 그래도 날마다 꾸는 꿈마다 나는 이북의 고향집을 찾아갔습니다
> ─「꿈길」 부분

---

31) 이경수는 1979년 발간한 『피리』 시집 전체에 만연한 죽음의 이미지를 단순히 시대 상황에 대한 알레고리로 보는데 머물지 않고 이를 시 쓰는 행위 자체에 대한 엄밀한 자의식, 실제로 시를 쓰는 순간 시인의 내면에서 일어나는 "여러 가지 가능성에 대한 잔인한 제한"의 은유로 보았다. (이경수, 「없음을 통한 있음의 시세계」, 『피리』, 문학예술사, 1979, 11쪽)

나는 데스크에 발을 올려놓고/ 꿈을 꾸었어/ 모든 것은 정상적이
었고 또 확실했지/ 꿈속에서 나는 공작새였어./ 동물원의 공작새./
철책에 갇힌 그 새./ 모든 것은 정상적이고 또 확실했어./ 귀엽게 생
긴 아이들이 많이 와서 / 나를 구경하고 있었지./ 동물원의 하늘은
푸르렀지./ 모든 것은 정상적이고 또 확실했어./ 전화가 울리고, 나
는 깨었어./ 동물원의 친구였지./ 나는 동물원으로 갔다./ 그곳의 하
늘은 푸르렀어./ 아이들이 많이 와 있었어./ 철책 속에는 공작새./ 모
든 것은 정상적이고 또 확실했다./ 나는 귀엽게 생긴 아이들 틈에 끼
어./ 꿈속의 나와 조금도/ 다르지 않은/ 공작새를 보았지.

－「동물원」부분

꿈은 현실에서 이루지 못한 기대나 욕망의 무의식적 표현이다. 하나
의 소망 충족이라는 프로이트의 말처럼[32], 전봉건은 이 '꿈'을 통해 현
실에서 이룰 수 없는 고향 회귀를 갈구한다. 「찬바람」이나 「꿈길」에서
처럼 고향 회귀에 대한 간절함은 '꿈'을 통해 현실적으로 실현 불가능
한 한계를 극복하려고 한다. 즉 공허한 삶에 있어 유일한 희망이며 안
식처가 될 수 있는 꿈은 근원적 존재로서의 자기 존재를 회복하고 현실
을 극복하려는 의지이다.

「동물원」의 초반부에는 시적 주체가 현실이 아닌 꿈속에서 공작새
가 되어 동물원의 철책에 갇히게 되는데, 이것은 이중으로 고립된 존재
를 의미한다. 꿈속은 시인 자신의 무의식적 공간이며 지극히 개인적 장
소이다. 꿈을 깨고 난 뒤 시적 주체는 동물원에 가서 철책에 갇힌 꿈속

---

32) 현실에서의 불가능한 소원 성취는 꿈에 의해 환각(幻覺)이라는 방식으로 이루어진
다. 즉 꿈은 불안이나 금지된 소원, 그리고 거부된 충동에 대한 반작용으로 죄의식
의 소망을 성취시켜 준다. (S.프로이트, 박찬부 옮김, 『쾌락 원칙을 넘어서』, 열린책
들, 1997, 41~5쪽) 또한 꿈은 무의미하거나 부조리한 것이 아니며, 완전한 심적 현상
으로 어떤 것의 소망충족을 원하는, 매우 복잡한 정신 활동에 의해 형성된다. (S. 프
로이트, 김기태 옮김, 『꿈의 해석』, 선영사, 2005, 143쪽)

의 공작새를 아이들 틈에서 보고 있다. 여기서 두 시선이 서로 대립되는데, 꿈속의 철책 안에서 공작새의 눈으로 밖의 관람자들을 바라보는 시선과 꿈에서 깨어 관람자들 틈에서 철책 안의 공작새를 바라보는 시선이 그것이다.

시선과 시선들이 겹쳐지고 대립되는데, 이것은 시선에 대한 시선으로 내면 응시와 성찰적 시선의 문제를 본격적으로 제기한다고 볼 수 있다. 즉 고립된 몸과 마음에 대한 연민이자 공포의 감정을 객관화된 타자의 눈을 통해 자신의 내면을 들여다보고 있다. 또한 "모든 것은 정상적이고 또 확실했어"라는 반복을 통해 비정상적인 현실을 부각시키고 있다. 동시에 이러한 주체의 분열적 모습은 다음과 같은 그로테스크적인 환상으로 이어지고 있다.

> 내가 손가락 하나를 움직인다
> 그러면 망치와 못을 가진 사람이
> 저 사람의 두 눈에 못을 박는다.
> 피 한 방울 흘리지 않는다.
> 내가 다시 손가락 하나를 움직인다.
> (중략)
> 그러면 두 눈에 못 박힌 저 사람은 돌아선다.
> 대문을 연다.
> 대문을 닫는다.
> 뜰에 들어선다.
> 방문을 연다.
> 방문을 닫는다.
> 허리를 굽혀 주저앉는다.
> 피 한 방울 흘리지 않는다.
> 내가 또 한 번 손가락 하나를 움직인다.

그러면 두 눈에 못 박힌 저 사람은 웃는다.
섬뜩하니 웃는다.
피 한 방울 흘리지 않는다.

— 「마술」 부분

　시적 주체의 분열적이고 강박적인 모습은 역사와 시대 상황의 폭력적인 현실을 상기시키기도 한다. 내가 손가락 하나를 움직이면 망치와 못을 가진 누군가가 '저 사람'의 두 눈에 못을 박는다는 것은 불안하고 혼란스럽다는 것이다. 전쟁의 공포와 실존적 체험 그리고 70년대 정치적 억압과 물질주의는 전쟁과 또 다른 의미의 실존과 죽음을 의미한다면, 이것은 황폐화된 당시의 현실 세계와 맞닿아 있는 주체들의 분열적이며 환상적인 모습일 것이다.

　시적 주체가 본 이러한 "무서운 세계가 시인이 본 칠십 년대의 한국 현실"[33]이라면, 손가락을 움직이는 '나'와 두 눈에 못이 박힌 '저 사람'은 각기 분열된 동일 인물로 시적 주체 자신을 가리키는 것으로 볼 수 있다. 즉 혼돈 속에서 분열된 자아는 두 눈에 못이 박힌 채 피 한 방울 흘리지 않는 그로테스크적인 모습이 형상화된다. 오히려 두 눈에 못이 박힌 채 대문을 닫고 방문을 닫고 방안에 앉아 '섬뜩하니' 혼자 웃고 있는 것이다.

　자신의 감정을 직접적으로 드러내지 않고, 고립되어 있는 자신의 모습을 그로데스크적으로 형상화하고 있는 것은 스스로의 세계를 확립하면서 외부의 불필요한 억압으로부터 자신을 방어하기 위한 한 방법으로 보인다. 즉 밀폐된 혹은 고립된 장소의 선택은 현실의 규제된 시선으로부터 자유롭고자 하는 주체의 욕망에서 연유된 것이다. 시적 주

---

33) 김현, 「전봉건에 대한 두 개의 글」, 『책 읽기의 괴로움』, 민음사, 1984, 31쪽.

체는 제도와 현실의 규제에 의한 억압으로부터 벗어나 불가침의 자기 세계를 확립하고자 한다. 그러므로 개인적이고 고립된 장소에서 드러나는 내면 응시와 환상 또한 모순된 현실 대응의 한 방법이며, 자기 정체성 확립과 새로운 문학적 질서를 위한 시인의 내면 인식에서 비롯된 것이라 할 수 있을 것이다.

*

역사의 진화 속에서 현실의 변화가 느리거나 잘 드러나지 않더라도, 문학의 역할은 부조리한 현실의 변화를 추구하며, 그 가능성을 끝까지 열어 주는 데 있다. 어느 시대이든 당대의 현실 모순에 직면하여 시는 항상 한 발 앞 선 진보적인 자기 변신과 새로움을 모색하고 지향해야 한다.

이 글은 1970년대의 사회와 경제 그리고 문화 전반을 통제하던 유신 체제와 경제개발이라는 모순된 현실을 시인 전봉건은 어떻게 인식하고 대응했는지 그의 시를 통해 고찰하는 것이 목적이었다. 특히 시에 드러나는 장소와 시적 주체의 시선을 중심으로 살핀 것은 그가 지배 이데올로기에 저항하며 그것의 폭력성과 허구를 적극적으로 드러내었기 때문이다. 무엇보다 시인의 자의식과 암울한 현실인식은 시에 드러나는 장소에 따른 시적 주체의 시선에서 더욱 뚜렷하게 드러나고 있었다.

'마카로니 웨스턴' 연작시와 개방적 장소가 드러나는 시에서는 외부로부터 가해지는 감시의 시선과 그에 대한 주체의 강박이 두드러지게 나타났다. 언론통제와 검열 그리고 '통금'이라 불리는 야간통행금지로 개인의 자율성을 획일적으로 통제받는 현실에서 불안과 혼란을 느끼는 시적 주체는 이러한 현실적 모순에 대해 강하게 부정하고 있었다.

즉 이러한 현실 부정은 현실의 회피가 아니라 현실에 대응하거나 극복하려는 것이며 또 다른 새로움을 찾으려는 의지에서 비롯되었다고 볼수 있다.

「한 치쯤 떠서」와 같은 시에서처럼 하루가 다르게 변화하는 도시에서 느끼는 주체의 소외는 고향을 꿈꾸는 도시인의 비애라고 할 수 있는데, 이러한 모습은 그의 시작 40여년의 전반에 걸쳐 있었다고 해도 과언이 아니다. 전봉건의 분단 현실과 실향에 대한 시선은 여타 시인들과 다른 실존적 체험에서 비롯된 것이었기에, 통일과 민족 그리고 고향에 대한 문제 역시 이념이나 이데올로기의 문제이기 이전에 절실한 삶의 문제로 다가왔기 때문이었다.

현실과 불화했던 시인이 선택한 고립된 장소에서는 자신의 내면을 응시하며 분열적 주체와 환상적 모습을 드러내고 있었다. 유신과 이데올로기적 상황의 폭력적이고 비정상적인 현실을 상기시키며 '어디에나 있지만 어디에도 없는' 이러한 장소는 주체들의 내면성이나 불가침의 자기 독립적인 세계를 확립하고자 하는 데서 비롯되었으며 그것은 꿈이나 환상 등의 형태로 드러나기도 했다. 이처럼 현실 속에서 새로운 문학적 질서와 시세계를 만들고자 하는 시인의 바람이며 나아가 현실에 대응하며 그것을 내면화한 한 과정으로 볼 수 있을 것이다.

1970년대 김종삼의 시에는 소외와 실존의 불안으로서의 심미적 비극이 시적 주체의 내면적 진실이나 부정적 화해와 연결되면서 '비극적 숭고'가 드러난다. 이 '비극적 숭고'는 '유신(維新)'이라는 정치 상황과 급속한 경제개발로 인한 모순적 현실을 끊임없이 부정하며 기존의 미학적 범주로는 포괄할 수 없는 헤테로토피아적 현상들에 대한 새로운 미적 원리라 할 수 있다.

　　과거의 기억과 현실의 부조리한 상황에서의 죽음과 공포 그리고 비극의 절대 세계를 아우를 수 있는 종합적 관점에서의 '비극적 숭고'는 자발적 소외를 통해 고통에서 희열로, 실존에서 탈존으로 혹은 현실에서 초월로 이행하는 변화를 그 근본 구조로 한다. 무엇보다 시대적 모순과 자신의 한계를 견딘 절망적인 대결과 고통 속에서의 비극적 숭고는 주체의 감정을 고양시키며 현실 너머의 또 다른 절대 세계로 나아간다. 이러한 '비극적 숭고'는 내적 미학성과 시대의 윤리성을 담보로 하는 미적 원리로 동시에 작용하고 있다.

2
김종삼 시의 ‘비극적 숭고’와 헤테로토피아

*

　김종삼의 1970년대 시에는 유신체제나 급속한 경제개발로 인한 인간 소외와 스스로의 한계에서 비롯된 존재의 이율배반적 모습을 비극적 화해의 ‘숭고’로 관통해 나가고 있다. 정치적 이데올로기나 폭압적인 현실 속에 가로놓인 주체들은 실존의 불안과 소외에 따른 현실의 비극적 정념들을 헤테로토피아적 사유의 가능성으로 열어두고 있다.

　절대적 권력과 부조리한 현실에 대항하는 주체는 공포와 비극을 내포한 파토스를 공통적으로 드러내고 있다. 무엇보다 인간이 실존적 존재로서 자신이 닿을 수 없는 어떤 거리의 심연이나 비극성을 드러낼 때 그 대상은 숭고함(The Sublime)이라는 특성을 띠게 된다. 숭고는 존재가 지니는 부정성을 통하여 인간과 현실에 대한 본질의 모습을 드러내 보여준다. 그런 점에서 김종삼의 1970년대 시에는 내적 미학성과 시대의 윤리성을 담보로 하는 미적 실현 양상으로써 ‘비극적 숭고’가 그 특징으로 드러난다. 불안이나 죽음, 초월의식 등의 복합적인 감정은 헤테로토피아적 장소와 연동되어 움직인다. 이것은 권력이나 제도의 폭압 등과 같은 부정적 현실과 비극적인 자신의 경험에서 비롯된 것으로 절제된 묘사나 독백적 방법 등을 통해 유토피아적 동경을 현실적 차원에서 구현하고자 한 것임을 알 수 있다.

김종삼의 시는 등단 때부터 전통적인 시의 서정과 차별화되거나 실험적이고 난해성이 짙다는 평가를 받아왔다.1) 이후의 작품들 또한 내용과 형식적 측면에서 모더니즘을 지향하는 작품들을 꾸준히 써왔다. 이러한 김종삼의 심미나 미적 자율성에 대한 그간의 연구들은 대부분 순수함이나 때 묻지 않은 세계의 아름다움2), 잔상의 미학'3)이나 '서구적 낭만주의'4), '암시의 미학'5) 등으로 규명하며 내용 없는 아름다움이나 인간 부재, 죽음 의식과 실향의식6) 등을 문제 삼아왔다. 김준오7) 또

---

1) 김종삼은 등단할 때 심사위원들의 눈에 들지 않아 추천을 거절당하기도 했는데, 그 이유가 꽃과 이슬을 노래하지 않았고 지나치게 난해하다는 점을 들었다. (김현, 「김종삼을 찾아서」, 『사상력과 인간/시인을 찾아서』, 문학과지성사, 1991, 401쪽) 또한 사진사처럼 아무도 봐주지 않는 '토막 풍경들의 '샷터'를 누르는 것처럼 풍경의 언어나 재현된 언어의 시는 쓰지 않을 것임을 스스로 밝혔다. (김종삼, 권명옥 편, 「意味의 白書」, 『김종삼 전집』, 나남출판사)

2) 김시태, 「김종삼론-언어의 고독한 축제」, 김용직 외, 『한국 현대시 연구』, 민음사, 1989, 349쪽.

3) 황동규, 「殘像의 美學」, 『북치는 소년』, 해설, 민음사, 1979.

4) 김우창, 「오늘의 한국시」, 『시인의 보석』, 민음사, 1993, 242~243쪽.

5) 김현, 「詩와 暗示」, 「想像力과 人間」, 一志社, 1973, 55쪽.
   김현은 김종삼의 시를 "조형성을 통한 미의 추구"로 보았다. (김현, 「이해와 공감」, 『상상력과 인간』, 일지사, 1973, 274쪽); 이승훈은 김종삼의 시를 "자율적인 미의 공간"을 통해 분석하고 있다. (이승훈, 「유기적 공간과 추상적 공간」, 『문학사상』, 1978. 3, 286쪽.)

6) 이승훈, 『한국 모더니즘 시사』, 문예출판사, 2000, 201~06쪽.

7) 김준오, 「고전주의적 절제와 완전주의: 김종삼론」, 『도시와 해체시』, 문학과 비평사, 1988.

한 김종삼과 고전주의 음악과의 연관성을 언급하며, 김종삼은 절제와 완전을 추구하면서 추상 세계로 나가려는 '부재의 미'를 형상화하고 있다고 보았다. 오형엽[8]은 김종삼의 미학적 원리를 '풍경의 배음'이라 명명하고, '인간 부재와 함께 절대적 존재의 감춤'이라는 원리를 통해 영원성의 추구를 지향했음을 밝혔다.

류순태[9] 또한 김종삼의 미의식과 관련한 논의에서 전후 김종삼의 시에 드러나는 주체와 객체 사이의 내밀한 관계를 '미적 전율'이라 규명하였다. 그는 시적 주체가 사물들 사이의 연관성을 부정하면서 그것의 비밀을 탐구하려는 방식과 음악적 질서에 의해 사물들 사이의 의미 부여를 새롭게 하려는 방식들을 비교하였다. 이성일[10]은 김종삼 시에 드러나는 이중적 자아와 공간의 변화에 따른 주체의 시간 의식을 살피고 있다. 김종삼은 체험의 원형을 응시하면서 현실을 끊임없이 바꾸는데, 이것은 시인이 자신의 실존적 시간에 관한 물음을 전쟁과 분단이라는 체험의 원형 속에서 감지하기 때문이라고 밝혔다. 특히 진순애[11]는 김종삼 시는 자아 부재나 자아 일탈의 태도를 취함으로써 죽음의 미학이라는 현대성의 특징을 드러낸다고 설명했다.

김종삼의 '숭고' 체험에 대해서는 드높은 곳에 존재하는 신성, 혹은 무한성에 대한 동경과 더불어 영혼의 비상을 꿈꾸며 "황야를 다시 건

---

8) 오형엽, 「풍경의 배음과 존재의 감춤」, 송하춘·이남호 편, 『1950년 시인들』, 나남, 1994.

9) 류순태, 「1950~60년대 김종삼 시의 미의식 연구」, 『한국현대문학연구』 10, 한국현대문학회, 2001.

10) 이성일, 「한국 현대시의 미적 근대성 : 김수영·김종삼을 중심으로」, 국민대학교 박사학위논문, 2015.

11) 진순애, 「김종삼 시의 현대적 자아와 현대성」, 『반교어문연구』 10, 반교어문학회, 1999.

는" 고양된 의지로 보는 관점12)이 있다. 또한 '큰 것'을 바라보는 시 의식으로서 '열정적 파토스'와 무한대의 시간과 같은 무제한의 시적 대상들을 통해 초월적인 영원성을 지향하는 것이 김종삼의 시세계로 보는 관점13)이 있다. 이러한 관점들은 김종삼 시세계를 전반으로 편내용적인 특징에 부합하는 일부의 시편을 대상으로 거론하는 아쉬움이 있으며 한 시대와의 연관성이나 문학적 자장 내에서 검토하기보다는 사후적으로 전유된 비평적 평가를 심화하는 방향으로 다소 광범위하고 모호하게 사용되어 왔다고 볼 수 있다.

기존의 논의에서는 김종삼 시의 중요한 원리로써 순수한 아름다움을 추구하며 심미주의 세계를 지향했다는데 큰 이견이 없다. 하지만 이러한 미의식으로는 김종삼의 시가 설명되지 않는 혹은 간과되었던 부분이 여전히 존재한다. 특히 1970년대의 시에는 유신이라는 권력이나 세계에 맞서는 주체의 고통과 공포의 감정들, 비인간화나 사물화되어가는 도시 문명 속 불안과 소외 그리고 죽음과 관련된 문학적 증상들에 대한 새로운 해석이 요구되고 있다.

이 시기 시에서는 보편적인 정서를 넘어서는 거대하고 압도적인 현상, 대상에 직면한 주체의 무력감이나 불편함에서 오는 '불쾌'의 감정들이 드러난다. 이처럼 죽음의 공포와 같은 숭고의 체험들이 드러나는 시들은 시대적 현실의 벽을 넘어 의식의 고양과 절대 세계를 지향해 나아가는데 이것은 현실에 이의를 제기하는 헤테로토피아적 관점에서의 '비극적 숭고'라 할 수 있을 것이다.

---

12) 박민규, 「김종삼 시의 숭고와 그 의미」, 『아시아문화연구』 33집, 가천대학교 아시아문화연구소, 2014, 70쪽.
13) 여진숙, 「김종삼 시에 나타난 숭고의 양상 연구」, 『한남어문학』 40호, 한남대학교 한남어문학회, 2017, 72쪽.

1) '다른 장소'와 미적 가능성으로서의 숭고

1970년대는 군부독재의 권위적 지배의 억압이 극에 달했던 유신체제였다. 이러한 국가의 체제와 더불어 진행된 경제개발은 대중사회와 문화의 출현을 가속화시키며 관 주도의 서구 근대화를 가시화했다. 무엇보다 10월 유신을 시작으로 새마을 운동에 전 국민을 동원하는 등 유신체제는 비정상적 통치 방식으로 국민들을 강압적으로 지배하였다.

김종삼은 인간 정신의 존귀함과 숭고함으로써 이 이성이나 도덕성을 삶의 지표로 삼았다. 때문에 피폐한 현실과 죽음의 경계에서도 부정적인 현실과 거리를 두며 타협하지 않았는데 이러한 김종삼의 삶과 시에는 누구도 부정할 수 없는 숭고함이 내재되어 있다. 6·25 전쟁을 몸소 겪으며 월남한 그는 절망적 세계를 절제의 형식과 또 다른 현실로서의 초월적 세계관으로 형상화시켰다. 그의 시에는 생명에 대한 강한 애정과 소외된 자들에 대한 연민 등의 비극적 현실을 통한 자기보존적 욕구와 알레고리적 사유로서의 헤테로토피아가 긴밀하게 연결되어 있다. 그는 시대 현실과 맞서 싸우거나 대응하기보다는 오히려 감정과 표현을 절제하며 자발적인 소외의 방식을 택하였다. 자칫 이러한 그의 태도가 역사와 시대 현실로부터 도피나 퇴행한 것으로 비춰지기도 하겠지만 1970년대라는 시대적 상황을 고려한다면 그것은 김종삼 스스로 선택한 현실에 대한 저항 의지로서의 '자발적 소외'라고 할 수 있다.

평소 전봉건은 김종삼의 이러한 생활 방식을 두고 현실에 대응하는 감각을 전혀 지니지 못한 사람이며 현실에 대해서는 애초부터 생리적으로 무관심하여 제도에 타협하거나 적응하지 못해 스스로 죽는 길을 택한 사람이라고 진술했다.[14] 이러한 김종삼의 생애는 일상적인 평범

함과는 거리가 멀다고 할 수 있다. 평생 월세방을 면치 못할 정도로 재산에는 관심이 없었으며 지나친 음주로 행려병자 수용소에서 깨어나 며칠 만에 집에 돌아오기도 하였다. 그는 가난과 병고, 어머니와 아우의 죽음, 자본의 문명과 대중문화의 범람으로 인해 현실과 거리를 두는 등 자발적인 소외를 택하며 윤리적인 인간의 조건을 모색했다. 무엇보다 이러한 '자발적 소외'와 더불어 모순적 상황 속에서 추구하는 부정적인 화해나 한계 의식으로서의 헤테로토피아적 인식이 내면의 진실이나 고통과 연결되면서 '숭고'로 이어지게 된다. 여기서 '비극적'이라는 말은 어떤 상황에서 무엇을 쉽게 선택할 수 없는 '결정'의 불가피함인데 그것은 때로는 대립이나 갈등을 불러일으킨다, 이 과정에서 오는 '고통'은 책임과 죄의식을 동반하며 이율배반 혹은 상호모순적인 성격을 띠며 불행한 상황을 초래하게 만든다.

'숭고'는 문학뿐만 아니라 철학이나 미학에서도 지속적으로 논의된 이론으로 인간의 한계 상황에 맞닥뜨려 그것을 넘어서고자 하는 감정이다. 고대 희랍어에서 이 숭고는 '높이'나 '상승'을 가리키다가 후대에 오면서 변화되어 격정적으로 솟아오르는 영혼의 고양이나 무한성을 지칭하기도 하였다. 또한 숭고는 영감이나 카타르시스 혹은 극심한 공포에서 희열로 변이되는 파토스 등의 개념으로 사용되었는데 이것은 호머시대 이래 고대 그리스인들의 문학관이라고 할 수 있다.[15] 이러한 숭고 이론은 롱기누스에서 시작하여 버크와 칸트 그리고 리오타르를 거쳐 현대 포스트모던 이론에까지 다양하게 수용되며 논의되어 왔다. 기존의 정제되거나 균일한 아름다움이 아닌 디오니소스적이고 카오스

---

14) 전봉건, 「스스로 죽는 사람들」, 『현대시학』, 1977, 12, 109~13쪽.
15) 안성찬, 『숭고의 미학』, 유로서적, 2004, 21~22쪽.

적인 미적 가능성들이 숭고에 의해 개척되어 왔다고 할 수 있다.

롱기누스는[16] 정제되고 균형잡힌 아름다움의 신고전주의가 표방하던 미학적 태도로는 인간의 미적 경험을 모두 포괄하지 못한다는 것을 인식하여, 근대사상의 심화·확장과 더불어 새로운 미학적 범주로서 '숭고'가 필요하다고 보았다. 특히 그는 숭고에 이르는 다섯 가지 원천을 첫째 위대하고 높은 구상 능력, 둘째 강력하고도 열광적인 감정, 셋째 문체의 적절한 구성, 넷째 품위 있는 표현법, 다섯째로 고상한 조사(措辭) 등으로 꼽았다. 이 중에서 첫째와 둘째는 타고나는 것이고 나머지 세 가지는 예술에 의하여 습득될 수 있는 것으로 보았다. 이러한 숭고는 가장 완벽한 표현법으로 적소적시에 표현된 감정만이 완벽한 문체가 될 수 있으며, 특수성을 지닌 보편적 감동에서 숭고의 본질을 파악하려는 것으로 예술의 창작원리에서의 미적 자율성을 간파한 것이라 볼 수 있다.

에드먼드 버크[17]는 숭고를 미로부터 분리하여 독립적인 미학적 대상으로 삼았다. 아름다움이 질서나 명료함을 속성으로 하는 대상에서 경험된다면, 숭고는 그 반대로 무질서하거나 형식이 없으며 불명료한 대상들에 의해 유발되는 감정으로 본 것이다. 무한성, 힘, 결여, 빛 등의 숭고한 대상이 불러일으키는 가장 강렬한 감정으로서의 이 숭고는 이성적 추론이나 감정에 의해 생겨난다기보다 오히려 그것을 앞질러서 저항할 수 없는 힘으로 우리를 몰아붙인다는 것이다. 때문에 어떤 형태로든 위험이나 고통의 관념을 불러일으킬 수 있으며 우리가 느낄 수 있

---

16) 롱기누스, 천병희 옮김, 『숭고에 관하여』, 아리스토텔레스, 『시학』 문예출판사, 2002, 282~286쪽,

17) 버크, 『숭고와 아름다움의 이념의 기원에 대한 철학적 탐구』, 김동훈 옮김, 서울: 마티, 2006, 105쪽.

는 가장 강한 감정으로서의 숭고의 원천이 될 수 있다고 보았다.

또한 칸트18)는 『판단력 비판』에서 미와 숭고는 대상의 객관적 성질이 아니라 대상과의 관계에서 비롯되는 주체의 주관적인 마음 상태의 반성적 판단에 속하며 인간의 상상력과 이성의 문제를 이 숭고로 파악했다. 그는 감성적 체험을 바탕으로 한 쾌와 불쾌를 중요 원리로 내세우며 숭고의 쾌감은 조화나 안정의 감정이 아니라 부조화와 무질서 그리고 불안정의 감정이라고 보았다. 이것은 숭고가 두려움과 공포를 불러일으키며 감동과 진지함으로 나아가는 외경(畏敬)과 관련된다고 보았기 때문이다. 따라서 숭고는 우리를 압도하는 어떤 대상과 마주했을 때 본능적으로 느끼게 되는 강한 감정으로 두려움에 떨면서 느끼는 기쁨이나 경외감을 이르는 것이기도 하다. 그의 이러한 숭고는 보편타당한 인식 구조를 반영하고 있다. 우리가 일상에서 느끼는 쾌와 불쾌의 감정은 우리의 판단력과 합목적성을 바탕으로 구성되는 하나의 정신 능력이다. 때문에 인간 정신의 고양에 이를 수 있기 위해서는 우리가 문화적으로 성숙되어 있어야 하며 직관에 의한 감성보다는 보다 높은 합목적성을 내포하고 있어야 한다는 것이다. 칸트는 자연의 숭고를 넘어서 문화와 윤리적인 이념과 같은 보다 차원 높은 교양이 전제될 때 숭고가 가능하다고 보았다.

또한 리오타르19)는 이러한 숭고를 서구의 이성 중심주의 문화에 대한 반성과 불신의 차원에서 한 걸음 더 나아가 근대에서 탈근대로 이행하거나 그것의 변혁이라고 재해석하였다. 그는 자본주의의 지배와 착취 속에 결정되지 않고 무한을 추구하는 인간의 욕망은 이러한 숭고의

---

18) 임마누엘 칸트, 『판단력 비판』, 김상현 옮김, 책세상, 2005, 134~137쪽; 안성찬, 위의 책, 140~141쪽.
19) 안성찬, 앞의 책, 24쪽.

미학을 동력으로 삼고 있다고 보았다. 따라서 숭고는 현실의 규칙에 구속되지 않고 그것의 해체를 통해 새로운 현실을 창조해내려는 현실의 부정을 의미한다는 것이다.

숭고를 현대시에서 미학의 개념으로 본격적으로 논의되기 시작한 것은 1990년대 후반부터이다. 고대 그리스 시대에서부터 시작된 고전적 미학의 범주인 숭고가 현대에 들어 다시 재조명된 것은 탈근대 사회로 들어서면서 기존의 미학적 범주로서는 포괄할 수 없는 많은 현상들이 새롭게 전개되었고, 그에 따른 새로운 미학적 원리가 요구된 것으로 볼 수 있다.

김종삼의 시에 드러나는 숭고는 '자발적인 소외'와 비극적 경험에서 비롯된 것으로 고통과 이율배반 속의 안일한 자신을 윤리적으로 정당화하지 않으며, 그 자신과도 타협하지 않는 것이다. 그는 살아가다가 '불쾌'해지거나 '노여움'을 느낄 때마다 시를 쓴다고 진술하였다. 시를 씀으로써 그 불쾌와 노여움으로부터 벗어날 수 있고 그것으로 대변되는 현실의 부정적 인식은 또 다른 장소의 감응으로써 헤테토피아적 인식과 연결된다. 시적 주체가 추구하는 이러한 부정적인 화해나 한계 의식으로서의 심미적 비극이 내면의 진실이나 비극적 고통과 연결되며 '비극적 숭고'로 이어진다.

앞서 살핀 바와 같이 많은 철학자들이 내세운 숭고의 개념 역시 변별성과 차이점이 있다. 이들의 숭고 개념들을 바탕으로 하여 김종삼 시에 드러나는 숭고의 범주적 성격을 '비극적 숭고'로 명명하고자 한다. 나아가 그것은 김종삼 시에 반영된 유토피아적 동경을 현실에서 구현하고자 하는 헤테로토피아적 사유이기도 한다. 즉 '비극적 숭고'는 수많은 좌절과 자기기만을 조용히 응시하며 그것과의 비극적 대립을 포기하지 않음을 의미한다.

과거의 기억과 현실의 부조리한 상황에서의 죽음과 공포 그리고 비극의 절대 세계를 아우를 수 있는 종합적 관점에서의 '비극적 숭고는' 고통에서 회열로, 실존에서 탈존으로 혹은 현실에서 초월로 이행하는 변화를 그 근본 구조로 한다. 현실은 확실성과 불확실성 그리고 논리와 비논리가 뒤섞여있거나 서로 겹쳐있다. 이러한 현실에서의 비극적 주체는 처음부터 어떤 한계를 전제하면서 자신의 비루함이나 보잘것없는 현존 상태를 넘어서 지금과 다른 새로운 질서로서 또 '다른 장소'로 나아가고자 한다. 김종삼의 경우 '자발적 소외'와 더불어 부정적 화해나 한계 의식으로서의 비극적 인식이 내면적 진실과 만나 '숭고'로 이어지기 때문이다. 무엇보다 시대 현실의 모순과 대결하거나 자신의 한계를 견디며 극단적인 고통을 주저하지 않는 시적 주체는 이 비극성과 장엄함으로 인해 주체의 감정을 고양시키며 헤테로토피아적 세계로 나아간다. 이러한 '비극적 숭고'는 내적 미학성과 시대의 윤리성을 담보로 하는 미적 원리로 작용하고 있다.

2) 전쟁과 죽음으로부터의 '비극적 숭고'

전쟁을 직접 경험한 이들은 오랫동안 그 공포와 절망의 상실감에서 자유롭지 못하다. 이때 공포란 고통이나 죽음에 대한 두려움과 관련이 깊은데 버크는 이것이 실제의 고통과 위험을 낳는 것과 거의 비슷한 방식으로 작동하기 때문에 여기서 숭고가 발생한다고 보았다.[20] 또한 칸트는 이러한 전쟁이 질서와 안정으로 시민들의 권리들을 신성시한다

---

20) 에드먼드 버크, 김혜련 옮김, 『숭고와 미의 근원을 찾아서』, 한길사, 2010, 130쪽.

면, 일정 부분 국민의 사유 방식을 숭고하게 만든다고 하였다.21) 전쟁의 극단적 상황을 이성으로 받아들여야 할 때 주체는 불안이나 공포를 느끼게 되며 숭고는 이러한 인간의 유한성에 대한 깨달음이자 죽음에 대한 실존적 인식이기도 하다.

비현실적인 상황이나 불안, 공포는 모두 숭고의 분위기를 형성하는 요인이며, 이때 시적 주체는 자신의 목숨을 위협하는 두려움과 공포라는 감정과 더불어 육체적으로 불안한 불쾌의 감정이라는 위기의 헤테로토피아 의식을 가지게 된다. 자신의 비극적 상황을 이성과 정신이라는 인간의 의지로 극복하려고 하는데 이러한 과정에서 일탈이나 초월로서의 '비극적 숭고'가 발생하게 되는 것이다.

한국전쟁으로 가족을 잃고 절친이었던 전봉래 마저 잃은 김종삼은 평생 실향민이자 주변인으로 살았다. 전후 시인들이 전쟁의 참상과 자신의 경험에 대한 시를 대부분 1950년대에 쓴 것과는 대조적으로 그는 1970년대 이후에도 한국전쟁과 아우슈비츠 그리고 혈연의 부재와 상실에 대한 시들을 지속적으로 발표하였다. 동시대 시인들이 더 이상 전쟁에 대해 관심이나 미련을 두지 않을 때조차 그는 전쟁으로 인한 죽음과 공포 그리고 절망으로 인한 죄의식으로 그것에 대한 증언으로서의 윤리적인 시선을 거두지 않았던 것이다.

1947년 봄
深夜
黃海道 海州의 바다
以南과 以北의 境界線 용당浦.

---

21) 칸트, 위의 책, 273쪽.

사공은 조심 조심 노를 저아가고 있었다 기침도 금지되어 있었다
十餘名이 타고 있었다

울음을 터뜨린 한 嬰兒를 삼킨 곳.
스무몇해나 지나서도 누구나 그 水深을 모른다
—「民間人」전문

헬리콥터가 지나자
밭 이랑이랑
들꽃들일랑
하늬바람을 일으킨다
상쾌하다
이곳도 전쟁이 스치어 갔으리라.
—「서시」전문

위 시에서는 '전쟁'이라는 공포와 파멸의 극단적 체험 속에서 느끼는
시적 주체의 두려운 정서들이 잘 드러나는데, 실제로 김종삼은 6·25의
참혹 속에서 고통스럽고 처절한 시련의 나날들을 보냈다. 특히 월남(越
南)의 경험과 관련된 비극적 사건들은 그의 삶을 뒤흔드는 큰 시련이었
으며 그로 인해 오래도록 충격과 고통에 시달리기도 하였다. "이북과
이남의 경계선"에 있는 "용당포"를 건너 월남하려는 "十餘名"의 피란
민들은 늦은 밤 사공이 노 젓는 조그마한 배를 타고 조심조심 강을 건
너고 있다. 작은 기침 소리조차 용납하지 않는 아슬아슬하고 캄캄한
"深夜"의 '강'이라는 공간은 두려움과 공포의 감정을 동시에 유발시킨
다. 이러한 극도 긴장된 공포 상황에서 "울음을 터트린 嬰兒"를 물에 빠
뜨릴 수밖에 없었던 "1947년 봄"과 "용당포"라는 시공간적 배경은 시
적 주체에게는 그를 압도하는 캄캄한 어둠보다 더 큰 공포와 두려움 속

에서 죄책감을 느끼게 한다.

그로부터 "스무몇해나" 지난 시간이지만 그는 아직도 그 두려움에서 벗어나지 못하고 끝없이 그날의 상황을 반추하고 있다. "嬰兒"를 절대적으로 희생한 혹은 희생시킬 수밖에 없었던 극단적 선택은 일탈적이고 특별한 상황을 지시한다. 이것이 어떤 공포와 불안보다 더 큰 숭고의 대상이 되는 것은 아이의 희생이 이상적인 관점이나 이성적인 관점으로도 설명할 수 없고 정당화될 수도 없다는 윤리적 시선 때문이다. 즉 과거의 고통스런 기억과의 싸움에서 영원히 벗어날 수 없다는 비극성은 더 본질적이고 실제적인 불행과 고통을 동반하게 된다. 때문에 아무도 그 심야 속 강의 "水深"을 알거나 혹은 알려고 하지 않는 것이다. 이렇듯 현실 속 비극적 주체들은 현실의 충돌이나 윤리적 시선을 피하지 않고 공포와 비탄을 끝까지 겪으며 과거의 기억과 불안한 현실을 인내한다. 불쾌의 감정을 통한 시적 주체의 자기 반성은 존재에 대한 연민을 통해 정신적 고양으로 나아가게 된다.

기억은 시간의 흐름 속에서 경험된 존재의 집합체이다. 기억의 장면이나 조각은 한 개인의 역사를 이루는 단면이자 요체가 된다. 이러한 기억의 반추는 과거의 시간성을 현재로 불러들여 현재의 심리적 자아와 조우하거나 경우에 따라서는 새롭게 재해석되기도 한다. "헬리콥터가 지나자" 밭 이랑이랑과 "들꽃"들이 바람에 휩쓸리듯 "이곳도 전쟁이 스치어 갔으리라"라 추측하는 주체의 내면에는 전쟁에 대한 공포와 부정적 감정이 복합적으로 유발된다. 헬리콥터가 지나가고 전쟁이 한창이었을 "이곳"에 시적 주체가 스스로를 투사함으로써 전쟁의 극단적 상황을 이성으로 받아들이게 되는데 이때 느끼게 되는 불안이나 공포는 숭고 그 자체로 이어진다. 이것은 인간의 유한성과 죽음에 대한 비극의 실존적 인식 때문이다. 인식 주체에게 이러한 죽음은 가장 불안하고 두려운 것 중의 하나로 인간의 의지로 감당하기 어려운 필연적인 운명을 전제로 하고 있다. 무엇보다 가족이나 사랑하는 사람들의 부재는 이러한 기억을 소환하게 하고 그 기억은 시적 주체의 두려움이나 불쾌감과 같은 정서적 충격을 일으키는데 전쟁의 공포와 상실로서의 죽음을 통해 이러한 비극적인 정서의 충격이 더 구체화된다고 할 수 있다.

김종삼이 스스로 체험한 전쟁에 관한 시를 시간이 한참 지난 뒤에도 지속적으로 발표한 이유는 '죽음'이라는 감가적이고 생생한 고통의 기억을 간접화하여 미적 거리를 확보하기 위함이다. 이 미적거리는 주체의 미적 판단에 의한 것인데 이러한 판단은 순수한 이성이라든가 도덕적 감정의 상태로 쉽게 판단할 수 없는 것이다. 하지만 거대한 위력을 가진 무한의 공포와 위력을 가진 '죽음'에 대한 절망적인 고통이 없었다면 주체는 그 자신의 내면에 자리하고 있거나 혹은 그것을 넘어서려는 어떤 능력이나 의지를 스스로 자각하지 못했을 것이다. 따라서 이 전쟁으로 인한 공포와 고통은 또 다른 차원으로 이동하여 그것에 함몰되지 않고 미적 거리를 유지하며 비극적인 숭고로 고양된다. 이러한 숭고는 그것을 느끼는 주체의 태도나 행위에서 기인한 불안의 헤테로토피아로서 이 죽음의 숭고함에 대한 판단 능력을 그 자신의 내면에서 해체하고 전복하며 실존적 가치를 이해하는 데 중요한 논거를 제공하고 있다.

> 몇 줄 추리지 않을 수 없다
> 다시 본 再收錄이다
> 나치 獨逸로 하여 猶太族 一白五十萬
> 아우슈뷔츠收容所에선 戰勢 기울기 시작 하루에 五千名씩 죽였

다한다
　나치軍들의 와살스러운 軍靴소리들은
　有夫女들과 處女들도 발가벗겨 가스室에 처넣었고
　울부짓는 어린 것들을 끌어다가 동족들이 판 구덩이에 同族들 지
켜보는 가운데 던졌고
　반항기가 있는 者득은 즉각 絞首刑에 處하였고
　높은 굴뚝에서 치솟는 검은 煙氣는
　그칠 날이 없었고
　날마다 늘어나는 死者들의 衣類와
　眼鏡과 신발들은 산더미처럼 쌓여갔고
　死者들의 머리카락들은 軍靴만들기 織造物이 되었고
　死者들의 뼈가루들은 農作物 肥料가 되었고

　―산채로 무서운 毒藥방울의 醫學實驗用이 되었고

　人間虐殺工場이었던 아우슈뷔츠 近方에선 지금도 耕作을 하지
않는다 한다.
　　　　　　　　　　　　　　　―「실록實錄」전문

　밤하늘 湖水가엔 한 家族이
　앉아 있었다
　평화스럽게 보이었다

　家族 하나하나가 뒤로 자빠지고 있었다
　크고 작은 人形같은 屍體들이다

　횟가루가 묻어 있었다

　언니가 동생 이름을 부르고 있다
　모기 소리만하게

아우슈뷔츠 라게르

─「아우슈뷔츠 라게르」 전문

아우슈비츠와 관련된 위 시편들에서는 "나"가 관찰자적 위치에서 상황을 서술하고 있다. 근대 사회의 가장 큰 부조리의 상징이며 공포와 학살로 표상되는 '아우슈비츠'는 인간이 저지를 수 있는 모든 악의 상징적 의미를 뜻하는 고유명사이기도 하다. 하루에 "오천명"의 유대인을 죽인 나치군들은 여자들을 발가벗겨 "가스실"에 넣기도 하고 동족들이 판 "구덩이"에 울부짖는 아이들을 밀어 파묻기도 했다. 때문에 "人間虐殺工場"이었던 아우슈비츠는 사람들의 뼛가루로 인해 아직도 농작물 "耕作"이 제대로 되지 않는 곳이다. '라게르'는 '수용소'를 의미하는 말로 유대인 "家族" 하나하나가 뒤로 자빠져 "크고 작은 인형 같은 屍體들"이 즐비한 아우슈비츠의 참혹하고 비극적인 모습을 생생하게 보여주고 있다.

이처럼 김종삼은 인간의 무차별적인 폭력과 보편적 비극을 상징하는 죽음의 수용소인 아우슈비츠라는 헤테로토피아와 관련된 시를 꾸준하게 써 왔다.22) 6·25전쟁을 비롯한 세계의 모든 전쟁은 그 자체로 '죽음'에 대한 공포와 불안을 수반한다. 김종삼은 자신이 한국전쟁에서 겪었던 죽음의 공포로 인해 오랫동안 정서적 충격에 갇혀 있었다. 그 시간을 견디기 위해 술을 마시게 되었다는 진술도 있다.23) 아우슈비츠

---

22) 김종삼이 쓴 아우슈비츠에 관한 시는 「종착역 아우슈비츠」(1964), 「지대」(1966), 「아우슈비츠」(1968), 「아우슈비츠 라게르」(1977), 「실록」(1977) 등이 있다.

23) 걷고 걷던 7월 초순경, 지칠 대로 지친 끝에 나는 어떤 밭이랑에 쓰러지고 말았다. 살고 싶지가 않았다. 얼마나 지났던 것일까. 다시 깨어났을 때는 주위가 캄캄한 深夜였다.(중략) 내 형은 현역 육군 중령이었으며 6·25가 발발하던 다음 날 헤어진 뒤로는 소식이 끊어졌다. 반동 가족들은 참살한다는 소문을 들으면서 수원에서 조

에 대한 사실을 그대로 적은 '실록(實錄)'에서의 실화들은 전쟁을 경험한 그에게는 더 큰 경악과 공포로 다가왔을 것이다. 앞서 언급한 바와 같이 버크는 이러한 "경악은 강도가 가장 큰 숭고가 낳는 효과"이며 공포 또한 고통이나 죽음에 대한 두려움에서 작용하는 숭고라 하였다.[24] 극단적인 공포의 시선이 내재되어 있는 위 시편들에서 주체는 고양된 감정을 극도로 자제하며 관찰자적 태도를 취하고 있다. 아도르노가 "아우슈비츠 이후 서정시를 쓰는 것은 불가능하다"고 한 것처럼 아우슈비츠와 관련된 시에서는 이성적으로 용납하기 힘든 극악한 잔인함에 대한 처절한 저항과 비극의 숭고가 구체적으로 잘 드러난다고 할 수 있다.

아감벤은 홀로코스트가 인간의 이해를 넘어서는 재현 불가의 사건임은 인정하지만 "말할 수 없음"에는 말의 잠재력이 내재 되어있기 때문에[25] 우리는 그것을 어떤 식으로든 증언해야 한다고 하였다. 그런 점에서 김종삼은 이 아유슈비츠라는 위기와 일탈의 헤테로토피아와 관한 시편들을 통해 전쟁의 공포와 사실로서의 죽음을 '비극적 숭고'로 재현해 내고 있다. 인간의 죽음은 인간의 의지로는 감당하기 어려운 어떤 필연적이고 운명적인 것을 전제로 하기 때문에 이것으로부터 오는 불안과 공포는 다른 어떤 대상보다 크다고 할 수 있다. 전쟁과 죽음은 인간의 능력으로 해명할 수 없는 불가해한 것으로 극도와 불안과 공포를 느끼게 한다. 눈에 보이는 것보다 눈에 보이지 않는 두려움과 공포

___

치원, 그곳에서 다시 남쪽을 항하여 노숙을 하며 걸었다. 나의 양친이 피란을 못 떠나고 서울에 남아 있었던 것이다. 환난의 날에 나를 부르라, 내가 너를 건지리니"라는 그리스도의 말도 무색하였다. 나는 그 뒤로부터 못 먹언 술을 먹게 되었다. 무료할 때면 시작(詩作)이랍시고 끄적거리는 버릇을 가지게 되었다. (김종삼, 산문 「피난길」, 『김종삼정집』, 421~422쪽)

24) 에드먼드 버크, 위의 책, 129~130쪽.
25) 유명숙, 「아감벤의 "아우슈비츠」, 『안과밖』 36, 영미문학연구회, 2014, 339~340쪽.

가 더 크다는 것까지를 고려한다면 죽음에 대한 주체의 감정은 복합적일 수밖에 없다. 그러므로 전쟁 당시의 경험으로부터 시간이 한참 지난 뒤, 현실의 부조리한 상황에서 과거를 다시 재현하는 것은 그것에 함몰되거나 타협하지 않고 이성적이고 윤리적인 시선으로 바라보려는 숭고의 의지이자 태도임을 알 수 있다.

이러한 숭고는 고통에서 희열로, 실존에서 탈존으로 혹은 현실에서 초월로 이행하는 질적 변화를 의미한다. 그러한 변화는 인간의 이상을 투영함과 동시에 대항하는 헤테로토피아적 사유를 기반으로 하고 있다. 죽음을 통한 김종삼 시의 '비극적 숭고'는 그의 생애에서의 죽음의 숭고와 겹치면서 한층 더 높은 '서시(序詩)'로서의 염결성과 고양된 감정을 동시에 불러일으킨다. 때문에 이러한 숭고는 불쾌와 쾌, 고통과 환희 그리고 불안과 안심과 같은 부정과 긍정의 감정을 동시에 안고 있는 비극적이고 복합적인 감정이다.26) 주체들은 이러한 숭고의 현실과 이상 사이의 간극에서 균열된 감정을 경험하게 된다.

특히 1970년대의 유신과 자본경제의 급격한 발달로 인한 억압과 소외는 개인들로 하여금 헤테로토피아의 장소 경험과 비극적인 사건들을 현실로 소환하게 한다. 인간의 내면에 존재하는 광기적 충동들을 발현하는 헤테로토피아는 권력에 대한 실천적 저항의 의미를 포함하고 있다. 그러므로 이성적이고 윤리적인 차원에서의 이러한 감정들은 숭고의 독특한 미적인 정체성을 유발시키며 주체의 내면에서 표출되는 현실극복 의지와 연동되어 움직인다. 그러므로 '비극적 숭고'는 억압되고 냉혹한 부조리의 세계를 살아가는 비극적 개인들의 존엄함을 통해 자신보다 크고 위력적인 대상에게 함몰되거나 빠지지 않고 그것으로

---

26) 김점용, 「이육사 시의 숭고미」, 『한국시학연구』 17호, 한국시학회, 2006. 12, 48쪽.

부터 자신을 지키고 스스로를 회복하고 보존하기 위한 헤테로토피아의 기능으로서의 미적 판단이자 자발적인 저항이라 할 수 있다.

3) 음악을 통해 나아가는 '절대 세계'

김종삼은 세속적인 가치나 계급에서 멀어진 '소외된 단독자'의 자리에서 현실 너머에 존재하는 영원이나 절대 세계와 같은 또 다른 공간을 지향하였다. 현실의 부조리함이나 한계 상황과 같은 비극적인 순간들이 드러나는 헤테로토피아적 경험은 언제나 숭고로 이어진다. 이 숭고는 인간의 인식 범위를 넘어선 거대하고 불가항력적인 대상이나 환경과의 조우를 통해 생기는 감정으로 기존의 미와 달리 대부분 부정과 이질적인 방식으로서의 헤테로토피아적 사유와 연결된다.

1970년대 김종삼의 대부분의 시편들에 등장하는 비극적 주체는 중심에서 벗어난 변두리의 공간을 서성거린다. 이러한 비극적 주체의 감정은 앞서 살핀 것처럼 이질적 경험과 직·간접적으로 연유되어 있을 뿐 아니라 한 개인의 힘으로 넘어설 수 없는 시대 상황과도 밀접하다. 유신 시대 정부는 대중문화를 가속화시키며 신문이나 잡지, TV나 라디오 등의 대중매체를 국가의 제도 정비를 위해 이용하며 그것을 정치화하였다.[27] 현실과 불화하며 '일탈'을 경험하는 시적 주체의 불안은 '헤테로토피아'적 사유를 통해 '탈질서의 공간'을 구상하고 구축한다.

자신이 지향하는 이상과 몸 담고 있는 현실과의 거리가 클수록 김종삼은 시나 음악으로 빠지려는 경향이 짙었다. 때문에 그는 일반 대중음

---

27) 송은영, 「1960−70년대 한국의 대중사회화와 대중문화의 정치적 의미」, 『상허학보』 32, 상허학회, 2011, 188~190쪽.

악이나 팝송과 같이 '이 세기'에 찬란하다고 한 것들은 자신에게는 '너무 어렵'고 '난해'하며 (「난해한 음악들」) 듣는 것 자체가 고역이어서 그런 음악을 들을 때마다 '속이 메식거리거나 미친 놈처럼 뇌파가 출렁거린다'고 하였다. 김종삼은 안일한 현실적 상황과 타협하지 않고 결벽에 가까운 염결성으로 자신을 '시인'으로 소개하는 것조차 꺼려했다. 헨델은 「메시아」를 작곡할 때 1주일을 굶으며 문을 잠갔으며, 미켈란젤로 또한 작품을 창작할 때는 거의 식음을 전폐했듯이 예술가라면 그런 태도를 섬겨야 한다고 했던 그의 이 시기 시에는 유독 슬픔이나 우울 그리고 연민과 같은 비극적 정서를 많이 담고 있다.

> 작년 이맘 때 병원에 입원했다. 장기간의 소주를 과음한 것으로 인하여 생긴 발병이었다. 입원한 날부터 나는 죽게되어 있었다. 계속되는 혼수상태. 그 혼수상태에서 쓴 것이다.
>
> ―「원정」의 詩作 메모

> 한밤중 나체의 산발한 마녀들에게 쫓겨다니다가
> 들어간 곳이 휘황한 광채를 뿜는 시체실이다 다가선 여러 마리의
> 마녀가 천정 쪽 으로 솟아올라 붙은 다음 캄캄하다
> 다시 새벽이 되었다 뭘 좀 먹어야겠다
>
> ―「투병기」 전문

> 꺼먼 부락이다
>
> 몇 겹의 유리가 하나씩 벗겨지고 있었다
>
> 살 곳을 찾아가는 중이다

하얀 바람결이 차다

—「투병기」부분

「투병기」라는 제목의 시편이 여러 개가 있는데 위 시들에서의 시적 주체는 "장기간 소주를 과음하여 생긴 발병"으로 오랜 지병을 가지고 있다. 그 때문에 자주 병원을 오간 것처럼 김종삼의 실제 삶 또한 투병의 연속이었다. "다시 새벽이 되어 뭘 좀 먹어야겠다"고 말하는 주체는 "몇 겹의 유리가 하나씩 벗겨지"듯이 "살 곳을 찾아가는 중"이다. 상처받고 깨지기 쉬운 연약한 존재로 시대 현실과 불화하며 오랜 방황을 했듯이 지금도 여전히 "한밤중 나체의 산발한 마녀들에게 쫓겨다니"며 불안 속에 있다. 이처럼 병원이라는 일탈의 헤테로토피아에서는 삶과 죽음, 현실과 환상 사이에서 주체의 고통을 비교적 잘 드러내 보여주는 장소이다.

병상의 삶은 언제나 비극적 한계에 부딪치게 될 수밖에 없고 "계속되는 혼수상태"에서는 스스로 자기모순에 빠질 수밖에 없다. 죽음과 삶, 현실과 환상 사이에서 끓어오르는 파토스는 많은 모순과 비극을 동반한다. 또한 갈등과 충돌 그리고 한계로서의 파토스는 또 다른 공간의 헤테로토피아에서 더 극대화된다.[28] 이 비극적 파토스는 순수를 향한 의지와 강한 생명력으로 인간의 가장 깊은 곳에서 움직이는 힘으로 주체의 인식과 행동에 대한 윤리적 근거가 된다.

비극이 어떤 진실이나 정당성 속의 대결을 통해 주체의 강렬성과 깊이를 통해 얻어진다면 이 파토스는 많은 모순과 한계를 견디며 단순한 정열 그 이상으로 현존재에 내재된 강력한 에너지이다. 절망적인 대결

---

28) 문광훈, 「비극적 주체의 윤리적 정당성—헤겔 「미학」에서의 파토스 분석」, 『헤세연구』, 한국헤세학회, 2017, 209쪽.

이나 극단적인 고통과 싸우며 정신적 고양이나 윤리적인 감정 너머의 초월 세계로 나아간다. 이러한 비극적 파토스는 외로움이나 상실감 고통이나 자기 회의와 같은 감정을 넘어 정서의 고양이나 초월과 같은 방향성이 개입되면서 현실에서 벗어나 또 다른 공간으로서의 헤테로토피아를 지향하게 된다.

罪가 많다는 이 불구의 영혼을 이끌고 가 보자

그치지 않는 전신의 고통이 하늘에 닿았다

—「刑」 부분

비가 쏟아지고 우레가 칠 때에도 평화를 느낀다.
아침이 되었다.
안개 덩어리가 풀리고 있다.
돋아난 새싹들은 온통 초록이다.
어떤 나무에선, 높은 나뭇가지에선 새 소리가 반짝이고 있다.
이 하루도 아득한 생각이 든다.
루드비히반 베토벤처럼.

—「園丁」 전문

위 시에서 주체가 스스로를 "罪"가 많은 "불구의 영혼"이라 말하며 애써 가려고 하는 곳은 어디일까? 도무지 멈출 것 같지 않은 "전신의 고통이 하늘에 닿았"듯이 현실의 삶 자체가 김종삼에게는 비극적인 '형벌'(「刑」)이다. 하지만 "비가 쏟아지고 우레가 칠 때에도 평화"를 느낄 수 있는 것은 "루드비히반 베토벤"을 생각하거나 그의 음악을 들을 때처럼 어떤 "아득"함으로부터 느끼는 비극적 카타르시스 때문이기도 하다. 즉 과거와 현재 그리고 미래라는 다른 시간의 질서 아래 영속된 시간성이라는 헤테로토피아적 상상력이 작동하게 되는 것이다. 그것은 일상으로부터의 자유로움과 음악이라는 초월적 세계를 하나의 공간 안에서 만날 수 있는 것이기도 하다.

주체는 비극적인 사건과의 만남에서 스스로 사고하고 행동하는데 이러한 과정에서 윤리적 충동과 자유의지로서의 비극적 파토스가 작동하게 된다. 이러한 비극적 파토스는 윤리적이고 진실되어 신성한 것들로의 길을 열어준다. 그것은 상상을 확장시키며 심미적인 자기 고양인 동시에 일상의 감정 너머로 나아가게 한다. 김종삼의 시에서는 음악으로 수렴되는 시적 대상이나 상황에서 '무한성'이 드러나는데 이 무한성은 '고전음악'이라는 절대 세계로 귀결된다. 이 절대 세계는 주체로하여금 다른 것과의 비교를 거부하고 두려움이나 불안과 같은 헤테로토피아적 사유나 감정을 넘어 무한의 세계로 나아가 또 다른 차원의 고양된 감정을 경험하게 한다.

이처럼 현실의 비극적 존재가 닿을 수 없는 거리에 있는 어떤 대상의 심연을 드러낼 때 그 주체의 행위가 보여주는 비극적 파토스의 의지 속에는 '숭고함'이 내재되어 있다. 이러한 비극적 숭고는 주체의 불안이나 모호함과 같은 비극적 정서를 부정하지 않으면서 그것을 넘어서려는 헤테로토피아적 사고이자 윤리적 태도라고 할 수 있다.

이 地上의

聖堂

나는 잘 모른다

높은 石山
밤하늘

헨델의 메시아를 듣고 있었다

　　　　　　　　　　　　　　　　　ー「성당」 전문

바로크 시대 음악을 들을 때마다
팔레스트리나 들을 때마다
그 시대 풍경 다가올 때마다
하늘나라 나가올 때마다
맑은 물가 다가올 때마다
라산스카
나 지은 죄 많아
죽어서도
영혼이
없으리

　　　　　　　　　　　　　　　　ー「라산스카」 전문

　위 시의 "높은 石山"이나 "하늘 나라"와 "맑은 물가"는 비극적인 현실
과 대조되는 이상적이고 환상적인 장소로서의 헤테로토피아이다. "이
地上의/ 聖堂"을 잘 모르는 시적 주체는 "바로크 시대 음악"을 듣거나
"팔레스트리나"의 노래를 들을 때마다 "나 지은 죄 많아" 죽어서도 영혼
이 없을 것이라고 말한다. 즉 그는 음악을 통해 자신의 부끄러움과 연민
을 동시에 느낀다. 궁핍하고 소외된 존재에 대한 성찰은 절제된 언어를
통해 시로 형상화하고 있다. 고독한 영혼의 음악은 종교적 발화로서 비
극적인 인식이나 무기력한 상상력에 인간의 이성이 작용하는 것이다.
그러므로 비극적인 한계를 넘어서고자 하는 존재는 "맑은 물가"처럼 또

하늘에 닿은 쇠사슬이
팽팽하였다

올라오라는 것이다.

　　　친구여. 말해다오.
　　　　　　　　　　　　　　　　－「올페」전문

올페는 죽을 때
나의 직업은 시라고 하였다

나는 죽어서도
나의 직업은 시가 못 된다

宇宙服처럼 월곡에 둥둥 떠 있다
귀환 時刻 未定.
　　　　　　　　　　　　　　　　－「올페」전문

담배 붙이고 난 성냥 개비불이 꺼지지 않는다 불어도 흔들어도
꺼지지 않는다 손가락에서 떨어지지도 않는다
새벽이 되어서 꺼졌다
이 時刻까지 무엇을 하며 살아왔느냐다 무엇을 하며 살아왔느냐
다 무엇 하나 변변히 한 것도 없다
오늘은 찾아가보리라
아담橋를 지나

거기서 몇 줄의 글을 감지하리라
　　　　　　　　　　　　　　　　－「시작 노우트」전문

'올페'32)는 아내 에우리디케를 구원하려고 지옥을 다녀온 자로 그리스 신화에 나오는 비극적 사랑의 주인공인 오르페우스를 가리킨다. 서구에서는 오래전부터 영원한 시인이자 예술가의 전형으로 알려져 있다. 시적 주체는 아내를 영영 잃고 사지가 찢기는 죽음에 이르러서도 노래를 멈추지 않았던 올페의 모습에서 비극적 숭고함을 느낀다. 눈부신 하늘로부터 부름을 받아 팽팽하게 뻗어 있는 "쇠사슬"을 바라보면서 스스로 격앙되기도 한다. "친구여. 말해다오"라는 격앙된 감정을 통해 고통을 드러내고 있다.

"올페"라는 동일한 제목의 두 시에서 자신과 올페를 비교하며 "올페"는 죽을 때 자신의 직업이 "시"라고 했던 것을 강조한다. 자신은 죽어서도 자신의 직업은 "시"가 되지 못하므로 스스로 자신의 부끄러움을 동시에 드러내고 있다. "담배 붙이고 난 성냥 개비불이"를 불거나 흔들어도 꺼지지 않고 "손가락에서 떨어지지 않는" 지금 이 현실에서 나는 "무엇을 하며 살아왔느냐"고 스스로에게 되묻는다. 이러한 물음에 대해 "변변히 한 것도 없다"며 매일 "몇 줄"의 글"을 쓰기 위해 "아담교"를 지난다고 고백하는 지난한 일상은 마치 순례자의 모습처럼 겸허하고 숭고하다.

김종삼은 시인의 본질과 역할에 대한 근원적인 물음에 항상 시달렸다. 등단을 하고 몇십 년이 지나서도 여전히 시가 무엇인지를 말할 수

---

32) 올페의 예술의 신인 아폴론과 예술의 여신은 칼리오페 사이에 태어나 태생부터 탁월한 음악가의 면모를 갖추었다. 때문에 후에 그는 바다의 폭풍을 가라앉히고 세이렌의 노래를 제압하였다는 일화를 남기기도 하였다. 하지만 그의 시인과 음악가로서의 면모가 가장 두드러진 곳은 아내 에우리디케를 구하기 위해 지옥에 내려갔으며 그녀를 살리기 위해 부른 노래와 리라 연주로 그곳에 있는 모든 사람을 감동시킴으로써 아내를 데려오지만 결국 그녀를 보는 바람에 에우리디케를 영영 잃게 된데서 비롯된다.

없고 (「누군가 나에게 물었다」), 자신에게 시인의 영역은 여전히 너무 먼 것이라 생각하였다. (「먼 '시인의 영역'」) 모순된 시대의 현실에서 치열한 자기 성찰로 고군분투하였던 김종삼의 비극적 숭고의 모습들은 이 「올페」의 시편들에서 더 극명하게 드러난다.[33] 그가 그리워했던 이 '올페'로의 시적 추구나 현실에서 초월적 세계로의 열망은 현실과 동떨어진 신이나 초감각을 지향하는 것이 아니다.[34] 그것은 부정적 현실의 삶과 죽음의 경계에서 스스로를 소외시키는 것이다. 또한 일상으로부터 일탈하여 자유로움을 추구하기 위한 다른 공간이나 세계로의 전환을 의미한다. "우주복처럼 月谷에 둥둥 떠 있"으며 언제 귀환할지 알지 못하는 존재로서 죽어서까지 진정한 시인이 되고자 했던 김종삼은 현실 너머의 또 다른 현실을 추구라며 비극적 숭고의 시와 삶을 살았다고 할 수 있다.

김종삼의 '비극적 숭고'는 1970년대 정치와 자본주의 대중문화 현상에 대한 저항이다. 또한 진정한 세계에 대한 동경으로서의 자발적 거리 두기인 동시에 현실 대응 방식이라 할 것이다. 그런 점에서 이 비극적 숭고는 모순된 현실을 살아가는 존재에게 당대의 어떤 개념보다 이 시대와 현실의 불안과 절망으로부터 스스로를 자유롭게 한다. 그것은 가난하고 소외된 자들에 대한 연민의 시선이 두드러졌던 김종삼 시의 역사와 현실에 대한 저항과 증언으로서의 헤테로토피아적 사유이자 미적 전략이라 할 수 있을 것이다.

---

33) 이 올페가 등장하는 김종삼의 시로 「올페의 유니폼」(『새벽』(1960. 4))과 「검은 올페」(『자유문학』(1962. 8))가 있다.

34) 송현지는 김종삼 시이 올페의 구원을 시쓰기의 지표로 활용하면서도 그 구원이 모든 피억압자를 향한 것으로 그 대상이 확대되고 있다고 보았다. (송현지, 「김종삼 시의 올페 표상과 구원의 시쓰기 연구」, 『우리어문연구』 61. 우리어문학회, 2018, 7쪽)

숭고는 시대의 역사적·문화적 상황에 따라 각기 다른 국면이 부각
되면서 재해석되고 있다. 그런 점에서 1970년대 김종삼 시에 드러나는
'비극적 숭고'는 탈근대로 진입하면서 기존의 미학적 범주로는 포괄할
수 없는 현실에 대한 시적 대응 방식이자 새로운 미학적 원리이다. 자
발적 소외'와 더불어 전쟁이나 시대의 모순적 상황 속에서 그가 추구하
는 부정적인 화해나 한계 의식으로서의 비극적 인식이 헤테로토피아
적 사유와 연동되면서 '숭고'로 이어진다. 절대적인 힘을 가진 권력이
나 현실에 대항하는 시적 주체의 태도에는 그 체제나 힘에 대한 공포
와 고통으로서의 '비극적 숭고'가 공통적으로 드러난다고 할 수 있다.

특히 이 시기 김종삼의 시에는 현실과 괴리된 죽음이나 불안 그리고
초월의식 등의 감정이 보편적으로 내재되어 있다. 그는 권력이나 제도
의 폭압과 맞서 당대의 정치적 현실에 직접적으로 대항하기보다는 절
제된 묘사나 독백적 방법 등 자신만의 방식으로 그것에 저항하였다. 한
국전쟁을 통해 가족을 잃고 절친이었던 전봉래 마저 잃은 김종삼은 실
향민이자 이방인으로 평생 살았다. 전후 시인들이 전쟁의 참상과 자신
의 경험에 대한 시를 대부분 1950~60년대에 쓴 것과는 달리 그는
1970년대 이후에도 한국전쟁과 아우슈비츠 그리고 혈연의 부재와 상
실에 대한 시들을 지속적으로 발표하였다. 그것은 김종삼이 전쟁이나
모순된 권력으로 인해 고통받고 있는 동시대인들에 대한 연민과 현실
에 대한 이의제기로서의 헤테로토피아적 사유가 시인으로서의 윤리적
태도로 이어졌기 때문이다.

전쟁과 죽음에 내재된 불안과 공포는 눈에 보이는 것보다 눈에 보이
지 않는 두려움이나 절망이 내재되어 있다. 때문에 죽음에 대한 주체의

감정에는 과거의 기억과 현실의 부조리한 상황에서의 비극적 감정이 복합적으로 내재되어 있다. 이러한 시선을 바탕으로 한 숭고는 고통에서 희열로, 실존에서 탈존으로 혹은 현실에서 초월로 이행하는 질적 변화를 그 근본 구조로 한다.

주체의 행동에 대한 윤리적인 근거로서의 파토스는 행동의 한계와 비극 속에서 윤리적 삶의 가능성을 탐색한다. 비극은 어떤 진실이나 정당성 속의 대결을 통해 주체의 강렬함과 깊이를 통해 얻어진다. 파토스는 이러한 많은 모순과 한계를 견디며 단순한 정열 그 이상으로 현존재에 내재된 강력한 에너지로 정신적 고양이나 윤리적인 감정 너머로 나아간다. 고전 음악을 통해 절대 세계를 지향하거나 절망적인 대결의 극단 속에서 투쟁하는 시적 주체는 이 비극성과 장엄함으로 인해 주체의 감정을 고양시키며 숭고의 대상이 된다.

김종삼의 1970년대 시에 이러한 '비극적 숭고'가 호출된 맥락은 죽음과 공포 그리고 비극의 절대 세계를 아우를 수 있는 종합적 관점에서이다. 부정적 현실에서 스스로를 소외시켜 시인의 소명을 다하려고 했다는 것. 삶과 죽음의 경계에서도 진정한 시인이 되고자 했던 그의 삶과 시는 그 자체로 하나의 '비극적인 숭고'의 전형인 동시에 헤테로토피아적 사유로서의 새로운 시의 미적 원리라고 할 수 있을 것이다.

오정희의 『불의 강』에 드러나는 현실과 환상, 일상과 비일상 등 욕망이 서로 충돌하는 헤테로토피아에서는 여성 주인공들의 다양한 강박증과 이야기하기 욕망에 시달리는 모습들이 드러난다. 『불의 강』에 드러나는 대부분의 장소들은 현실의 장소이면서 동시에 비현실의 공간이다. 열려있지만 닫혀 있는 불안과 혼재의 공간, 여성 주인공들의 탈중심적 공간으로서의 헤테로토피아는 그들의 억압된 욕망이 분출되는 장소이다.

　『불의 강』의 여성 주인공들에게 드러나는 일탈적 충동과 강박은 일상의 공간과 내면의 공간이 혼재된 헤테로토피아에서 더 구체적으로 드러난다. 강박적으로 말을 하거나 말을 하고 싶어 하는 이들의 '이야기하기' 욕망은 상징 질서의 억압을 부정하며 반항과 전복의 의도로써 언제든지 분출될 기회를 노리는 코라적 담화의 특징을 지닌다. 실재와 환각이 혼재해 있는 이질적인 공간에서의 회상은 억압되거나 은폐되었던 욕망을 강박적 '이야기하기'라는 위반과 전복의 문학적 공간을 통해 더 구체적으로 재현되고 있다.

3

오정희 『불의 강』에 드러나는
헤테로토피아와 강박적 이야기하기

*

우리 문학사에서 오정희[1]의 독특한 문학 세계는 문학 연구뿐만 아니라 창작에 이르기까지 폭넓은 자장을 형성하며 많은 영향을 미쳤다. 그동안 그의 소설에 대해서는 해석의 어려움을 비롯해 다양한 독해 방식이나 난해한 상징성 등 섬세하고 독특한 미학으로서의 다양한 평가들[2]

---

1) 오정희는 1947년 서울 출생으로, 1968년 서라벌예술 재학 시절에 중앙일보의 신춘문예에 「완구점 여인」이 당선으로 문단에 나왔다. 그녀는 인간 내면의 존재론적 불안을 치밀하고 사실적으로 그린 작품들을 주로 썼다. 주요 작품으로 『불의 강』(1977년), 『유년의 뜰』(1981년), 『바람의 넋』(1986년), 『새』(1995년) 등이 있다.
2) 김윤식, 「창조적 기억, 회상의 형식─오정희에 관하여」, 『소설문학』, 1985. 11; 성민엽, 「존재의 진실의 추구」, 『오정희─우리시대, 우리작가』, 동아출판사, 1987; 김승환, 「오정희론─오정희적 자아의 존재양상에 관하여」, 『한국현대작가연구』, 민음사, 1989; 송명희, 「한국소설의 페미니즘─오정희와 김향숙의 경우」, 『동양문학』, 1991. 3; 김화영, 「개와 늑대 사이의 시간」, 『소설의 꽃과 뿌리』, 문학동네, 1998; 이

이 있어 왔다. 오정희의 개성적인 문학적 색채와 텍스트의 시적 의미들은 개별적이고 특수한 존재에 대한 성찰에서부터 삶의 보편성에 이르기까지 현실에 가로막힌 인간의 한계에 천착하며 그것의 가능성 혹은 불가능성에 대한 긴요하고 진지한 통찰을 보여주었다. 이와 같은 오정희의 연구는 젠더 정치성이나 여성주의적인 측면3), 정신분석학적 측면4), 기법 및 문체적 측면5) 그리고 여성의 몸에 관한 측면6) 등 다양한 방면으로 이루어지고 있다.

무엇보다 『불의 강』7)은 첫 창작집인 동시에 그의 소설적 근간을 이

상신, 「광기, 그 영원한 틈새의 축복―」,야회에 나타난 「여성적 글쓰기의 정신」, 『구조와 분석』, 도서출판 창, 1993; 김혜영, 「오정희 소설의 이미지 연구」, 『현대문학이론연구』 19, 2003. 6; 최영자, 「오정희 소설의 정신분석학적 연구」, 『인문과학연구소』, 2004, 12; 박진영, 「오정희 소설의 비극성과 불안의 수사학」, 『현대문학이론연구』 31, 2007; 지주현, 「오정희 소설의 정신분석학적 연구」, 『인문과학연구소』, 2004, 12; 이광호, 「오정희 소설에 나타난 여성적 응시의 문제―초기 소설을 중심으로」, 『한국여성문학학회』 29호, 여성문학연구, 2013; 유준, 「오정희 소설에 대한 실험적 고찰」, 『인문과학연구논총』, 2013. 2.

3) 김경수, 「여성성의 탐구와 그 소설화」, 『문학의 편견』, 세계사, 1994; 황도경, 「빛과 어둠의 문체」, 『문학사상』, 1991. 1; 박혜경, 「신생을 꿈꾸는 불임의 성」, 『불의 강』, 문학과 지성사, 1997; 정재림, 「기억의 회복과 여성 정체성―오정희 '유년의 뜰'과 '바람의 넋'을 중심으로」, 『어문논집』 5, 민족어문학회, 2005; 최수완, 「오정희 소설의 젠더 정치성 연구」, 이화여자대학교 박사학위 논문, 2013; 김지혜, 「오정희 소설에 나타난 '여성'정체성의 체화와 수행」, 『페미니즘 연구』, 한국여성연구소, 2017.

4) 안숙원, 「오정희 단편소설 『동경』연구: 정신분학학적 접근」, 『인문사회과학연구』 2, 부경대학교 인문사회과학연구소, 2002. 최영자, 「오정희 소설의 정신분석학적 연구」, 『강원인문논총』 12, 강원대학교 인문과학연구소, 2004.

5) 박혜경, 「불모의 삶을 감싸안는 비의적 문체의 힘」, 『상처와 응시』, 문학과지성사, 1997; 강유정, 「오정희 소설의 아이러니 연구」, 고려대 대학원 석사학위논문, 2000.

6) 황도경, 「뒤틀린 성, 부서진 육체」, 『작가세계』, 1995 여름호. 김지혜, 「오정희 소설의 몸 기호 연구」, 『기호학연구』 12, 한국기호학회, 2002; 김미정, 「'몸의 공간성'에 대한 고찰―오정희 소설 <옛우물>을 중심으로」, 『현대소설연구』 25, 한국현대소설학회, 2005.

7) 『불의 강』은 「불의 강」, 「未明」, 「안개의 둑」, 「적요」, 「木蓮花」, 「봄날」, 「관계」,

루는 텍스트로 강박적 충동으로 인한 일탈과 혼돈의 헤테로토피아적 특징이 비교적 잘 드러난다. 특히 여성 주인공들의 억압적 충동에 의한 일탈적 모습들은 이질적 공간이 혼재하는 헤테로토피아적 장소에서 더 뚜렷하게 형상화되고 있다. 이러한 인물들은 대부분 '불임', '낙태', '동성애', '죽음 충동'에 시달리는 자들로 삶의 비의를 끝없이 들추어낸다. 현실적 잣대로 본다면 그들은 금기를 위반하는 경계의 인물들로 낯설고 기이한 삶을 살아가는 불편한 자의식의 소유자들이다. 그러므로 그의 소설에 드러나는 여성성이나 정신분석학적 주제와 관련된 연구들은 이러한 헤테로토피아라는 장소성을 근거로 할 때 더 정치한 분석이나 새로운 시각을 기대할 수 있을 것이다.

『불의 강』의 여성 주인공들은 타자와의 소통에 실패하거나 과거의 트라우마에 갇혀 현실에서 실현되기 어려운 욕망을 포기하지 않으려는 강박에 시달린다. 때문에 그들은 아득한 심연을 응시하거나 실현될 수 없는 무엇인가를 한없이 그리워하며 현실 세계 너머를 욕망하는 주체들이다. 이러한 인물들은 이야기의 처음부터 결핍과 분열의 상태에 있는데, 그 결핍의 충족을 위해 금지된 욕망들을 서슴지 않는 존재들[8]

「燔祭」, 「직녀」, 「산조」, 「走者」, 「완구점 여인」 등 12편의 단편으로 구성되어 있다. (오정희, 『불의 강』, 문학과 지성사, 1977. 본 연구에서 사용한 텍스트는 6판, 2004년)

8) 김현은 오정희 작품이 때로는 자유분방하고 때로는 섬세하고 가냘프기까지 하지만 그녀의 문체에서 섬뜩함을 느끼는 이유는 소설 구조 자체에서 나온다고 보았다. 특히 붉은색과 강이 격렬하게 결합되어 있는 「불의 강」은 파괴 본능을 완전히 잠재울 때 생활은 범속해지고, 그 범속함 속에 여자나 남자나 모두 '늙은 곱추'처럼 몸을 웅크리며 산다고 보았다. 생산의 풍요성은 그 범속성 속에 살의를 느낄 때 얻어지며 그 주제를 '불'과 '강'이라는 두 개의 이미지를 결합시켜 훌륭하게 조형하고 있다고 평했다. (김현, 「살의의 섬뜩한 아름다움」, 『불의 강』 해설 부분, 문학과 지성사, 1977, 255~256쪽)

이다. 이처럼 불가능한 욕망의 여성 주체들은 대부분 이질적이고 불안한 헤테로토피아의 공간에서 억압 충동에 사로잡히거나 다양한 강박 증상을 보인다. 또한 과거에 대한 회상적 독백을 통해 자신들의 불안한 욕망과 심리 상황을 표출한다. 기괴한 충동이나 반도덕적 욕망에 주저하지 않으며 현실과 환몽의 경계에서 분열되고 위반적인 삶의 모습을 여실히 드러냄으로써 전복적인 문학의 공간을 생성해 내고 있다.

이 글은 현실과 환상, 일상과 비일상 등 억압과 욕망이 서로 충돌하는 헤테로토피아에서 세계와 불화하거나 분열된 모습으로 드러나고 있는 『불의 강』 여성 주인공들의 억압 충동과 말하기 방식에 주목하였다. 『불의 강』에 드러나는 장소는 현실의 장소이면서 동시에 비현실의 공간이다. 장소의 현실성만을 강조하거나 비현실적 문학(기억) 공간의 의미만을 강조할 경우 작품에 드러나는 장소의 의미는 단순해지거나 평면화될 수밖에 없다. 따라서 오정희 소설의 혼종적 공간 인식은 여성 주인공들이 느끼는 반항과 전복의 헤테로토피아적 사유이며 그것은 열려있지만 닫혀 있는 불안과 혼재의 공간과 닿아 있다. 그러므로 이 헤테로토피아는 여성 주인공들의 탈중심적 공간으로서 그들의 억압된 욕망이 분출되는 장소이다.

크리스테바는 가부장제 아래 불순시되고 억압되었던 모성이 복원될 때 코라(chora)의 중요성이 부각된다고 밝혔는데, 이 코라는 유동적이고 혼란한 공간이자 어떤 상태를 말한다. 그것은 불안정한 동시에 통일성이 없고 분리·분할이 가능한 원초적인 어떤 힘이다.[9] 그러므로 상징계를 변화시킬 수 있는 원천적 에너지로서의 코라는 '욕동(pulsion)'과 함께 '부정성'을 산출해 낸다. 이 '부정성'은 고착된 기호계와 상징계를

---

9) 줄리아 크리스테바, 김인환 옮김, 『시적 언어의 혁명』, 동문선, 2000, 25~33쪽.

교란시키며 그 사이의 '경계'와 '틈'을 만들어 나간다.[10] 아버지의 질서에 대해 반항하고 그 중심의 상징체계를 해체하며 억압되지 않는 말, 주체 내면의 황폐한 내면세계와 왜곡된 욕망을 다양하고 풍부한 '언어'를 통해 풀어내거나 배출한다.

『불의 강』에 등장하는 여성 주인공들의 충동 욕구들은 대부분 '기억의 재현'을 통해 서술된다. 기억을 통해 대면하게 되는 트라우마는 그들로 하여금 억압된 것을 끊임없이 말하게 하거나 중얼거리기를 강요한다. 현실을 거부하고 급기야 스스로를 부인하려는 이들의 말하기는 세계에 대한 히스테릭하고 냉소적인 자세에서 그 모습이 일관되게 드러난다. 즉 이들의 언술 행위는 '금기'와 '억압'을 뚫고 여성 주체의 기억을 억압하는 상징적 질서에 대한 반항적 말하기로 코라의 특징과 일맥상통하다고 볼 수 있다. 그런 점에서 언어의 전복과 위반, 위계화된 기존 질서를 거부하는 헤테로토피아는 이들의 결핍이나 일탈과 같은 삶의 흔적을 공유하며 상징적 권력이나 사회적 의미망에 대한 위반과 전복의 장소가 되고 있다.

이 글은 『불의 강』에 드러나는 저항과 일탈의 헤테로토피아를 살피고 이러한 헤테로토피아에서 드러나고 있는 여성 주인공들의 억압적 충동에 의한 다양한 강박 증상과 이야기하기 욕망에 논의의 초점을 둔다. 일상의 공간과 내면의 공간이 혼재된 헤테로토피아는 여성 주인공들의 일탈적 욕망이 구체화되는 곳으로, 이들의 이야기하기는 상징적 질서에 대한 반항과 전복의 욕구로 해석할 수 있다는 것은 중요한 지점이다. 현실 원칙으로 통제되지 않는 무의식적 욕망들은 기존의 가치와

---

10) 박주원, 「언어와 정치―줄리아 크리스테바의 사상을 중심으로」, 『21세기 정치학회보』 19, 21세기 정치학회, 2009, 38~41쪽.

질서를 와해시키는 잠재적 힘으로 항상 남게 된다. 비일상적인 공간을 일상적 공간과 병치시키며 실재와 환각이 서로 공존하는 헤테로토피아에서 발화되는 여성 주인공들의 다양한 목소리는 그들의 자의식을 고찰하는 동시에 위반과 저항의 문학적 공간에 대한 사유 방식이다.

1) 혼종적 반(反)공간과 전복적 말하기

『불의 강』에 등장하는 여성 주인공들의 독백적 서술은 대부분 사회적인 것과 무의식적인 것 사이의 경계에 있다. 억압에 대한 거부와 저항적 심리가 내재되어 있는 이들의 말하기 방식은 작가 오정희의 말하기 방식이자 작품 속 주체들의 무의식적 발화와 밀접하다고 볼 수 있다.11) 또한 '다른', '낯선', '비현실적인' 공간은 여성 주인공들의 경험을 비롯해 상상으로까지 나아가 어느 공간에도 속하지 못하는 혼종적인 헤테로토피아적 특징들을 생성해 내고 있다. 유토피아가 위안과 안정을 주지만 현실에 실재하지 않는 가상과 임의의 장소라면 헤테로토피아는 소외와 불안을 함축하는 장소로써 주변부에 자리하는 무질서의 공간이자 사이의 장소를 가리킨다.12) 그것은 가치와 의미가 부재하는 혼돈의 현실에 대한 새로운 접근법으로 선과 악, 존재와 부재 그리고 현실과 허구와 같은 이분법으로부터 벗어난 반(反)공간이다.

헤테로토피아는 푸코의 공간에 대한 사유와 문학적 의미가 함축된

---

11) "내게 있어 소설이란 <만들기>보다 자신 속에서 <생겨나는 것>이기를 원하는 탓인지 내가 그동안 써온 소설들을 읽어보면, <나, 오정희>를 주어로 내세워 토로하는 어떤 글들보다 더 자신의 모습이, 그 소설을 쓸 때의 심리나 상황 나아가 살아온 자취가 어쩔 수 없이 확연히 보인다." (오정희, 「나의 소설, 나의 삶」, 『작가세계』 25호, 세계사, 1995, 여름, 147쪽)

12) 미셸 푸코, 이규현 역, 『말과 사물』, 「서문」, 2012, 11쪽.

개념으로 언어가 뒤얽히고 전복되는 위반의 문학적 공간이다. 현실의 공간과 마찬가지로 헤테로토피아도 문화와 문명 안에서 사회·제도적으로 체계화되며 배치된다. 그러므로 헤테로토피아 속에 잠재되어 있는 문제들과 다양한 목소리를 읽어나가는 과정은 새로운 공간에 대한 내러티브로서의 해석적 지평을 넓히는 것이기도 하다.

공간과 장소13)는 주체가 자신의 몸을 통해서 경험되는 지점으로 인간이 살아가는 방식은 이 '공간의 존재'를 입증하는 방식14)이기도 한다. 푸코는 이러한 공간에 대한 의미를 '배치(emplacement)'라고 정의했는데, 이것은 존재에 관한 전망과 사유형식으로써 '바깥의 공간'을 의미한다. 학교, 도서관, 정원과 같은 일상적이고 안정된 공간들을 비롯하여 권력에 대한 환상이 존재하는 도박장이나 선박, 매음굴과 같은 환타지 공간 그리고 정신병원이나 요양원과 같은 폐쇄적인 장소들은 현실의 부패한 질서나 부당한 규범을 거부하거나 일탈하며 기존의 체제에 대해 새로운 방식으로 질문하는 공간들이다.

『불의 강』의 여성 주인공들은 이질적이고 불안한 헤테로토피아에서 과거의 회상과 독백을 통해 자신들의 불안한 욕망과 심리 상황을 드러낸다. 열려있지만 닫혀 있는 불안과 혼재의 공간, 여성 주체들의 탈중심적 공간으로서의 헤테로토피아는 그들의 억압과 욕망이 분출되는 장소이다.

---

13) 이푸 투안은 추상적 의미인 '공간'에 개인적인 가치와 의미가 부여될 때 '장소'가 될 수 있으며, 개인의 '경험'에 따라 공간은 장소로 변환될 수 있다고 말한다. 따라서 공간이 장소화되는 것은 개인의 경험과 가치 부여에 있다는 것에서 중요한 의미를 지닌다고 할 수 있다. 따라서 이 공간이 장소화되는 과정들을 토대로 한 개인의 경험과 가치 중심을 확인할 수 있는 척도가 된다. (이-푸 투안, 구동회·심승희 옮김, 『공간과 장소』, 1995, 15~22쪽)
14) 앙리 르페브르, 양영란 옮김, 『공간의 생산』, 에코리브르, 2011, 281쪽.

〈『불의 강』에 등장하는 헤테로토피아와 억압으로 인한 강박 증상들〉

단편 제목	헤테로토피아적 장소	억압 충동과 강박증상
불의 강	방화충동의 장소, 발전소	방화증15)과 수놓기 강박증
미명(未明)	미혼모 보호시설, 간병인의 집	모성성/강박증
안개의 둑	살인 충동의 장소, 여행지의 방파제	살의 충동
목련화(木蓮花)	산욕의 공간, 자궁	회상욕망/모성회귀
봄날	권태적 일상의 집	회상욕망/강박증(콜라중독)
번제(燔祭)	정신병원	회상욕망/결벽증
직녀	회임의 공간, 자궁	회상욕망/모성성
완구점 여인	동성애의 장소, 완구점	동성애/회상욕망/강박증

태어나 채 돌이 되지 않고 탈수증으로 죽은 아이를 가슴에 묻고 살아
가는 '나'는 권태로운 일상의 '빈집'에서 매일 수놓기 강박에 집착하고,
'발전소'는 남편의 방화 충동이 현실화되는 금지와 위반의 장소이다.
또한 미혼모 보호시설이나 남편과 같이 간 여행지, '나'가 입원해 있는
'정신병원'과 휠체어 여인이 있는 '완구점'등은 여성 주체들이 과거를
회상하며 억압과 상징적 세계로부터 일탈하는 장소이다. 바깥의 공간
이자 위반의 장소인 헤테로토피아의 여성 주인공들의 억압된 욕망들
은 다양한 강박 증상이나 이야기하기를 통해 서사를 해체하거나 불안
과 적의를 품은 위반의 언어들을 생성해 낸다.
크리스테바의 '코라(chora)'는 그리스어로 '자궁'이나 '밀폐된 공간'을
의미이다. 이 코라는 우리 신체의 에너지가 집결되는 그러나 해부학상

---

15) 방화증(pyromania)은 불을 지르고 싶은 충동을 스스로 조절하지 못하고 반복적으
로 방화를 저지르는 이상행동을 가리킨다. 불을 질렀을 때의 상태나 불의 지르고
난 뒤 결과에 대해 남다른 관심을 보이며 그것을 통해 만족감과 안도감을 느낀다.
불을 저지르기 전에 느끼는 긴장과 흥분 그리고 불 자체에 대한 매혹에 심취해 있
는 경향 등이 방화증의 특징이라고 할 수 있다. (권석만, 『현대이상심리학』, 학지
사, 2006, 493~494쪽)

이나 의미론적으로 결코 개념화될 수도 파악될 수도 없는 공간이다.16)
이러한 코라 또한 헤테로토피아적 공간으로 언어의 모순이나 의미의
전복을 통해 기존언어와 다른 이질적이고 혼종적인 언어의 차원을 구
성한다. 정신병자의 담화가 단적인 코라의 담화라고 할 수 있다. 이러
한 담화는 전복적인 힘을 내재하고 있지만 상징계에 진입하기에는 일
정한 질서나 모양을 갖지 못한, 무정형의 어떤 에너지를 동반한다. 이
에너지는 주체를 부정17)하고 반항·해체하는 행위로 이끈다.『불의 강』
에 등장하는 여성 주인공들의 독백은 대부분 이러한 코라적인 특성이
강하며 억압된 욕망이 언제든 분출될 가능성이 내재 되어 있다. 그런
점에서 크리스테바는 유동적이고 원초적인 수용체, 사회적 관계를 규
정하는 상징적 법과 태아적 주체를 매개하는 수단으로 모성적 육체를
강조한다. 이처럼 가부장제 아래서 불순 시 되었던 모성이 '복귀'되면
서, 아버지의 질서에 반항하고 교란하기 위해 새로운 언어가 조직되는
과정을 수반하게 된다.

　『불의 강』에서는 모성으로서의 '회귀'라는 시도가 좌절되고 부인(否
認)되는 과정에서 여성 주인공들의 불안한 현실 의식과 광증에 가까운

---

16) 정혜경, 「쥘리아 크리스테바의 페미니즘 이론」, 『현상과 인식』 12호, 한국인문사
　　회과학회, 1998, 143쪽~144쪽.
17) 크리스테바는 인간은 언어의 의미화 과정을 통해서 자신의 내면이 억압되고 있다
　　는 것을 느끼는데 이것은 주어진 언어 구조와 자신의 삶을 통해 저항하며 사회를
　　전복해 나아간다고 보았다. 하지만 이러한 주체의 변화나 사회의 변화에는 이 주체
　　가 결여될 수 없다는 것이다. 따라서 그가 주장하는 계급 해방이라는 것은 사회적
　　해방의 일반원칙을 택하거나 자아의 해방과 자유라는 개개인의 주관적 삶의 원칙
　　을 택하라는 양자택일의 정치론을 넘어선다. 즉 이 사회성과 주관성이 어느 하나의
　　계기로 통일되거나 환원될 수 없는 불일치야말로 주체로 하여금 반항의 충동을 유
　　도하는 '부정 negation'의 근거임을 말하고 있는지도 모른다고 보았다. (박주원, 「언
　　어와 정치」, 『21세기 정치학회보』 19집, 2009, 64쪽)

강박 증상이 자주 드러난다. 대체로 이러한 모습은 '기억의 재현'을 통해 더 두드러지게 드러나는데, 금기와 억압의 기억은 무의식에 봉인되어 있다가 현실적 트라우마를 겪게 되면서 '억압'을 뚫고 되살아난다. 이처럼 기억을 억압하는 상징적인 질서에 대한 반항이나 잠재된 욕망이 다양한 강박 증상으로 드러나게 되는 것이다. 그들은 쉼 없이 콜라를 마시거나 놓았던 수를 풀어 다시 놓기도 하고 매일 성냥을 모으거나 손을 씻고 또 씻는다. 여성 주인공들의 이러한 강박증적인[18] 행동은 공격적이거나 반복적인 의심, 음란한 생각이나 부적절한 죄의식 등으로 드러나는데, 이 강박증은 통제되지 않으며 스스로 멈출 수도 없다.

이러한 여성들은 자신의 이야기나 스스로의 존재를 드러낼 방법이 극히 제한 되어 있는 경우가 많았다. 때문에 그들은 침묵 속의 잃어버린 자신의 말을 과거 회상과 기억의 재현을 통해 의식영역으로 불러들인다. 이처럼 여성 주인공들의 경험과 무의식들은 '언어'를 통해 상징적 질서를 거부하고 교란하는데 이야기하기의 욕망 또한 그러한 강박증 중의 하나이다. 즉 육체에 각인된 감각과 언어로서의 기억을 재현한다는 것은 무의식 속의 '말'들을 의식의 영역으로 불러내어 재구성하는 것이다. 무의식에 존재하는 기억의 흔적은 극한 상황에서 신체의 내부에서 돌출하는 충동이나 지각과 결합하게 된다. 그런 점에서 『불의 강』의 여성 주인공들은 스스로를 극한 상황으로 몰아부치며 더이상 피할 수 없는 정신적 억압이나 기억의 흔적을 강박증적이고 독백적인 말하기 방식을 통해 드러내고 있다.

---

18) 이러한 강박증은 불안 장애의 전형적인 징후의 하나로 반복적으로 의식에 침투하는 고통스러운 생각에서 벗어나기 위해 어떤 행동에 강박적으로 집착하는 것을 말한다. 누구나 일상에서 경미한 강박증을 가지고 있지만 이것이 장기간에 걸쳐 계속될 때, 강박증 혹은 강박장애로 분류하게 된다. (권석만, 앞의 책, 336~340쪽)

2) 위반의 일탈적 공간과 억압 충동으로서의 강박증

인간은 자아의 요구가 외부적인 환경이나 조건에 의해 저지되거나 현실적인 욕구가 차단되는 경우 불쾌해지거나 고통스러움을 느낀다. 하지만 대부분의 경우 불유쾌한 기억이나 죄의식 그리고 분노와 같은 적의를 느끼더라도 그 대상을 공격하거나 자신의 감정을 노골적으로 드러내지 않는다. 이처럼 자신의 것으로 받아들이기 어려운 감정이나 욕구들이 의식화되는 것을 차단하고 무의식적인 것으로 유지하는 방어 심리를 '억압(抑壓, repression)'이라고 한다.[19] 하지만 이 억압된 감정이나 욕구는 무의식에 각인되어 기회가 될 때마다 다시 의식을 통해 드러나게 된다.

『불의 강』에는 죄의식이나 공격 충동을 억압하고 있는 여성 주인공들이 헤테로토피아 공간에서 그것을 자극하는 사건들과 맞닥뜨리며 각기 다른 강박 증상들을 드러낸다. 너무 평온하고 '고여 있는 물처럼 권태로'(「走者」)운 일상의 행위와 위태로운 내면 공간이 서로 공존해 있다. 발전소나 미혼모 보호시설, 정신병원이나 여성의 몸인 자궁은 사회적 상식과 규범에 의해 주체의 욕구나 감정들이 억압된 경계의 공간으로 위반과 저항의 헤테로토피아라 볼 수 있다. 대부분의 여성 주인공들은 이러한 장소를 공유하며 기괴한 충동[20]이나 일탈적 욕망에 사로잡혀 있다.

---

19) 이재훈 외 역, 『정신분석 용어사전』, 미국 정신분석학회 편, 한국심리치료연구소, 2002, 275~278쪽.

20) 박찬종은 오정희 소설의 인물들이 유년기의 전쟁 체험과 부성 부재 때문에 세계에 대한 비관적인 인식을 갖게 되며 이로 인해 성과 죽음에 대한 충동에 집착한다고 보았다. (박찬종, 「오정희론—비관적 세계 인식의 근원」, 중앙대학교 석사학위논문, 1997)

「봄날」의 승우와 '나'는 늘 콜라를 마신다. 콜라가 없으면 견디질 못하는 둘은 소화가 안된다는 이유로, 잠이 안 온다거나 울적하다는 이유로 쉼 없이 콜라를 마신다. 수놓기와 풀기를 반복하는 '나'와 보이는 대로 성냥갑을 모으고 있는 '남편'에 관한 「불의 강」, 백 개의 붉은 오뚝이를 수집하는 「완구점 여인」, 쉴 새 없이 손을 씻는 「번제」의 인물들 또한 모두 과거의 트라우마에 갇혀 현실에 적응하지 못하며 충동적인 강박 증상21)을 보인다.

이러한 주인공들의 강박은 소설에 제시된 표면적 이유보다는 심리적인 원인이 더 크다고 볼 수 있다. 소설 속 인물들의 충동들은 대부분 공격적이거나 성적(性的)이며 때로는 자기 파괴적이다. 이들은 각각 방화 충동과 태아살해 충동에 끊임없이 시달리며 수놓기와 손씻기 등에 강한 집착을 보인다.

「불의 강」에는 2년 전, 채 돌을 얼마 지나지 않고 심한 탈수증으로 죽은 아이를 가슴에 묻고 살아가는 '나'와 양복점 구석방에서 재봉틀질로 나날이 늙어 가는 남편의 무료한 일상이 드러난다. 하지만 자세히 들여다보면 이들 부부 사이에는 항상 긴장된 '불안'이 잠재되어 있다. 아이의 죽음으로 죄책감에 시달리는 나와 재봉공인 남편은 틀에 박힌 듯 완고하고 권태로운 현실로부터 끝없이 벗어나고 싶어한다. '나른한 표정 깊숙이에서 무엇인가 어두운 긴장'이 맴도는 남편은 성냥을 수집

---

21) 프로이트는 억압된 본능은 완전한 만족을 얻을 때까지 절대로 멈추지 않는다고 보았다. 즉 어떠한 대리 표상이나 반동 형성도, 어떠한 승화 작용도 억압된 본능의 끈질긴 긴장을 제거하지 못한다고 보았는데, 이것이 반복적인 강박으로 드러난다는 것이다. (프로이트, 『쾌락의 원칙을 넘어서』, 열린책들, 1997, 58~59쪽) 라캉 역시 억압된 감정이 신경증의 증상으로 드러나는데, 대부분 이러한 억압은 언어를 통해서 표출된다고 지적하였다. (브루스 핑크, 『라캉과 정신의학』, 맹정현, 민음사, 2002, 201쪽)

하고 다니며 항상 일탈적 충동에 사로잡혀 있다. 숨 막힐 듯한 일상의 반복과 무료함은 둘 사이 균열을 만들며 지속적인 파괴적 충동을 불러 일으킨다. 남편의 방화 충동[22]이 구체적인 대상을 향해 접근해가고 있다고 확실성을 느끼면서부터 '나' 또한 숨 막힐 듯한 일상에서 오는 불안을 잠재우기 위해 '수놓기'에 더욱 집착한다. 나의 불안은 수를 놓고 놓은 수를 다시 푸는 반복적 강박에서 더 심하게 드러난다.

> 등이 싸늘해지자 나는 벽에 걸린 그의 잠바를 떼어 어깨에 걸치고 다시 앉아 수틀을 집어든다. 이내 손이 빨갛게 곱아들어왔다. 창을 닫아버릴까 잠시 생각하다가 나는 고개를 흔들고 손을 엉덩이 밑에 깔아 잠시 녹인 뒤 다시 바늘을 잡았다. **소나무 가지 위에 나래를 펴고 외다리로 선 학의 자세가 아무래도 불안하고 부자연스러웠다. 실을 풀고 다시 놓아야 할 것 같았다.**
> 나는 그때 허청허청 귓전에서 울리는 그의 말소리를 들으며 점차 스러져가는 노을 아래 이제까지와는 다른 면모로, 암울하고 음흉한 적의로 새삼 활기를 띠며 **검게 솟아오르는 발전소의 굴뚝을 보았다.**
> ─「불의 강」

실을 풀고 다시 놓기를 반복하는 '나'는 남편의 외출이 늘 불안하고 의심스럽다. 그런 남편이 밤마다 즐겨 찾는 곳은 다름 아닌 "검게 솟아오르는 발전소" 건물이다. 강가의 발전소는 그가 유년 시절부터 들어가

---

22) 김세나는 남편의 방화 충동을 '부부관계 회복'이라는 행위로 해석하고 있다. 하지만 남편이 아내 몰래 시를 썼던 행동이나 재봉틀 소리에 묶인 생활의 묘사 그리고 성냥갑을 모으는 행동 등은 단순히 부부관계의 회복이라고 보기에는 다소 무리가 있을 것으로 보인다. 어렸을 적 꿈이 사라진 것에 대한 시의 내용이나 자신의 모욕적인 현실에 대한 탈출 욕망 그리고 아이의 죽음 등 복합적인 원인이 작용함을 알수 있다. (김세나, 「오정희 소설에 나타난 충동의 논리」, 『우리말글』 63권, 우리말글학회, 2014, 327쪽)

보길 망설여 왔던 곳으로, '입구는 있되 출구는 없는, 수많은 방과 미로를 가진 유령의 성'이다. '거대해지고 견고한 적의의 상징'인 발전소는 그를 가두고 출구를 보여주지 않는 낯설고 기이한 장소로서의 헤테로토피아이다. 남편과 연락이 닿지 않아 불안해하던 어느 날 나의 눈에 문득 들어 온 것은 발전소의 굴뚝이다. 그의 마음 속에 있던 일상에 대한 살의와 적의들이 '발전소'라는 구체적 대상을 찾아 이동되었다는 것을 '나'는 직감하게 된다. "암울하고 음흉한 적의"로 검은 연기를 내뿜고 있는 굴뚝을 보며 남편은 언젠가부터 시(詩)를 쓰기 시작했다. '나'는 늦은 밤 잦은 외출과 담배를 피우지 않는 그의 주머니에서 성냥갑을 매번 발견하며 불안해 하던 것이 점점 현실이 되고 있음을 확인한다.

> 창의 붉은빛은 좀처럼 사라지지 않고 방안을 가득 채워 우리는 마치 조금도 뜨겁지 않은 화염 속에 나란히 누워 있는 듯했다. 나는 어린 아이를 잠재우듯 그의 머리를 가슴 깊숙이 안고 있지만 꺼멓게 타버린 재를 안고 있는 듯한, 또한 **불이 타고 있는 강 건너, 꽃보다 더 진한 어둠 속에서 메마른 목소리로 울고 있는 한 마리 삵을 보고 있는 듯한 쓸쓸함에 짐짓 소리내어 우는 시늉**을 하였다.
> ―「불의 강」

화염 속에 있는 '발전소'는 관습과 규범이라는 현실에서 벗어나려는 일탈과 위반의 장소이다. 현실적 기만이나 불안으로부터 탈출하고자 하는 비상구로서의 발전소는 탈규범적이고 비일상적인 공간이다. 먼 곳에서 사이렌 소리가 어지럽게 들려올 때쯤 벨소리와 함께 불에 탄 재의 냄새를 풍기며 남편이 들어온다. 온통 붉은 빛으로 타오르는 강 뒤로 불타고 있는 발전소와 메마른 목소리로 어둠 속에서 울고 있는 남편의 모습이 소설의 마지막 장면이다. 아파트 6층 꼭대기 창가에 서서 무언가를 그리워하며 아득한 곳을 응시하던 남편의 방화 충동은 현실이 되고, 창의 붉은 빛은 사라지지 않고 발전소는 계속 불타고 있다.

「번제燔祭」23)라는 소설의 제목은 태아 살해를 상징한다. 주인공 '나'는 낙태로 인한 정신적 외상으로 결벽증을 보이게 되고 그것이 심해지자 정신 이상 진단을 받고 정신병원에 입원해 있다. 정신병원은 사회가 요구하는 규범을 이탈한 개인들을 감금시키는 곳으로 요양소나 감옥과 같은 규율과 통제의 헤테로토피아이다. 정신병원에 있는 '나'는 낙태에 대한 죄책감과 공포로 손을 씻고 또 씻으며 피부의 기름기가 다 말라 허옇게 될 때까지 손 씻기를 멈추지 않는다. 기름기 없는 마른 손 허옇게 비듬이 돋은 미라와 같은 손을 씻고 또 씻는 주인공의 분열 증상은 현실적 질서로 포섭되지 않고 '남은 욕망'이 특정 사건(태아 살해)의 외상과 결부되어 동전의 양면처럼 공존하며 나의 일상을 황폐화시키고 있다.24) 이러한 분열적 강박증은 불안한 내면과 무료하고 일상적인 모습들, 현실과 환시·환청이 뒤섞여 나타나는데 규범적인 일상의 공간과 탈규범적인 비일상적인 공간들이 병치되며 헤테로토피아적 특징으로 드러난다.

> 내게 생긴 새로운 버릇은 쉴새 없이 손을 씻는 것이었다. 죽여버린 아이가 생각키울 때, 의사의 완고하고 건조한 눈이 생각키울 때, 또한 어젯밤처럼 꿈속에서 어머니를 보았을 때 **나는 씻고 또 씻고 또 씻었다. 진한 알칼리성의 비누가 피부의 기름기를 다 말려버릴**

---

23) 번제(燔祭)는 구약시대 제사의 한 종류로 짐승을 죽여 전부 신에게 드리던 제사이다. 제물로는 흠 없는 소, 양, 염소 등의 수컷을 바쳤는데, 가난한 이들은 비둘기 같은 날짐승을 바치기도 했다.

24) 정연희, 「오정희 소설의, 욕망하는 주체와 경계의 글쓰기」, 『현대소설연구』 38권, 한국현대소설학회, 2008, 375쪽.

때야 씻기를 멈추었다. 기름기가 없어져 허옇게 비듬이 돋아 시트 위에 나란히 놓여진 손은 거의 미라처럼 보였다.

> 잠을 잘 수 없는 밤이면 나는 ♀와 ♂으로 새카맣게 기재된 노트를 펼쳐 하나하나를 손으로 짚어보아 통계 숫자를 확인하며 이상한 기쁨에 잠기곤 한다. (중략) 내가 비밀의 노트에 숫자를 기록하기 시작한 후로 꿈과 욕망과 좌절 속에 죽어간 모든 사람들처럼 나도 죽으리라는 것이, 이루어질 수 있는 완벽한 소멸이 나를 기쁘게 했다. 그것이 내가 느끼고 있던 괴로움에서 나를 해방시켰던 것이다.
>
> —「번제」

정신병원에 입원한 나는 6개월 된 아이를 낙태한 후 죽은 아이에 대한 환상에 시달린다. 자신이 아이를 죽였다는 죄의식과 의사에 대한 성적 욕망과 같은 복잡한 감정에 사로잡혀, 손을 씻고 또 씻는 강박증을 보인다. '나'는 태아살해라는 경험을 자신의 질병처럼 무의식에 지니고 있으며, 그것이 의식의 표면으로 부상할 때마다 정신적 위기를 경험하게 된다.[25] 또한 '테이프 레코드처럼 쉬지 않고 외치'는 아이의 주문을 환청으로 들으면서 '♀와 ♂으로 새카맣게 개재된 노트'를 펼치고 거리를 지나가는 행인들의 숫자를 세기도 한다. 이러한 숫자 세기의 강박행동 역시 '나'의 불안을 해소하고 '그 괴로움에서 나를 해방'하려는 목적에서 비롯된 것이다.

이처럼 사회가 요구하는 규제나 정상의 범주에서 이탈하여 정신병원에 감금된 '나'는 죄책감이 만들어낸 환영에 시달린다. '나'는 두 팔을 내밀면서 젖을 먹이고 싶어 하는 모성본능을 보이는 동시에 살해 충동

---

25) 김경수, 「여성적 광기와 그 심리적 원천」, 『페미니즘 문학비평』, 프레스21, 2000, 120쪽.

을 느끼기도 한다. 이와 같은 충동으로 인한 심리적 환각과 죄의식은 일상적 현실에 불현듯 재현되거나 '느닷없이 나를 찾아와 부르짖'는 환청과 환시를 일으키게 되는데 이로 인해 '나'는 밤마다 불면에 시달린다. 이러한 '나'를 광인으로 낙인찍으며 정신병원에 감금시킨 것 또한 보이지 않는 사회적 권력이며, 상징적 아버지의 질서인 셈이다.

『불의 강』에서 드러나는 혼자 있는 빈집이나 발전소, 요양원, 정신병원 등은 일상적인 공간과 이질적인 공간이 혼재하며 모든 장소의 바깥에 있는 장소들26)로 기만적 현실에 이의 제기를 하는 공간들이다. 이러한 장소에 거주하는 대부분의 인물들은 정신적 외상이나 억압되어 있던 충동들을 왜곡된 성이나 다양한 강박적 모습을 통해 드러내고 있다. 그들은 반복적인 충동에 사로잡혀 권태와 일탈적 욕망에 늘 노출되어 있다. 이러한 불안이 타자와 사회로부터 자신을 철저하게 닫게 하는 원인이 되는데 그것이 점점 가시화될수록 어떤 '징후'로서의 파괴와 일탈적 충동과 같은 강박증을 드러내게 된다. 이것은 여성 주체 내면의 분열과 강박이 사회가 요구하는 규범에서 벗어나고자 하는 것으로 헤테로토피아적 공간에서 기만적이고 부조리한 현실에 대한 거부의 심리가 더욱 적극적으로 표출되기 때문이다.

3) 회상을 통한 이야기하기 욕망과 저항의 문학적 공간

플롯은 서사의 사건들을 시간의 개입에 따라 구조화하고 재조직화한다. 피터 브룩스는 이러한 플롯이 내러티브의 설계와 의도를 포용하

---

26) 푸코의 공간 담론에는 세 가지의 공간이 존재한다. 일상적이고 정상적인 공간인 현실 공간과 한 사회 구성원들이 꿈꾸는 비실제적이고 비현실적 공간인 유토피아 그리고 여타의 공간들과 절대적으로 구분되는 헤테로토피아가 그것이다.

는 개념인 동시에 시간적인 연속성을 통해 발전되는 의미들을 만들어 가는 구조라고 정의한다.[27] 때문에 내러티브는 시간 속에서 일어나고 소멸되며 시간에 의해서만 살아 있는 유기체적 특성을 가지는데, 기억과 회상[28] 역시 이 시간의 소급을 통해서 전개된다.

회상(回想)은 과거의 기억이나 경험을 돌이켜 생각하는 것이고 그런 측면에서 과거의 불행한 기억은 현재의 삶에 개입하여 삶을 혼란시키고 주체들을 분열시킨다. 그런점에서 『불의 강』에 나타나는 회상[29]은 은폐되거나 억압된 주체의 트라우마(Trauma)와 깊이 연관되어 있다. 이 회상적 욕망은 '억압된 것은 반드시 귀환한다'는 프로이트의 말처럼 과거의 기억에서 벗어나지 못하거나 현실에 적응하지 못하고 일탈[30]적인 행동을 보이는 여성 주인공들에게서 드러난다. 무언가를 끊임없이 독백하거나 이야기하기 욕망[31]에 시달리는 이들은 과거의 기억을

---

27) 피터 브룩스, 『플롯 찾아 읽기』, 박혜란 옮김, 강, 2011, 35쪽.

28) 브룩스는 프로이트의 반복은 회상의 형식이며, 의식 있는 정신의 재기억이 억압에 의해 차단당할 때 작용하게 된다고 설명했다. 이러한 반복은 무의식적인 결정의 요소들을 소급해가는 상징적 활동이며, 욕망의 전진 추동에 포함되고 의미화 사슬 안에서의 욕망의 작용을 통해 알려진다는 점에서 발전적이지만 소급이라는 점에서 퇴행적이라고 보았다. 즉 "기억, 반복, 재연"은 우리가 시간을 상실하지 않으려는 즉 시간을 재생하는 방식이며 이것이 바로 내러티브의 역할이라고 보았다.(피터 브룩스, 위의 책, 177~198쪽)

29) 김윤식에 따르면 오정희 소설의 참주제는 '회상'이고 루카치의 '창조적 기억'과 벤야민의 '회상'이 곧 그녀의 창조적 기억에 해당한다고 보았으며 오정희 소설은 '회상의 형식'이라고 밝혔다.(김윤식, 『김윤식 평론 문학선』, 문학사상사, 1991)

30) 문학작품 속에 형상화된 일탈적 인물 혹은 행위의 이면에 대해서 김현은 제도의 일탈과 거기에 연유하는 광기는 도피라기보다는 그 제도에 비판적 의미가 크다고 보았다. 즉 진정한 광기 속에는 그것을 야기시킨 사회에 대한 날카로운 비판의식 더불어 긍정을 전제로 한 부정 의식이 반드시 내재해있다는 것이다. 때문에 그것은 일상적의 삶이 지니고있는 허위성을 날카롭게 드러내는 동시에 삶을 가능하게 한 세계를 변혁하겠다는 의도를 은연중에 보여주는 것이라고 설명했다. (김현, 「일탈과 콤플렉스에서의 해방」, 『사회와 윤리』, 일지사, 1974, 273~274쪽)

재현하며 무의식으로 퇴거되었던 말을 불러들여 이야기하기를 통해 억압된 욕망을 표출하고 있다.

「봄날」의 '나'는 자신을 버리고 떠난 남자의 아이를 다섯 달 동안 뱃속에서 키우다 '더러운 종양을 제거하'듯 용감하게 지운다. 하지만 여러 해가 지난 지금도 나는 아이의 망령에 시달리고 있다. '태아 살해'라는 과거의 기억으로부터 자유롭지 못해 쉼 없이 콜라를 마시지만 여전히 갈증은 해소되지 않는다. 이것은 단순히 육체적 갈증이라기보다 결코 풀리거나 해결될 수 없는 심리적 갈증이기 때문이다. 이러한 상실과 결여의 공간에서 매일 반복되는 일상의 깊은 무력감은 남편의 고향 후배가 집을 방문하게 됨으로써 갑자기 적극적이고 돌발적인 '이야기하기' 행동으로 바뀌게 된다. 말을 건넬 대상의 부재에 목말랐던 '나'는 억눌려 있던 발화의 대상을 찾으면서 자신의 무의식에 갇혀 있던 말들의 출구를 찾게 된 것이다.

> **생각지도 않던 말이 입에서 술술 풀려나왔다. 나 자신 거짓말을 하고 있다는 생각이 전혀 없었다.** 말을 하고 있는 사이 승우가 정말 근방의 이발소에서 머리를 감고 있거나 신문을 뒤적이고 있는 듯 생각되었다.
>
> ─「봄날」

이야기하기 욕망은 "생각지도 않던 말이 술술 풀려" 나 자신이 거짓말을 하고 있다는 것을 인식하지 못할 만큼 적극적이면서 과감하다. 출

---

31) 욕망은 결말과 충족에 대한 소망이지만, 충족은 지연되어야 하며 그래서 근원과 욕망 자체와 관련하여 이해할 수 있어야 한다. 세헤라자드의 이야기하기는 스스로를 이야기의 주인공으로 제시하는데 이는 곧 독서를 통해 독자의 욕망으로 이어져야 함을 의미한다고 보았다. (브룩스, 앞의 책, 178쪽)

근할 필요가 없는 일요일도 여느 때와 다름없이 급히 외출하는 남편은 종종 몸을 가누지 못할 만큼 술에 취해서 '걸레처럼 구겨져' 들어온다. 이러한 남편에 대해 거짓된 이야기를 계속 만들어내고 있는 '나'의 욕망은 채워지지도 채워질 수도 없다. 때문에 나는 이 상실과 결여의 공간에서 벗어나려고도 하지 않으며 또한 벗어날 수 없다는 것을 안다.

　억압되거나 의도적으로 망각한 기억들은 심리적 갈등의 주요 원인으로, 해소되지 않은 채 남아 지속적으로 신경증적 모습으로 표출된다. 이 감정은 어떤 경로를 통해서든 표현되어야 하는 원초적인 동기인데, 만약 그러한 감정 표현이 억압되면 다른 통로를 통해 더 과격하게 드러난다.32) '우린 늘 콜라를 마신답니다. 이게 없으면 둘 다 견디질 못'한다고 나는 나 자신과 후배에게 말한다. '나'는 과거의 고통스러운 기억으로부터 스스로를 방어하기 위해 상상의 시나리오를 만들어내면서 저항의 문학적 공간 속에 존재하려고 한다. 이러한 이야기하기 욕망은 여성 주인공이 상실과 결여의 헤테로토피아에서 자신의 욕망을 드러내는 방식이며 외부현실로부터 그 자신을 보호하려는 욕구이기도 하다.

　　인조 대리석의 복도에서 새어나오는 불빛으로 번들거려라. 하늘이 새까맣다. 불빛에 검게 아른거리는 복도는 먼지 한 알 없이 청결해 보여서 위축감을 느꼈다. 무거운 가방을 멀찌감치 동댕이치고 그 위에서 뒹굴고 싶다는 생각을 했다. 뻣뻣한 스커트를 허리께까지 훌쩍 걷어 올리고 그대로 선채 오줌을 누고 싶다는 충동을 느꼈다.
　　창가에 놓인 책상 서랍부터 휘젓기 시작했다. 방석이 잡히는 곳도, 필통이 잡히는 곳도 있다. 필통을 열어 안의 것을 가방에 넣었다. **(중략) 나는 갑자기 이야기가 하고 싶어졌다.** 사람들이 모두 돌아가

---

32) 프로이트, 임홍빈·홍혜경 역, 「증상들의 의미」, 『정신분석강의』, 열린책들, 2003, 350~371쪽.

버린 **어두운 교실에서 눈뜨는 나의 세계와 저녁마다의 이러한 작업으로 나는 오뚝이를 사 모은다는 이야기를, 그리고 그 장난감 가게의 두 다리를 못쓰는 여인의 이야기를 하고 싶었다.**

— 「완구점 여인」

어렸을 적 일을 회상하고 있는 주인공 나는 학교에서 매일 물건을 훔친다. 학교는 어른과 사회에 대한 반(反)공간으로 주체들에게 통제와 질서를 강요한다. 청결하고 단정한 '인조 대리석 복도'에서 '그대로 선 채로 오줌을 누고 싶다'고 생각하는 '나'는 빈 복도를 걸어 나오면서 불안과 공포를 동시에 느낀다. 힘과 권력의 질서에 의해 완성되고 시간의 흐름에 따라 주체를 통제하고 길들이는 '학교'는 규율과 권력의 헤테로토피아적 장소이다. 이러한 규율적인 공간에서 위축된 주체들의 고독과 외로움과 같은 상실감은 더 클 수밖에 없으며 그것에 대한 반감과 억압이 주체의 내면에 자리하게 된다. '무덤 속' 같은 교실은 질서를 상징하는 공적 공간으로 이 질서를 파괴하고 싶은 나는 방과 후 교실에 아무도 없는 것을 확인하고 돈을 훔치며 그 돈으로 '오뚝이'를 사 모은다.

'나'는 죽은 동생처럼 두 다리를 못 쓰고 휠체어를 타고 다니는 완구점 여인에게 자신의 모든 것을 이야기하고 싶어한다. 동생의 환상에 사로잡혀 있던 나는 완구점 여인과 자주 만나면서 동성애를 나누게 된다. '나'의 도벽과 두 다리를 못 쓰는 '여인의 이야기'는 서로 어떤 동질성을 지닌다. 그들은 모두 죄의식으로 자신의 내면을 들추어내거나, 스스로의 환부를 들여다보며 자기 자신의 과거와 치열하게 싸우는 이들이다. 완구점 여인에게 끝없이 이야기하고 싶어하는 이러한 욕망은 자신의 치부와 비밀을 누설함으로써 상징적 질서계에 저항하려는 태도이다. 아버지의 질서를 거부하며 그것을 누설하고자 하는 '이야기하기'는 상

징적 질서를 교란하는 저항의 문학적 공간을 형성한다. 이러한 여성 주
인공들이 왜 그렇게밖에 말할 수 없는가에 대해 크레스테바는 언제나
거기에 있었던 언어를 전제로 하지만 그것조차 거부하고 교란하는 '언
어'를 통해 여성은 자신의 경험과 무의식을 표출하고 상징적 질서를 부
인하는 동시에 그것에 대항한다고 하였다.

> 때때로 나는 여인의 꿈을 꾸었다. 발가벗은 그녀를 팔 가득히 안
> 고 있는 꿈이었다. 그러나 깨고 난 다음 다시금 고개 드는 관능과 혐
> 오는 견디기 어려운 것이었다. (중략)
> 날 밤, 나는 죽은 동생의 꿈을 꾸었고 그 후 밤마다 완구점에 들러
> 오뚝이들을 사 모았다. 그것은 춥고 황량한 나의 내부에 한 개씩 한
> 개씩 차례로 등불을 밝히는 작업과도 같은 의미를 가지고 있었다.
> 때때로 나는 나의 속에서 끊임없이 지어지는 고치를 딱딱하게 감각
> 했다. 그것들은 혹처럼 무겁게 가슴속에 자리하고 있었으나, 동그란
> 오뚝이를 손에 쥘 때 오뚝이의 빨간 막과 그 껍질이 부딪치는 소리
> 를 느낄 수 있었다. **두 다리를 못쓰는 여인과 갖가지 장난감들이 빚**
> **어내는 괴괴한 흔들림 속에서 위축되기 쉬운 나의 감정들은 위안을**
> **받는 것이다.**
>
> ─「완구점 여인」

완구점 여인에게 느끼는 동성애적인 감정과 행동에 대해 나는 끊임
없이 이야기한다. '나'의 정체성을 찾으려는 의도가 비정상적인 모습으
로 드러난다고 볼 수도 있지만, 이것은 다분히 전략적인 메타포[33]로 읽
히기도 한다. 즉 동성애는 정상적인 제도권에 대한 도전으로서 금기시
되어온 성적 정체성에 대한 저항의 헤테로토피아적 특징이 잘 드러나

---

33) 박혜경, 「불모의 삶을 감싸 안은 비의적 문체의 힘」, 『작가세계』, 1995, 여름호,
116쪽.

고 있다.

『불의 강』에 여성 주인공들의 무의식에 자리잡은 죄의식의 기억들은 틈만 나면 불쑥불쑥 의식의 표면으로 떠올라 여성 주인공들을 괴롭힌다. 비정상적이고 탈규범적인 주체들의 회상적 욕망은 과거에 억압되고 은폐되었던 사건을 회귀·반복하며 강박적 '이야기하기'라는 독특한 양식을 만들어낸다. 따라서 이 '이야기하기'는 상징적 질서에 대한 반항이며 억압에 대한 폭로와 저항의 문학적 공간을 형성하고자 한다.

> 나는 결심했다. 아이를 죽여버리기로 작정한 순간 나는 이미 두 손에 피를 잔뜩 묻힌 듯 섬뜩한 느낌이 들었고 피를 흘리며 죽어가는 어린양의 모습을 본 듯하였다. 나는 그 일을 조용히 은밀하게 해치울 수 있었다.
> 하나님의 동산에는 아직 태어나지 않은 아이들의 혼이 꽃으로 가득 피어 있단다. 그 한 송이 한 송이의 꽃들이 머지않아 지상에 태어날 아이들의 영혼이지. 그런데 **심술궂고 늙은 마녀가 때때로 몰래 숨어들어가 꽃송이를 잘라 치마폭에 감춰 사라지곤 한 대나,** 그럼 시든 꽃들은 다시는 생명을 받지 못하게 되는 거야. **내 꽃도 거기 있니…… 내 꽃은 여기 있어. 늘 내가 가지고 다니니까 마녀가 훔쳐갈 순 없어.**
>
> —「번제」

위에서 여성 주인공은 자신의 낙태 경험을 이야기하고 있다. 어머니와 분리되기 싫어 아이를 죽이기로 결심한 나는 하나님의 권위나 사회적 질서로부터 철저히 분리되거나 또 다른 질서를 찾으려고 한다. 이러한 대안으로 주인공이 선택한 길이 어머니의 질서에서 절대적인 독립성을 확보하는 일이다. 여성 주인공은 어머니의 질서나 어머니와의 일체감에 절대적 우위를 두고 있으며, 그 과정과 방식에 대해 끊임없이 이야기하고 또 이야기한다. 이러한 발화의 독백적 형식은 상징적 질서 안에서 일어나는 갈등과 억압의 고리를 끊고 거기서 벗어나고자 하는 의도이다.

헤테로토피아라는 장소성은 언어의 모순이나 의미를 전복하며 기존의 언어에 대해 이질적이고 혼종적인 언어 차원을 구성한다. 여성 주인공의 '이야기하기'는 이성적이고 논리적인 것이 아니라 현실에서 회복되거나 실현될 수 없는 말들로 코라적 담화의 특징을 지닌다. 정신병자의 말들이 단적인 코라의 담화인데 이러한 담화는 전복적인 힘을 내재하고 있지만 상징계에 진입하기에는 일정한 모양과 질서를 갖지 못하는 무정형의 에너지이다. 가부장제 아래서 불순 시 되었던 모성이 '복귀'되면서, 아버지의 질서에 반항하고 교란하기 위해 새로운 언어가 조직되는 과정을 수반하게 되는데, 여성 주인공들의 독백적 이야기하기에는 대부분 이러한 코라적인 특성이 강하게 드러난다.

어머니가 손에 십자가를 쥐고 타계했을 때 오히려 어느 때보다도 나는 그녀와 굳게 결합되어 있었다. 살아 있는 자와 죽은 자 사이에서만 존재할 수 있는 절대적인 친화력이 생겨 있었다. 어머니와 나 사이에 개재하여 번득이던 물결을 한걸음에 뛰어넘어 단지 한 개의 알로 환원되어 **그녀의 자궁에 부착된 듯 편안한 느낌 속에서 나는 다시 떠나지 말자 떠나지 말자 다짐하고 있었다.** 나는 내 속에 또 다른 하나의 알을 기르고 있다는 사실을 인정할 수 없었다. 나는 결심했다. **아이를 죽여버리기로 작정한 순간 나는 이미 두 손에 피를 잔뜩 묻힌 듯 섬뜩한 느낌이 들었고 피를 흘리며 죽어가는 어린양의 모습을 본 듯하였다.** 나는 그 일을 조용히 은밀하게 해치울 수 있었다.

금기와 억압의 기억은 무의식 저편에 봉인되어 있다가 현실적 트라우마를 겪게 되면서 '억압'을 뚫고 되살아나 상징적인 질서에 대한 저항으로 자리하게 된다. 유동적이고 원초적인 수용체, 사회적 관계를 규정하는 상징적 법과 태아적 주체를 매개하는 수단으로서 크리스테바는 모성적 육체를 강조한다. 나는 어머니가 타계했을 때 '절대적인 친화력'과 함께 '한 개의 알로 환원되어 그녀의 '자궁'에 부착된 듯 편안한 느낌'을 갖게 되고 다시는 그런 어머니의 곁을 절대 떠나지 말자고 다짐하게 된다.34) 어머니의 질서와 그 독립성이 가장 확실하게 보장되는 곳이 바로 자궁이다. 어머니는 자궁으로서의 편안함과 순결 무구함의 세계이다. 이처럼 자궁은 모든 평화의 근원이자 상징이다. 그것은 남성과 여성의 이분법적 구도를 처음부터 부정한다. 이러한 여성의 욕망은 남성의 욕망과 분리되어 완전히 별개의 것으로 존재한다.

나는 의식 혹은 무의식적으로 어머니에게 집착하기도 하지만 또 끊임없이 거기서부터 탈출하려고 한다. 이러한 상실과 결여의 공간에서 '나'는 무언가를 끊임없이 이야기하고 싶어한다. 하지만 처음 잉태의 기미가 오자 '다시 어머니에게서 완벽하게 떨어져 나온 격렬한 충격'을 느끼게 되고 나는 태아 살해 욕망에 휩싸인다. 나는 어머니와의 합일을 추구하며 나의 아이를 '번제'의 제물로 바치게 된다. 어머니와 하나가 되고 싶은 욕망으로 태아를 제물로 바치지만 결국 '우리는 이미 신의 자식이 아니다'라는 깨달음으로 어머니와의 결별을 시도한다. 하지만 이미 태아는 죽었고 그 살해의 죄의식으로 어머니와의 결별 또한 온전하게 이루어지지 못한다. 그리하여 나는 정신병원에 갇히게 되고 아이

---

34) 이정희는 이러한 행동에 대해 '유아기로의 퇴행심리이자 일종의 죽음 충동'으로 보고 있다. (이정희, 「오정희·박완서 소설의 근대성과 젠더(Gender)의식 비교 연구」, 경희대학교 박사학위 논문, 2007, 57쪽.

를 죽인 죄의식의 환영에 시달리며 피가 묻은 손을 씻고 또 씻는다.

내 속에 어머니를 버리고 달아나던 날 밤의 자욱한 어둠이 급류
가 되어 밀려들어오고 그 너머 어디선가에 흰 목련들이 소리를 내며
터지고 있었다. **나를 이윽고 더 깊은 어둠으로 함몰시키고야 말 꽃
들이.** 남편이 돌아오지 않는 밤의 어지러운 꿈자리에서, 그리고 새
벽, 세숫물에 손을 담그다가 선뜩한 느낌에 진저리를 치며 아아, 나
는 여태껏 느낌으로만 살아왔구나, 라는 것이 날카로운 정으로 골을
쪼개듯 쨍하니 선명한 의식으로 다가들 때마다, **무언가 저질러버리
고 싶다는, 풀무처럼 단내를 풍기며 뜨겁게 달아오르는 타락에 대한
열망, 죄악에 대한 열망에 시달릴 때마다 어머니의 뼈에서 피어나던
목련**은 어둡고 민감하게 스멀대며 살아나곤 하였다.
—「목련초」

「목련초」에 등장하는 여성 주인공 '나'의 아버지는 '나'를 낳고 난 뒤
산욕을 앓던 끝에 앉은뱅이가 되고 그 몸에 신이 실려 무당이 된 어머
니를 버리고 새 여자를 맞는다. 불에 타 죽은 어머니의 구슬픈 원혼가
가 들려와 종종 당혹해하던 아버지와 의붓어머니는 드디어 밤에 도망
을 간다. 나는 어머니를 버렸다는 사실을 가슴에 담고 살 수밖에 없었
으며, 밤마다 어머니의 꿈을 꾸며 어머니의 뼈에서 피어나는 목련을 본
다. 나 또한 남편이 돌아오지 않는 밤이면 어머니를 떠올리며 그 어머
니가 된다. 어머니의 뼈에서 피어나던 목련은 이제 내 속에서도 피어난
다. '아무리 내가 밤마다 끝없는 절망과 추락과 비상을 거듭하여 거대
한 잠속으로 빠져든다 해도 내 속에서 피어나고 있는 목련을 죽일 수는
없'다는 것. 때문에 이것은 죄의식으로 남아 나의 피폐한 삶을 지배하
게 된다.

거기선 갈보 취급을 받았어요. 매일매일 나처럼 몸뚱이를 함부로 굴린 탓에 일생을 망친 처녀들이 수없이 드나들었어요. 난 애초부터 모성따위 없었고 낳을 생각도 없었는데 막상 애를 뺏기고 보니 원한 같은 게 생기더군요. **좋다, 너희들은 다 빼앗아갔지? 내게 남은 건 아무것도 없어, 이젠 내가 빼앗을 차례야, 하는 심정 말이에요. 정말 어쩌다 긁어낼 때를 놓쳤을 뿐인데도.**

―「미명」

거미 새끼는 어미 등을 파먹으며 산다지, 그래서 껍질만 남으면 혹 불어버린대. 그러니깐 거미는 눈에 띄는 대로 잡아 죽이렴. 거미 는 집요하게 쫓고 있는 이쪽의 시선을 느꼈음인지 심상찮은 입김을 느꼈음이지 때로 죽은 듯 다리를 사리고 멈추기도 한다.

―「불의 강」

「미명」과 「불의 강」에서 보이는 주인공의 말하기 또한 예측 불가능 하며, 유동적이고 때로는 돌발적이다. 사회의 상징 질서에서 배제된 여 성 주인공들은 그들에게 좌절을 안겨 주는 제도나 관습을 파괴하기 위해 자신이 견디어 온 폭력을 역기습하는 행동을 감행하게 된다. 여성 의 경우에는 어머니와의 관계에 상응할만한 관계나 상징 질서가 주어 지지 않기 때문에 어머니와의 분리가 더욱 어렵게 이루어지고 더 나아 가 스스로 어머니가 되거나 혹은 낙태를 하게 된다. 즉 모성 거부의 독 백적 말하기 역시 보수적인 가부장적 제도와 이데올로기를 거부하는 방식으로 완고하게 자리 잡고 있는 기성 질서에 대한 저항적 태도라고 볼 수 있다.

원형의 탁자 위에 있는 서너 알의 사과와 과반을 가로질러 놓인 **과도에 머물던 햇빛이 불현듯 야기시킨 권태가 과도의 무딘 날에서**

일곱가지로 번득이던 것을, 그것에서 느껴지던 살의를 설명해다오.
— 「번제」

일상의 구석구석에서 살의를 느낄 정도로 주인공들의 이야기하기는 억압된 증오와 파괴본능으로 가득 차 있다. 햇빛에 반짝이는 과도의 칼끝에서 생각한 번득이는 일곱 가지 살의에 대해 누군가에게 설명해 달라고 말하는 주인공의 독백적 말하기는 자신의 억압된 충동과 기존 질서에 대한 저항으로서의 문학적 공간이라 할 수 있다. 즉 현실의 도덕이나 신념에 의해 통제될 수 없는 무의식적 욕망은 의식적인 자아의 정체성이나 신념까지도 와해시킬 수 있는 잠재적인 힘으로 남아있게 된다. 모태의 공간인 자궁과 무질서한 에너지의 이질적이고 혼종적인 언어 공간인 코라는 주체와 타자의 경계에서 불안한 존재들 사이를 넘나든다. 그것은 욕동의 리듬이 존재하는 현실과 충동하며 상징계를 침범하거나 위협하고 또 변혁하려 한다. 이러한 코라의 주체는 말을 함으로써 스스로를 구성하고 또 스스로를 해체한다.

『불의 강』에 등장하는 여성 주인공들은 헤테로토피아적 공간에서 반항과 전복으로서의 회상적 이야기하기를 통해 기존 사회나 상징 질서의 억압에서 벗어나려는 해체와 저항적 태도를 보인다. 이러한 독백하기와 이야기하기 욕망은 기억을 재현하며 억압된 욕망을 이야기하기를 통해 표출하고 있다. 이 '이야기하기'는 상징적 질서에 대한 반항이며 억압에 대한 폭로와 저항의 태도로 비정상적이고 탈규범적인 주체들의 회상적 욕망을 통해 과거에 억압되고 은폐되었던 사건을 회귀·반복하며 독특한 서사의 문학적 공간을 만들어내고 있다.

*

　오정희 소설 『불의 강』에는 일탈과 혼종의 헤테로토피아에서 드러나는 여성 주인공들의 억압 충동과 강박 증상들이 과거 회상을 통한 이야기하기의 욕망으로 드러나고 있다. 오정희는 실제로 자신의 안과 밖에 있는 공간들의 끊임없는 삼투작용을 통해 한 줄의 문장을 쓴다고 했는데[35], 소설의 내·외적 공간은 그러한 것이 상호작용하는 장소이다.

　특히 『불의 강』에 드러나는 일탈과 저항으로서의 헤테로토피아를 살피는 것은 현실을 살아가는 여성 주체들이 직면한 한계와 가능성을 탐색하는 과정이기도 하다. 무엇보다 이들의 이야기하기 방식은 크리스테바의 '코라'적 담화의 특징을 지니는데, 이것은 우리가 정상이라고 말하는 삶의 이면에 감추어져 있거나 혹은 잠복해 있는 충동과 욕망들이 치밀하고 사실적으로 드러나는 부분이다.

　『불의 강』에 드러나는 혼자 있는 빈집이나 발전소, 요양원, 정신병원이나 학교 등은 일상적인 공간과 이질적인 공간이 혼재하며 모든 장소의 바깥에 있는 장소들[36]로 현실에 이의 제기를 하는 헤테로토피아이다. 이러한 장소에 거주하는 대부분의 인물들은 정신적 외상이나 억압되어 있던 충동들을 왜곡된 성이나 강박의 모습으로 드러낸다. 밤마다 거리를 배회하거나 방화 충동에 시달리고(「불의 강」), 동성애에 빠지거나 (「완구점 여인」), 아이를 잉태할 때마다 낙태를 하며 (「봄날」, 「번제」), 환각이나 망상에 시달리기도 (「목련화」, 「직녀」) 한다. 이처럼 대부분 이들은 현실에 적응하지 못하고 욕구불만과 불안에 시달리며, 과

---

35) 우찬제, 『오정희 깊이 읽기』, 문학과 지성사, 2007, 29~30쪽.
36) 푸코의 공간 담론에는 세 가지의 공간이 존재한다. 일상적이고 정상적인 공간인 현실 공간과 한 사회 구성원들이 꿈꾸는 비실제적이고 비현실적 공간인 유토피아 그리고 여타의 공간들과 절대적으로 구분되는 헤테로토피아가 그것이다.

거의 기억에서 벗어나지 못하는 등 일탈적인 행동을 보인다.

특히 여성 주인공의 절망적인 자해(自害) 심리 즉 끊임없이 자기 파괴로 몰고 가는 상상적 욕망의 다양한 변주들[37]은 과거 기억의 회상 등과 같은 심리적 요인과 밀접하다. 그런 점에서 이들의 반복되는 일탈적 충동과 강박은 구체적으로 아물지 않은 과거의 상처를 억압한 데서 온 결과이다. 강박적으로 말을 하거나 말을 하고 싶어 하는 이들의 '이야기하기'는 상징 질서에 반항하거나 전복함으로써 언제든지 분출될 기회를 노리고 있는 코리적 담화의 특징을 지닌다. 실재와 환긱이 혼재해 있는 이질적인 공간에서의 회상은 억압되거나 은폐되었던 욕망을 강박적 '이야기하기'라는 위반과 전복의 문학적 공간을 통해 재현하고 있다.

그런 점에서 오정희의 작품세계가 차지하고 있는 영역은 매우 독특하고 의미가 깊다. 그는 현실을 살고 있는 존재의 내·외면적 비극을 살벌할 정도로 치열하게 사실화시킨다. 『불의 강』을 구성하고 있는 각 소설의 여성 주인공들의 심리와 행동들은 때로는 반사회적이고 비도덕적인데 인간의 욕망을 무서울 정도로 정직하고 사실적으로 형상화하고 있다. 또한 대부분의 텍스트에서는 인물들의 욕망이 해소되거나 사건이 해결되지 않으며 섣부른 미래 지향적인 결말 또한 보이지 않는다. 오히려 소설의 발단이 되었던 원인으로 다시 회귀하는 경향이 강하다. 그것은 현실의 부조리나 부정적 세계로부터 결코 벗어날 수 없다는 실존에 대한 근원적 통찰이다. 무엇보다 부정적 현실의 '삶'에 맞서 그 어느 것과도 화해하지 않음으로써 그 현실을 오롯이 버티고 있는 타자화된 여성들의 정체성과 내면화 방식을 보다 충실하게 보여주고 있다. 이러한 면모가 위반의 일탈적 공간으로서 저항의 문학적 공간을 생성해

---

37) 박혜경, 「신생을 꿈꾸는 불임의 성」 신판 해설, 『불의 강』, 2004, 257쪽.

내고 있는 헤테로토피아의 특징들을 비교적 명확하게 보여주는 근거
가 된다고 볼 수 있다.

4부

'잃어버린 자아'에서 '생명 연대'의 세계로

우리가 세계로 돌아가지 않는다면
공간은 생각할 수 없다.
　　　　　　　　　　－마르틴 하이데거, 『존재와 시간』

허수경 시의 '발굴의 유적지'와 '역'이라는 헤테로토피아는 반생태적 시대 현실에 이의를 제기하며 전쟁이나 근대의 폐해를 극복하려는 탈근대적 사유로서 생태적 상상력과 긴밀하게 연동되어 움직인다. 생태계의 모든 개체들이 각기 고유한 생명으로서의 가치와 존엄 그리고 생태 순환의 원리로써 윤리적 실천의 가능성을 두 헤테로토피아를 통해 살필 수 있다.

　　'발굴의 유적지'는 과거의 시간과 문화를 고스란히 기억하고 있는 헤테로토피아이다. 역사의 지층을 파헤치며 고대인들의 삶을 해독하는 일은 시간과 공간에 대한 새로운 사유이다. 그러므로 생명의 파멸을 의미하는 차가운 '청동의 시간'을 지나 땅속에서 생명을 키우는 '감자의 시간'은 생명 연대의 윤리적 실천을 모색하는 길이기도 하다. 또한 '역'은 내전과 종교 그리고 인종차별 등으로 목숨을 걸고 고국을 탈출한 난민들의 공연과 숙박의 장소로 국경 없는 연대의 헤테로토피아이다.

　　탈근대적 전망으로서 허수경 시에 드러나는 두 헤테로토피아는 생태적 상상력으로서의 공존과 상생 그리고 저항으로서의 생명 연대를 의미한다. 또한 허수경 시인이 스스로 생태적 삶을 살며 모국어로 한 편 한 편의 시를 쓴 것은 미학적과 실천적인 차원으로서의 생태 위기에 대한 고찰이며 현실에 대한 시적 대응이라 할 수 있을 것이다.

허수경 시의 헤테로토피아와 생태적 상상력

어떤 의미에서 인간이라는 종은
'살기/살아남기'의 당위를 자연 앞에서
상실했는지도 모르겠다. 그러나 이런 비관적인
세계 절망의 끝에 도사리고 있는 나지막한 희망,
그 희망을 그대에게 보낸다.
─허수경, 『청동의 시간, 감자의 시간』 시인의 말

*

허수경1)은 진주에서 태어나 「땡볕」외 4편의 시를 『실천문학』에 발

---

1) 허수경(1964~2018)은 경상대학교를 졸업하고 1987년 『실천문학』으로 등단하였다. 서울에서 방송국 스크립터 일을 하다가 1992년 독일로 건너갔다. 독일 마르부르크 대학에서 선사 고고학을 공부하였고 뮌스터 대학에서 고대동방문헌학으로 박사 학위를 받았다. 이후 연구원으로서 발굴과 연구를 해오며 작품을 꾸준하게 썼다. 시집으로 『슬픔만한 거름이 어디 있으랴』(실천문학사, 1998), 『혼자 가는 먼 집』(문학과지성사, 1992), 『내 영혼은 오래 되었으나』(창작과비평사, 2001), 『청동의 시간 감자의 시간』(문학과지성사, 2005), 『빌어먹을 차가운 심장』(문학동네, 2011), 『누구

표하면서 문단에 나왔다. 시와 소설 그리고 산문에 이르기까지 여러 방면으로 글을 쓴 그는 고통스러운 역사와 현실을 경험의 구체성과 풍부한 상상적 언어로 구성해내며 시의 새로운 감각적 깊이를 보여주었다. "내가 무엇을 하든 결국은 시로 가기 위한 길"이라고 했던 허수경은 1990년대와 2000년대를 대표하는 한국의 서정 시인으로 평가받고 있다.

1992년 독일로 건너가 근동 고고학을 공부한 허수경은 1년의 반 이상을 유적지의 발굴 현장에 있었다. 훼손되고 오염된 공간에서 마주한 이름 없는 주체들의 모습을 보며 그것은 오늘을 살고 있는 우리들의 먼 미래라고 하였다. 그는 전쟁과 인간 중심의 물질문명이 우선시되는 현실에서 삶의 주체로 자리할 수 없었던 그들의 결핍되고 절망적인 현실의 모습을 면밀하게 그려내었다. 이광호2)는 이러한 허수경의 시는 '진정한 기억'을 찾아가는 기억으로 모성적 여성성과 문명의 폭력성 그리고 인간 존재의 근원적 불행을 표현하는 은유 공간이라고 설명하였다.

이러한 공간은 하나의 사건이 일어나는 장소로써 수많은 기억들이 교차하는 현장이며 이 세계에 대한 주체의 사고가 구현되는 장소이다. 무엇보다 시 속의 장소는 주체가 사유하고 행동하는 물리적인 장소의 개념을 넘어 자아를 통해 재구성되는 심리적인 공간을 아우르는 개념이다. 즉 인간의 내적 세계를 반영하는 상징이며 은유로서 시대와 사회에 대한 시인의 현실 대응의식을 나타낸다. 이러한 공간과 장소는 인간이 자연과 관계하는 즉 자연을 바라보는 직관 형식이다.3) 그러므로 그

도 기억하지 않는 역에서』(문학과지성사, 2016)가 있다. 그리고 소설 『모래도시』(문학동네, 1996), 『아틀란티스야, 잘 가』(문학동네, 2011), 『박하』(문학동네, 2011)와 산문집 『길모퉁이 중국식당』(문학동네, 2003), 『모래도시를 찾아서』(현대문학, 2005), 『너 없이 걸었다』(난다, 2015) 등이 있다.
2) 이광호, 「그녀의 시는 오래 되었으나-허수경의 오래된 편지」, 『문학과 사회』, 2001.
3) 한자경, 「칸트에서의 자연과 인간」, 『인간과 자연』, 서광사, 1995, 115쪽.

것에 대한 이해는 인간의 자연 인식과 대응에 관한 생태의식과 긴밀하다고 할 수 있다.

인간의 삶은 기본적으로 자연을 비롯한 모든 생명들과 연결되어 있으며, 문학은 본질적으로 이 생태와 밀접하게 관련되어 있다. 우리 현실의 생태 문제는 전쟁과 질병, 재해와 기아 그리고 여러 인권 문제와 함께 이미 인류의 중요한 사안으로 대두된 지 오래이다. 이러한 문제는 과학 문명과 자본 그리고 물질주의에 중점을 둔 인간중심주의 사고나 삶에 그 원인을 두고 있다. 그것은 그동안 인간이 선택하고 누린 삶의 방식에 따른 필연적인 결과로서 인간은 생태위기의 가해자인 동시에 피해자의 위치에 서 있다. 때문에 이 생태위기 의식과 함께 그에 대한 해결책을 찾는 일은 현실의 가장 큰 화두 중의 하나이다.

허수경은 칠십년대, 대학교 사서였던 아버지가 도서관에서 일하는 동안 아버지의 친구가 일하시던 농과대학 과수밭에서 놀던 시절을 회고했다. 그때 아버지의 친구가 '인간이 자연을 개조하고 싶은 꿈을 가진다면 그것은 다만 자연과 인간을 더 아름답게 만드는 꿈이었으면 한다'던 말을 마음에 깊이 새겼다고 했다. 그 후 그는 생태계의 평형을 지향하는 세계 최초의 환경 정당이었던 '녹색당'을 지지하며, 한 평화주의자가 선언했던 '대안적 삶'을 응원한다[4]고 하였는데 이러한 모습들은 그가 시인이 되고 쓴 글들에 지속적으로 드러난다.[5]

---

4) 허수경, 「평화주의자」, 『길모퉁이 중국식당』, 문학동네, 2003, 87쪽.
5) 허수경은 자신과 뗄 수 없는 분신과도 같은 자연의 하나로 고향의 나무를 추억하며 그 나무처럼 살기를 기원한다고 했다. "내가 고향에서 살고 있을 때 나는 나무 한 그루를 사랑하였다. 그 나무는 세상 살기에 어눌했던 나의 아버지가 심으신 것이었다. 그 나무는 내가 초경이 시작되었을 때 붉은 도미 한 마리와 팥 한 되와 함께 내 가슴에 남아 있는 나무였다. 붉은 도미를 구워 팥밥을 먹으며 나는 이제 막 옮겨심기 끝난 나무를 보았는데 그 작은 잎사귀들은 아직 익숙하지 못한 우리집 작은 뜨

그동안 허수경의 연구는 전쟁 표상6), 모성성과 페미니즘7), 알레고리적 양상8) 그리고 귀향의식9) 등을 주제로 꾸준하게 논의되어 왔다. 무엇보다 허수경 시의 개성적인 면모 중의 하나는 자신만의 특정 공간에서 자아의식을 내밀하게 드러낸다는 것이다.10) 그러므로 그의 시에 드러나는 이러한 장소를 분석하는 것은 시인이 구현하려고 하는 의식의 근원을 확인하는 중요한 지점이다.

허수경 시에 근대적인 장소나 공간에 대한 의식을 극복하고 탈근대적 전망으로 기능하는 어떤 사유가 내재해 있다면 그것은 인간과 자연 그리고 문명에 대한 새로운 인식일 것이다. 따라서 본 연구는 허수경

락에서 흰 저녁을 저 혼자 수줍어하고 있었다. 그 나무는 나의 나무였다. 그리고 그것은 지금도 나의 나무이다"(허수경, 「고향과 나무」, 『네가 오후 네시에 온다면 나는 세시부터 행복해지기 시작할 거야—20대 젊은 시인들의 첫사랑』, 문학세계사, 1990, 215쪽.)

6) 이혜원, 「허수경 시에 나타난 전쟁 표상과 생명의식」, 『문학과 환경』 18, 문학과환경학회, 2019.

7) 김신정, 「소멸의 운명을 살아가는 여성의 노래 : 허수경과 김수영의 시」, 『실천문학』 64, 2001, 11, 246~269쪽; 오형엽, 「꿈의 빛깔들」, 『서정시학』 15, 2005. 3, 283~196쪽; 이경수, 「대지의 생산성과 가이아의 딸들」, 『신생』 32, 2007. 9, 148~175쪽; 정종민, 「한국 현대 페미니즘 시 연구」, 성균관대학교 박사학위논문, 2008; 이혜원, 「한국 여성시의 탈식민주의 페미니즘 연구」, 『여성문학연구』 41, 여성문학연구, 2017; 박지해, 「한국 현대 여성시에 나타난 모성성의 사적 전개 양상 연구」, 한국외국어대학교 박사학위 논문, 2017; 조연정, 「1990년대 젠더화된 문단에서 페미니즘하기:김정란과 허수경을 읽으며」, 『구보학보』 27, 구보학회, 2021.

8) 이은영, 「허수경 시에 나타난 알레고리의 양상」, 『여성문학연구』 45, 한국여성문학학회, 2018, 507~535쪽.

9) 이미예, 「허수경 시의 귀향(歸鄕)의식 연구」, 한국교원대학교 석사학위논문, 2017.

10) 방승호는 허수경이 삶에서 느끼고 체득한 감정들은 시적 공간을 통해 형상화하였으며, 고향은 자아를 유지시키는 의식의 원동력으로, 도시는 고향으로 되돌아갈 수 없는 자아의 상실의식을 드러내는 공간이며, 역은 존재론적 탐색의 공간으로 불행한 자아의 정체성 상실과 죽음의 공간으로서 그의 삶의 종착지로 보았다. (방승호, 「허수경 시의 공간 양상과 내면의식」, 『현대문학이론연구』 77, 2019, 106~129쪽)

시에 드러나는 '발굴의 유적지' 그리고 '역'이라는 장소의 헤테로토피아를 통해 드러나는 생태적 상상력에 주목하였다. 허수경 시의 생태적 상상력은 근대적 공간의 이분법으로부터 벗어난 혼종적인 탈질서의 헤테로토피아를 통해 고찰할 때 반생태적 현실에 이의를 제기하며 새로운 반성으로서의 생태적 전망을 보다 면밀하게 고찰할 수 있을 것이다.

1) 탈근대성으로서의 헤테로토피아와 생태적 상상력

허수경 시에 드러나는 헤테로토피아는 '유적지'와 '역'이라는 헤테로토피아는 실질적인 체험의 장소이자 하나의 이념의 공간으로 시대 현실에 이의를 제기하는 장소이다.[11] 이 헤테로토피아는 개인의 삶과 시간의 축척 그리고 우리의 역사가 드러나는 공간이자 장소로서 현실에서 겪는 물리적인 공간뿐 아니라 상상의 공간 그리고 이 두 공간을 합친 제삼의 공간을 모두 포함한다.[12] 그러므로 유토피아의 이상적 관념을 실존하는 공간에 반영하여 확장하고 실천하는 장소이다. 하지만 단순히 유토피아를 지향하려는 것에 머무르지 않고 다양한 서사와 구조

---

11) 허수경 시에 드러나는 '발굴의 유적지'와 '역'은 그가 고고학을 하면서 생활했던 일상의 장소이자 부정적 현실에 직면한 자아의 불안한 내면을 드러내는 심리적 공간이기도 하다. '유적지'는 소설 『모래도시를 찾아서』와 시집 『빌어먹을 차가운 심장』과 『청동의 시간 감자의 시간』에 주로 배경이 되었던 장소이다. 또한 '역'은 「기차가 들어오는 걸 물끄러미 지켜보던 11월」, 「기차역에 서서」, 「기차역 앞 국 실은 차」, 「빙하기의 역」 등을 비롯한 여러 시에 드러나는 장소이다. 무엇보다 마지막 시집의 제목인 '누구도 기억하지 않는 역에서'처럼 이 '역'은 허수경 시세계 전체를 상징적으로 드러내는 장소이기도 하다.

12) 구연정, 「상상과 실재 사이 "헤테로토피아로서 베를린—발터 벤야민의 「1990년경 베를린의 유년 시절에 나타난 도시공간을 중심으로」, 『카프카연구』 29집, 한국카프카학회, 2014, 125쪽.

를 통해 하나로 정의로 규정되지 않는 복수의 공간들이다. 따라서 헤테로토피아는 유토피아를 다양한 방식으로 재현하며 그것을 현실에 구현하는 장소라고 할 수 있다.

장소와 공간은 인간 인식의 틀을 규정한다는 점에서 인식의 기본 범주에 속한다. 시인은 그의 경험을 통하여 구체적인 장소를 시 속에 구현해 내며 자신의 내면과 체험을 시에 형상화한다. 그러므로 특정 장소가 시 속에 형상화된다는 것은 시인의 의식 혹은 무의식이 함께 작동되며 현실 세계에 대한 이해와 관계들을 질서화하며 자신의 세계 인식을 드러내는 것이기도 하다.

그런 측면에서 생태적 상상력은 근대를 넘는 탈근대론으로써 새로운 시간과 공간 창출이 요구되는데, 그것을 실현하지 못하는 한 근대를 뛰어넘는 대안의 상상력이 될 수 없을 것이다. 허수경 시의 탈근대성으로서의 생태적 사유는 인간과 인간, 인간과 자연 그리고 인간과 우주에 대한 새로운 인식과 관계의 방법론을 모색하고 있다. 이 생태적 상상력은 근대 문명의 이분법인 중심과 주변, 보편과 특수를 거부한다는 측면에서 헤테로토피아와 일정 부분 그 특성을 같이한다. 그러므로 허수경 시에서 암울한 생태 위기의 현실에 대한 절망과 반성으로 '다른 공간'이자 '혼종적 장소'인 헤테로토피아에서 드러나는 생태적 시선의 모색은 부정적 현실에서 어떤 윤리를 만드는 것[13] 이기도 하다.

---

13) 자크 랑시에르는 이러한 윤리는 기존의 질서나 규범이 사실 속에서 해체되는 것을 의미하며, 담론이나 실천의 모든 형태들을 구분하지 않는 것으로 동일한 관점으로 식별하는 것이라고 보았다. 그리하여 체류(滯留)에 알맞은 삶의 방식을 '에토스(ethos)'라 명명하였다. 그에 따르면 누군가가 윤리를 가진다는 것은 자신의 환경과 존재 방식에 따라 어떤 행동을 추구하게 된다는 것이다. 즉 그는 기존의 규범 질서에 저항하며 자신의 감각으로 새로운 삶의 방식을 사는 일이 윤리라고 밝혔다. (자크 랑시에르, 『미학 안의 불편함』, 주형일 옮김, 인간사랑, 2008, 172~173쪽.)

따라서 인간과 생명 그리고 사물과의 상호연관성에 대한 사유이자 '존재의 존재다움'과 같은 평등의식에 기반한 생태적 상상력은 현실에 이의를 제기하는 헤테로토피아를 통해 고찰할 때 피상적인 이해를 넘어 구체적인 반성으로서의 대안적 활로를 모색할 수 있으며 그가 추구하려는 시적 윤리를 보다 면밀하게 살필 수 있다.

1990년대 중반 이후, 이 '생태'가 한국 문학에 본격적으로 대두되면서 위축되었던 문학의 위상을 재고할 수 있는 계기가 되었다.[14] 생태주의 담론이 근대 서구 문명의 근간인 주체에 대한 세계관을 부정하며 새로운 대안의 세계를 모색하고자 했다면 생태 문학은 이 담론의 실천적

---

[14] 1960~70년대 생태문학이 환경오염과 그 위험에 대한 메시지를 전했다면 1990년대 이후 본격적인 논의가 전개되며 보다 폭넓은 인식과 가능성을 보여주었지만 2000대 이후에는 대부분 생태문학의 한계점에 대한 논의로만 반복되고 있는 실정이다.

이 생태문학에 대해 1990년 중후반 김욱동은 미국 조셉 미커가 쓴 '문학 생태학'이라는 용어를 받아들이고 문학이 생태의식을 제기하고 그것을 극복하기 위해 어떤 방법을 모색하는 것은 문학의 어떤 본질적 가치 때문이라고 보았다. 이은봉 또한 이 생태문학은 김지하의 생명사상 그리고 최열 등을 중심으로 펼쳐진 환경운동연합에 주목하였다. 이 외에도 신덕룡의 『환경위기와 생태학적 상상력』(실천문학사, 1999) 등이 문학에 대한 생태학적 사유의 논의를 본격적으로 보여주었다고 할 수 있다. 그리고 '생태'와 관련된 용어의 문제는 생태문학의 성격이나 범주와 관련되어 중요하게 논의되어야 하는 부분이기도 하다. 그동안 환경문학, 문학 생태학, 녹색 문학, 환경문학, 생명문학 등의 용어들이 대두되었고 그것이 혼용되어 사용되다가 2000년대 이후 생태문학 혹은 생태시라는 용어가 보편적으로 사용되었다.(이은봉, 「생태시 논의의 몇 가지 쟁점」, 『시작』, 2004, 여름호)

이러한 생태 문학의 최근 활약이 비교적 약해진 데 대해 이혜원은 생태문학은 이론적으로나 미학적으로 새로운 면모를 보여주지 못하고 있으며 문학이 자연이나 인간의 관계를 이해하고 생명의 지속성을 모색하는데 기여해야 한다는 당위성만으로는 그것의 관심을 지속하기 어렵다고 보았다. 무엇보다 현실의 새로운 변화와 함께 인간과 자연이 가지는 긴밀한 관련성을 보다 면밀하게 탐색해야 한다고 보았다. 그럴 때 이 생태 환경의 급격한 변화에 공감할 수 있는 생태문학을 견지해 나갈 수 있다고 말한다. (이혜원, 「이문재 시에 나타난 생태의식」, 『문학과환경』 16, 문학과환경학회, 2017, 155쪽)

운동성을 근간으로 이를 미적으로 형상화하려는 장르이다.[15] 그런 점에서 생태는 현상에 대한 문제에서부터 세계관에 이르기까지 광범위한 고찰을 요구한다. 특히 현대시는 근대 문명에 대한 성찰과 비판 그리고 인간중심주의에 대한 부정과 반성을 기반으로 이 생태의 가치와 질서 그리고 미학을 재발견하고 확산하고 있다. 그것은 인류와 문명 그리고 생명에 대하여 문학으로서의 존재 의의를 되찾는 것으로 모든 생명체가 하나의 공동체적 질서원리를 형성하고 그것이 나아가야 할 방향을 모색하는 것이기도 하다.

무엇보다 이 '생태적 상상력'은 생태비평에서 오랫동안 논의되어 온 개념으로 인간과 자연을 비롯한 모든 존재의 관계 맺음에 대한 윤리적 질문에서 출발한다.[16] 그것은 개별 존재의 개체성과 고유성을 넘어 세계 안에 사는 다양한 존재들과 관계하고 소통하는 방식을 심화·확장하는 사유의 전환을 의미한다. 또한 인간과 문명에 대한 무조건적인 부정만이 활로가 아님을 오히려 인간과 모든 존재와의 밀접한 상호 관련성을 섬세하게 이해함으로써 상생의 가능성을 탐색하는 것이다. 그러므로 생태적 상상력에는 장소와 시선의 문제, 시간과 공간의식, 주체와 타자 그리고 여성성과 제국주의에 대한 저항 등 다양한 시선들이 포함되어 있다고 볼 수 있다.

허수경 시에 드러나는 '유적지'와 '역'은 수많은 동굴이나 무덤 등 고대 유물의 발굴지를 찾아 떠돌며 경유한 삶의 현장으로서 생태적 체험의 장소이자 상상과 이념의 시적 공간이다. 과거의 시간과 문화를 고스란히 기억하고 있는 '유적지'에서 역사의 지층을 파헤치며 고대인들의

---

15) 장은영, 「탈제국적 담론으로서의 생태시학 : 이문재론」, 『高凰論集』 38, 경희대학교대학원원우회, 2006, 108쪽.
16) 박이문, 『문명의 미래와 생태학적 세계관』, 당대, 1997, 78~80쪽.

삶을 해독하는 일은 시간과 공간에 대한 새로운 사유를 의미한다.[17] 또한 자발적인 이방인이 되어 이름 없는 수많은 '역'을 전전하며 디아스포라적인 삶을 살았던 그는 인류의 모든 문명과 생태를 바라보는 시선을 전 지구적으로 확장하며 평화적 연대와 윤리적 실천을 모색하였다.

이처럼 '유적지'와 '역'이라는 두 헤테로토피아에는 반생태적 현실에 이의를 제기하며 생물학적·문화적 다양성으로서의 윤리적 시선이 두드러진다. 허수경 시에서는 그것이 타인의 아픔과 죽음에 대한 애도 그리고 난민에 대한 연대의 시선과 연결된다. 생태계의 모든 개체들이 각기 고유한 생명으로서의 가치와 존엄 그리고 생태 순환의 원리로써 윤리적 실천의 가능성을 허수경 시의 헤테로토피아에서 발견할 수 있을 것이다.

2) 폐허의 '유적지' - 전쟁과 죽음으로부터 생명을 키우는 '감자의 시간'

허수경은 고향 진주를 떠나 서울로 서울에서 다시 독일로 떠나는 두 번의 큰 이향(離鄕)을 거친다. 자신이 태어나고 자란 고국으로부터 더 많은 사람들의 시간과 장소를 향해 떠난 점은 한 사람의 생애에서 특기할 만한 부분이다. 무엇보다 그가 창작했던 장소를 되짚어 보면 첫 시집『슬픔만한 거름이 어디있으랴』와 두 번째 시집『혼자 가는 먼 집』은 고향을 비롯한 서울에서 세 번째 시집부터는 고고학을 연구하기 위

---

17) 김경복은 생태시의 시간의식은 모더니즘이 갖는 직선적이고 계량적인 시간 의식에서 벗어나 모든 생명이 교감하고 상호작용하는 자연적 시간을 의미하며 이는 생태 위기에 대한 새로운 미학적 웅전으로서의 역사성을 띤다고 보았다.(김경복, 「생태시에 나타난 시간 의식의 의미」,『문창어문논집』39, 문창어문학회, 2002, 172쪽)

해 떠난 독일인데 이러한 장소의 변화는 그의 시세계의 변모와 밀접하게 관련되어 있다.

특히 허수경은 독일에서 근동 지역에 있는 폐허의 유적지와 내전 중인 국가를 떠돌며 전쟁의 참상으로 인한 고통을 내면화하며 그것을 사실적이고 절박한 목소리로 시에 형상화하였다. 살인, 강간, 폭력 등이 난무한 전쟁은 인간의 존엄성을 해치는 부도덕한 행위이며 근본적인 비판이 필요하다고 보았던 것이다. 그리하여 전쟁이 파괴시킨 수많은 자연과 생명들 앞에 그 자신이 쓴 시를 '反전쟁시[18]라 이름하며 진쟁의 참상을 고통스럽게 드러내었는데, 이 시기부터 탈근대적이며 생태적인 시적 자아의 목소리가 더 선명하게 드러난다.

> 당신은 당신의 집으로 돌아갔고
> 돌아갈 집이 없는 나는
> 모두의 집을 찾아 나섭니다
>
> 밤별에는 집이 없어요
> 구름 무지개 꽃잎에는 우리의
> 집이 없어요 나는 아버지가 돌아간
> 집에는 살 수 없는 것
> 세월이 가슴에 깊은 웅덩이로 엉겨 있듯
> 당연한 것입니다

---

18) "나는 이 시집에 묶인 시들을 反전쟁시라고 부르고 싶다./ 내가 특별히 평화주의라서 그런 건 아니다/ 다만 이 시집에 묶인 많은 시들이 크고 작은,/ 가깝거나 먼 전쟁의 시기에 씌어졌기 때문이다./ 전쟁을 직접 겪지 않은 한 인간이 쓰는 反전쟁에 대한// 노래,/ 이 아리러니를 그냥 난,/ 우리 시대의 한 표정으로 고정시키고 싶었을 뿐" (허수경, 「시인의 말」, 『청동의 시간 감자의 시간』, 문학과지성사, 2005.)

전쟁을 겪어 불행한 세대가
전쟁을 겪지 않아 불행한 세대가
세월의 깃을 재우는 일조차 다른 것
그래서 나는 돌아갈 집이 없어요

배고픈 어미가 아이를 낳고 기르는
땅을 가로 질러
함께 일을 하고 밥을 먹고 함께 노래를 하고 꿈을 꾸고

아버지 나는 갑니다
모두의 집을 찾아 칼을 들고
눈을 재우며

　　　　　　　　　　－「아버지, 나는 돌아갈 집이 없어요」 전문

　"당신은 당신의 집으로 돌아갔고/ 돌아갈 집이 없는 나는/ 모두의 집을 찾아 나섭니다"라는 진술은 그런 점에서 의미심장하다. 즉 아버지를 여의고 나 자신이 다시 돌아갈 집이 없다는 것 그러므로 나와 가족의 테두리를 벗어나 "모두의 집"을 꿈꾸며 고향을 떠나려는 '나'의 언술. 그것은 나와 너 그리고 우리를 구별 짓는 것으로부터 그것을 해체하고자 하는 마음의 변화19)를 의미한다. 나아가 "전쟁을 겪은 불행한 세대와/ 전쟁을 겪지 않은 불행한 세대"간의 차이를 없애려는 것이며 "함께

───────────

19) 구르비치(Gurvitch)는 1894년 러시아 태생의 사회학자이자 법학자로 그는 장소의 정체성에서 세 가지 대립축을 설명하였다. 나(the I), 타자(the Other), 우리(the We)라는 대립되는 장소성의 축이 있는데, '나'는 주로 '우리'를 토대로 해야만 가능한 기호와 상징을 매개로 하여 타자와 의사소통을 하게 된다고 한다. 때문에 그는 '나'와 '타자'와 '우리'를 분리시키고자 하는 것은 의식 그 자체를 해체하거나 파괴하려는 욕망으로 본다. 또한 '우리'가 공유하는 토대는 불변하는 것이 아니라 그 강도나 깊이가 항상 변할 수 있다고 말한다. (에드워드 렐프, 김덕현 옮김, 『장소와 장소상실』, 논형, 2005, 131쪽)

일을 하고 밥을 먹고 함께 노래를 하고 꿈" 꿀 수 있는 세상을 찾겠다는 생태적 사유를 의미한다. 그러므로 허수경은 '단풍의, 손바닥, 은행의 두 갈래 그리고 합침 저 개망초의 시름과 '금방 울 것 같은 사내의 아름다움'(「혼자 가는 먼 집」)을 두고 독일로 떠난다. '고향을 떠나는 일은 많은 이들이 살아남기 위한 전략 가운데 하나'라고 언급하며 그는 '고향이 겪어내는 당대성을 같이 경험하지 못하는' 고충을 토로하기도 하였다.[20]

그 후 허수경은 독일에서 근동고고학을 공부하며 1년의 반 이상을 발굴 현장에 있었다. 뮌스터에서 시리아나 터키의 발굴 현장으로 떠돌았는데 그 현장에 있는 유적지들은 지난 시간과 역사를 간직한 또 다른 장소의 헤테로토피아이다. 그는 발굴의 경험을 작품화하며 훼손되고 황폐화된 공간에서 억눌린 삶을 살아간 주체들의 모습을 재현하였다. 그들의 결핍되고 절망적인 삶을 통해 부정적이고 은폐된 권력 구조를 드러내거나 물질문명이 우선시되는 현실 속에서 삶의 주체로 자리할 수 없었던 그들을 통해 역사와 세계의 숨겨진 이면을 제시하였다.

> 나는 어디에 있는지. 내 속에는, 많은 이들이 그렇게 적은 것처럼, 많은 타인들이 들어 있다. 그 타인들이 나의 얼굴을 만들고 있다. 나의 얼굴은 타인의 얼굴이다. 그 얼굴이 끔찍하지 않기를 바란다.[21]

> 가만히 내가 움직인 길을 살펴본다. 고향에서 서울로 서울에서 독일로 발굴을 하느라 시리아로 터키로 몸의 눈을 닫고 마음의 눈으로 나는 다양한 세계를 들여다보고 싶었다. 낯선 종교와 정치와 사람들 사이에 섞여 살면서 나라는 한 사람이 자연인으로 살아가는 방법을 배우고 싶었다. 한국인이라는 나와 나라는 나, 그 사이에 섬처

---

20) 허수경, 『그대는 할 말을 어디에 두고 왔는가』, 난다, 2018, 75~76쪽.
21) 허수경, 『모래 도시를 찾아서』, 현대문학, 2005, 100쪽.

럼 떠돌아다니던 시간들.

그러나 시를 쓰는 나는 한국어라는 바다에만 머물러 있었다.

어머니, 다른 식구, 그리고 벗들, 그들의 인내를 파먹고 살았던 독일 체류 기간 동안 나는 이제 더 이상 돌아가리라는 약속을 하지 않는 지혜를 배우고 있다. 내가 나를, 우리를 들여다보고 있는 곳, 그곳에서 나는 살아갈 것이다.[22]

시인의 말대로라면 "나"는 독일이나 무수한 발굴의 유적지에서도 언제나 낯선 타인으로 그들 속에 존재한다. 타인들의 얼굴이 나의 얼굴을 만들고, 나의 얼굴이 타인의 얼굴이라면 결국 나와 타인은 다르지 않다는 것이다.[23] 즉 한국인이든 독일인이든 혹은 수메르인과 이라크인이든 그들의 집단적 정체성에 상관없이 내가 "나"로서 존재하며 타인을 올바르게 이해하는 것이 진정한 타인과 나로 존재한다는 인식이다.

낯선 종교와 정치의 사람들 사이에 섞여 살면서 한 사람의 "자연인"으로 살고자 했던 허수경은 먼 타국에서 자신을 찾고, 자신을 넘고자 부단히 노력했지만 여전히 "한국어라는 바다에서만 머물고 있었음"을 뼈아프게 고백한다. 그것은 "내가 나를, 우리를 들여다보"는 법을 배우며 세계로 확장된 자아를 찾기 위한 부단한 노력에 다름 아닐 것이다. 그리하여 그는 고국과 타국의 구분 없이 자신이 살고 있는 그곳이 바로 자신이 살아야 할 곳이라는 깨달음으로 "더 이상 돌아가리라는 약속을 하지 않는 지혜를 배웠다"고 고백하였다.

---

22) 허수경, 「시인의 말」, 『내 영혼은 오래되었으나』, 창작과비평사, 2001, 109쪽.

23) 한지희는 허수경이 한국인이면서도 코즈모폴리탄적인 시인으로서 타인과 타인 집단을 위해 기꺼이 울어 줄 수 있었던 점을 한국의 인문학에 근거한 인인무간(人人無間)의 전통적 가치를 지향하고 있었기 때문으로 보았다. (한지희, 「셰이머스 히니와 故허수경의 고고학적 상상력 비교」, 『동서비교문학저널』 54, 한국동서비교문학학회, 2020.)

에이디 2002년 팔월 새벽 여섯 시 삽으로 정방형으로 땅을 자른다. 비씨 2000년경 토기 파편들, 돼지뼈, 염소뼈가 나오고 진흙으로 만든 개가 나오고 바퀴가 나오고 드디어는 한 모퉁이만 남은 다진 바닥이 나온다 발굴은 중단되고 청소가 시작된다 그 바닥은 얼마나 남았을까, 이미터 곱하기 일 미터? 높이를 재고 방위를 재고 바닥을 모눈종이에 그려 넣는다 이 미터 곱하기 일 미터의 비씨 2000년경. 사진을 찍고 난 뒤 바닥을 다시 삽으로 판다 한 삼십 센티 정도 밑으로 내려가자. (중략) 압둘라가 아침밥을 먹으러 간 사이 난, 참치 캔을 딴다. 누군가 이 참치 캔을 한 오백 년 뒤에 발굴하면 이 뒤엉킨 시간의 순서를 어떻게 잡을 것인가. 이 시간언덕을 어떻게 해독할 것인가

—「시간언덕」 전문

이름 없는 집단 무덤
해골 없이 다리뼈만 남아 있거나 마디가 다 잘린 손발을 가진 그
대들
해와 달이 다 집어먹어버린 곤죽의 살덩이들은
흙이 되어 가깝게 그대들의 뼈를 덮었는데
아직 흙에는 물기가 남아 있어
비닐봉지에 그대들을 담으면 송송 물이 맺힙니다
(중략)
그대들은 누구인지요 심장없는 별을 군복 깊숙이 넣고 사는
그대들은 누구인지요 저 초원에 사는 베두윈들이
별에 쫓겨 이 폐허로 들어와 실타래 같이 짠 치즈를 팔고
해에 쫓겨 헉헉거리다 잠시 하는 휴식시간,
설탕에 절인 살구를 치즈와 함께 목구멍으로 넘기는
이 점령지 폐허에서 그대를 발굴하는
이는 또 누구인지요

—「새벽 발굴」 부분

때문에 허수경은 발굴의 유적지를 더 열심히 찾아다녔다. 발굴 현장에서 역사의 지층을 파헤치며 고대인들의 삶을 해독하는 일은 시간과 공간에 대한 새로운 사유를 의미한다. 그 현장의 무덤들은 한 시대를 살았던 타자들의 유골과 그 시대의 문화를 고스란히 기억하고 있는 헤테로토피아이다. 그는 왕의 무덤이나 이름 없는 이들의 집단 살육으로 구덩이에 버려진 유골들을 통해 그 시대와 문화와 그들의 삶을 유추해 낸다. 설령 그것이 뒤엉킨 시간의 순서를 바로 잡으려는 모든 해석의 가능성을 말하는 것일지라도 발굴되지 않은 혹은 기록되지 못하고 인류의 역사 속으로 누락된 존재들의 모순들 앞에서 그가 해줄 수 있는 것은 그 모든 타자를 위해 애도하는 일이었을 것이다.

"그대"가 누구인지 혹은 "그대를 발굴하는" 나 또한 누구인지 말할 수 있는 사람은 없다. 다만 그대와 내가 똑같은 공간에서 똑같은 시간을 공유하고 있다는 것. 별과 해에게 쫓겨 다니다 잠시 휴식하는 시간, 설탕에 절인 살구와 치즈를 목구멍으로 넘기며 이 폐허의 헤테로토피아에서 서로를 마주하는 바로 그 순간이 그대의 얼굴이 내가 되고 나의 얼굴이 그대가 되는 시간이다. 그대는 주검으로 나는 이 삶으로서 함께 공존하고 있는 시간, 그 시간이 바로 시·공간을 초월한 생태적 상상의 순간들인 것이다.

> 내 영혼은 오래되었으나 장갑차에 아이들의 썩어가는 시체를 실
> 고 가는 군인의 나날에도 춤을 춘다 그러니까 내 영혼은 내 것이고
> 아이의 것이고 내 영혼은 오래되었으나
> —「내 영혼은 오래되었으나」 부분

날아가던 총알에 아이의 심장이 거꾸러져도

아무도 그 심장을 거두지 않던 오후여

얼굴에 먼지와 피를 뒤집어쓰고
총 쏘기를 멈추지 않던 노인이여
붉은 양귀비꽃이 뒤덮인 드넓은 들판이여
무너진 담벼락 사이로 터지던 지뢰여
종으로 팔려가서 영영 돌아오지 않던 소녀들이여
이 이상하게 빠른
이 가벼워서 낯설디낯선 시간이여

　　　　　　　　　　　　　　　　　　　－「카프카 날씨 2」 부분

　전쟁에서는 아이들이나 여성들 그리고 노인과 같은 약자들이 가장 많은 피해를 입는다. "날아가던 총알에 아이의 심장이 거꾸러져도" 아무도 거두지 않는 날들, 장갑차에 썩어가는 시체를 싣고 가는 군인의 나날과 무너진 담벼락 사이로 터지던 지뢰의 나날들은 모두 전쟁의 시간들이다. "검은 학살의 꿈"(「회색병원」)을 가진 그들은 남자와 여자, 군인과 민간인을 가리지 않고 무참히 공격한다. 더군다나 오래도록 지속되는 전쟁은 어린아이들조차 무서운 전장으로 내모는 비극적인 상황을 초래한다. 채 자라지도 않은 아이들이 총알받이로 죽어가는 참담한 모습은 전쟁의 공포 그 자체이며 오늘날 분쟁 지역의 실상을 그대로 대변하는 것이다.
　허수경은 여섯 권의 시집에서 한국전쟁과 빨치산의 소탕 그리고 일본과 미국의 제국주의 등 다양한 전쟁의 양상을 다루고 있다. 무엇보다 그는 근동지리 고고학에서 인류의 전쟁사의 문제에 대하여 포괄적이고 객관적인 시각을 확보하며 자국과 타국의 전쟁 문제를 지속적으로 거론하면서 전쟁은 '절대적 폭력'으로서 그 무엇으로도 정당화될 수 없다고 주장한다.

또한 인간 중심주의적이고 반생태적 사고가 가져온 자연 훼손의 문제는 「카라쿨양의 에세이」라는 장편 서사시에서도 제기하고 있다. 카라쿨양은 태어나자마자 어미를 잃은 어린양이다. 이 양들은 인간에 의해 '개량'되고 '사육화'되다가 결국 인간을 위해서 살육되고 인간의 욕망과 '폭력'에 희생되는 어린양들이다. 인간의 탐욕은 이처럼 많은 동식물의 살육뿐만 아니라 인간을 살해하고 식민화하는 폭력의 역사를 만들었다. 허수경은 이처럼 제국주의 문명과 권력의 폭력 아래 고통받는 자연과 인간 존재의 근원적 불행에 대해 끊임없이 질문을 던진다.

> 아이들 자라는 시간 청동으로 된 시간
> 차가운 시간 속 뜨겁게 자라는 군인들
>
> 아이들이 앉아 있는 땅속에서 감자는
> 아직 감자의 시간을 사네
>
> (중략)
> 언젠가 군인이 될 아이들은 스무 해 정도만 살 수 있는 고대인이지요, 옥수수를 심을걸 그랬어요 그랬더라면 아이들이 그 잎 아래로 절 숨길 수 있을 것을 아이들을 잡아먹느라 매일매일 부지런한 태양을 피할 수도 있을 것을
>
> 아이들을 향해 달려가는
> 저 푸른 마스크를 쓴 이는 누구의 어머니인가,
> 저 어머니들의 얼굴에 찍혀 있는 청동의 총,
> 저 아이를 끌고 가는 피곤한 얼굴의 사람들은

아이들의 어머니인가
원숭이 고기를 끓여 아이에게 주는 푸른 마스크의
어머니에게 제발 아이들의 안부 좀 전해주어요
아이들이 자라는 그 청동의 시간도, 그 뜨거운 군인이 될 시간도
—「물 좀 가져다 주어요」 부분

이 시에서 "청동의 시간"은 무기를 만들고 전쟁을 일으켜서 누군가를 죽이는 차가운 죽음의 시간이다. 그 시간 속에서 뜨겁게 자란 아이들은 스무 살이 되어 군인이 될 것이며 살아남기 위해 더 많은 폭력과 죽음을 받아들여야 한다. 전쟁은 이 세계 어디에서나 일어났고 언젠가 어디에서든 또 일어날 것이므로 청동 같은 차가운 시간은 현재를 살고 있는 누구에게도 예외가 될 수 없다. 하지만 그 "아이들이 앉아 있는" 땅속에서, 감자는 "감자의 시간"을 산다. 군인들이 지배하는 '청동의 시간' 속에서 감자는 생명을 품은 채 자신의 시간을 살며 견디고 있다.

무엇보다 달아오른 청동을 식혀주고 땅속의 감자알이 자라도록 하며 아이들이 흘리는 땀을 식혀줄 수 있는 것은 바로 "물"이다. "물 좀 가져다 주어요"라는 절박한 어머니의 말에는 전쟁의 광기를 식히고, 생명이 자라고 무르익을 수 있는 간절한 바람이 내재되어 있다. "푸른 마스크"를 쓰고 아이들을 향해 달려나가는 "어머니"들, 그들의 얼굴에도 "청동의 총"과 같은 전쟁의 낙인이 찍혀 있다. 전쟁터로 아이들을 보낸 어머니들의 안타까운 눈물과 한숨은 그들의 얼굴에 찍힌 총자국처럼 그 책임의 윤리로부터 자유로울 수 없기 때문이다.

이처럼 허수경은 폐허의 유적지와 분쟁 지역을 떠돌며 시·공간을 초월한 많은 전쟁과 죽음을 목격하였다. 그가 발굴 작업을 했던 근동 지역은 발굴의 무덤에서부터 아직도 내전 중인 곳이 많았다. 이러한 전

쟁은 생태를 파괴하는 가장 중요한 원인 중의 하나이고 때문에 그는 시공을 초월한 전쟁을 목격하며 그것을 극복하고 진정한 평화의 세계로 나아가기를 열망하였다. 그리하여 더 많은 옥수수를 심고 더 많은 감자를 키우며 모든 존재들이 평화롭게 공존할 수 있는 생명의 시간을 기원하였다. 자연과 사람들을 황폐화시킨 반생태적 현실이 전쟁을 상징하는 '청동의 시간'이라면 그와 반대로 생명의 씨를 품고 모든 존재가 서로 공생할 수 있는 생명의 시간이 '감자의 시간'인 것이다. 햇빛 아래서는 모든 욕망들이 노출되어 있다면, 땅속에 몸을 숨기고 보이지 않는 곳에서 생명을 키우기 위해 사투를 벌이는 감자의 시간은 전쟁의 폭력과 광기를 끌어안는 생명력[24]을 의미한다.

황량한 벌판이나 모래 언덕 아래에 잠들어 있는 미라와 수천 년 전의 가옥이나 도시들이 기억하고 있는 전쟁, 자국과 타국의 구분을 넘은 절대적 폭력의 세계인 '청동의 시간'을 지나 더 많은 씨앗들이 자랄 수 있는 땅속의 시간, 그 생명 희구의 '감자의 시간'을 위해 허수경은 생명의 평화적 연대와 윤리적 실천을 지속적으로 모색하였다.

3) '누구도 기억하지 않는 역' - 난민과 국경 없는 생명 연대

허수경의 시는 고향과 국가 그리고 역사를 포함해 전 세계에 흩어져 살아가는 동시대의 이산민이나 난민들처럼 타인에게조차 타인이 되어버린 그들의 상처를 감싸 안으며 비극적 슬픔을 함께 느낀다.[25] 그것은

---

24) 이경수, 앞의 논문, 148~175쪽.

25) 허수경은 자신이 넉넉한 집에서 태어나지 않아 가난을 알기에 가난한 이에게 먼저 눈이 간다고 했다. 특히 가난하나 어진 이들 그리고 가난 속에서도 스스로 가진 미학을 안고 가는 이들에게 감동 받는다고 하며, 그 자신이 쓴 시는 그들과 함께 지난

허수경 자신이 자발적인 이방인이 되어 발굴을 위해 수많은 지역을 떠돌며 디아스포라적 삶을 살았기 때문이기도 하다. 이러한 시선은 세계 곳곳의 인간과 동물 그리고 자연을 비롯한 모든 문명들이 서로 연결되어 있으며, 인류의 문화와 생태를 바라보는 자아의 시선이 전 지구적으로 확장됨을 의미한다. 무엇보다 마지막 시집인『누구도 기억하지 않는 역에서』는 전쟁과 식민지화로 고국을 떠날 수밖에 없는 난민이나 이민자의 현실적 고통에 대한 연민과 애도의 시선이 더 극적으로 드러나고 있다.

허수경은 동물들의 죽음이나 콜레라 그리고 페스트와 같이 인간과 자연 사이에 발생하는 많은 문제들은 인간들의 냉소와 이기심 때문이라 하였다. 그리하여 뜨거운 온기가 감돌아야 할 심장이 차가워져만 간다고 역설하였다. 때문에 그는 먼 이국땅 "글로벌이라는 새 고향"(『빌어먹을 차가운 심장』)에서 백석의 시를 읽으며 누구도 기억하지 않는 그 '역'이라는 헤테로토피아에서 이름 모르는 이들의 삶을 기억하며 계급과 성별 그리고 종교와 같은 현실의 경계들을 넘고자 하였다.

1
　가녀린 손가락을 가진 별 같은 독서의 시절은 왔다 세계를 읽다
보면 이건 슬픔으로 가득 찬 배고픔으로 억울한 난민의 역사 같아서
빛 속에서 나던 냄새를 맡으며 세계를 여행하는 저 어린 새들에게
아버지 아버지 날 버리세요 하면서 나는 눈을 감았다
　(중략)

시간 속에서의 동병상련이라고 말한다. (허수경,『가기 전에 쓰는 글들』, 앞의 책, 359쪽)

4

슬픔은 언제나 가늘게 떨린다 늙은 슬픔만큼이나 가늘게 떨면서
삭아내리는 것도 없다 아주 젊은 슬픔은 격렬하나 가늘게 떨리면서
새벽에 엎드려 있다가 해가 나오면 말라 죽는다 아주 오랫동안 슬픔
은 가을의 바다 장미처럼 오랫동안 말라가는 하늘 아래 서 있다. 팔
랑거리는 잠자리의 날개가 가늘게 공기의 핏줄을 건드리고 갈 때 지
는 장미의 그늘 아래 그렇게 조금은 나이가 더 든 슬픔이 쪼그려 있
다가 밥하러 들어갔다 남자의 비명이 아프리카에서 넘어들어왔다
해맑은 밥에 따뜻한 눈물 한 방울 어려 있다 누군가 나에게 건네주
는 난민의 일기장 같다

　　　　　　　　　　　　　　　　　　　　　－「슬픔의 난민」 부분

　이 시에서처럼 전쟁과 테러, 빈곤이나 기근 그리고 자연재해로 인한
난민들의 절박함이나 고통은 지금도 세계 곳곳에서 일어나는 현실의
문제이다. 그들은 이 삶의 장소 밖으로 밀려난 자들로 언제 어디에서나
낯선 타인으로 존재할 수밖에 없다. 지구 반대편 독일 땅에서 수많은
셰어하우스를 전전하며 폐허의 유적지를 떠돌았던 허수경은 학대받고
상처받는 난민들의 아픔을 같이 공감하고 거기에 더 깊이 천착하였다.

　내전과 종교 그리고 인종차별 등으로 목숨을 걸고 고국을 탈출하는
난민들은 신변조차 보호받지 못하고 전염병이나 기근과 같은 위험한
상황에 노출된다. 그들은 기차역이나 길거리에서 잠을 자거나 자선 단
체가 나눠 준 음식을 먹기도 하고 불법 노점상을 하지만 언제나 극심한
생활고에 시달릴 수밖에 없다. '월남에서 온 키 작은 남자'와 도시 전철
안에서 본 '전쟁을 피해온 가수'의 얼굴에서 '전태일'을 (「베를린에서
전태일을 보았다」) 떠올린다. 화려한 도시 속에서도 오래된 기억에 있
던 고국의 한 노동자와 현지 이주민이 "슬픔으로 가득찬 배고픔"의 얼
굴로 겹쳐지는데 그것은 그들의 어떤 절박함과 슬픔 때문일 것이다. 이

처럼 세계의 수많은 이주민과 난민들은 국경과 언어를 넘어 지하철역이나 철도역 앞에 모여 '서로에게 낯선 역사적인 존재들'(「루마니아어로 욕 얻어먹는 날에」)로 누군가가 쓴 '난민의 일기장'을 읽듯 서로를 응시하고 있다.

> 어둑한 그 거리에서
> 아낙이 단 하나의 빗도 팔지 못하던 그 거리에서,
> 어떤 독재보다 더 지독한 속수무책은
> 내 영혼의 구석구석까지 검열했고
> 더 이상 기다리는 것을 믿지 않는 것, 그대,
> 그대는 끝내 그곳에 오지 않고
> 지금 나는 사십이 되어 비오는 이방의 어둑한 기차역에 서서
> 오지 않는 기차를 기다리는데
> —「기차역」 부분

> 네가 들어갈 때 나는 나오고 나는 도시로 들어오고 너는 도시에서 나간다
> 너는 누구인가 내가 나올 때 들어가는 내가 들어올 때 나가는 너는 누구인가
>
> 우리는 그 도시에서 태어났지, 모든 도시의 어머니라는 그 도시에서 도시의 역전 앞에서 나는 태어났는데 너는 그때 죽었지 나는 자랐는데 너는 먼지가 되어 도시의 강변을 떠돌았지 그리고 그날이었어 전출문이 열리면서 네가 나오잖아 날 바라보지도 않고
>
> 나는 전철문을 나서면서 묻는다. 너는 누구인가 한 번도 보지 못한 너는 누구인가
> —「열린 전철문으로 들어간 너는 누구인가」 부분

허수경의 시에 많이 드러나고 있는 '역'이라는 플랫폼은 다양한 사람들의 연결과 확산이 시작되는 헤테로토피아이다. 특히 기차역은 '나'와 같은 난민들이 모였다가 또 어디론가 떠나는 장소이다. 허수경은 "빙하기의 역에서. 무언가, 언젠가, 있었던 자리의 얼음 위에서"(「빙하기의 역」)와 같이 가상의 역을 설정하기도 하고, "기원후 이천 삼 년 파리 동부역"(「기차역 앞 국 실은 차」)처럼 현실에 있는 구체적인 공간으로서의 '역'이 소환되기도 한다.

기차역으로 가는 길. 단 하나의 빗도 팔지 못한 아낙의 절망은 "영혼의 구석구석까지 검열"하며 그곳에서 '나'는 우두커니 서 있다. 그러므로 끝내 오지 않은 "그대"에 대한 기다림이 절망이 되고 비오는 "이방의 어둑한 기차역"에서 오늘도 나는 "오지 않는 기차"를 기다린다. 전철문을 나서면서 "너는 누구인가"라고 묻는 물음은 결국 우리의 실존에 대한 물음인 동시에 "너"를 곧 "나"로 대체해서 묻는 질문이기도 하다. "내가 들어갈 때 나가는 너"와 "나는 태어났지만 너는 그때 죽었"던 그 역은 만남과 헤어짐 그리고 미지의 절망과 희망으로 가는 기다림의 장소이다.

> 난 한때 시인들이 록가수였으면 했어
> 어쩔 수 없잖아 시인이 그 일을 하지 않으면
> 월 스트리트, 증권 판매상이 그 일을 하니?
> (중략)
>
> 저 많은 협곡을 돌아
> 저 많은 태풍을 뚫고 집에 돌아와
> 겨우 잠이 든 시인이

이세계가 멸망의 긴 길을 나설 때
마지막 연설을 인류에게 했으면 했어

인류!
사랑해
울지마! 하고

따뜻한 이마를 가진 계절을 한 번도 겪은 적 없었던 별처럼
나는 아직도 안개처럼 뜨건하지만 속은 차디찬 발을 하고 있는
당신에게 그냥 말해보는 거야

적혈구가 백혈구에게 사랑을 고백하던
삶이 죽음에게 사랑을 고백하던
그때처럼

차곡차곡 접혀진 고운 것들 사이로
폭력이 그들에게 사랑을 고백하던 것처럼
　　　　　　　－「삶이 죽음에게 사랑을 고백하던 그때처럼」 부분

오랜 시간이 지났다 그리고 우리는 만났다
얼어붙은 채
누구도 기억하지 않는 역에서
(중략)
인간이란 언제나 기별의 기척일 뿐이라서
누구에게든
누구를 위해서든
　　　　　　　　　　　　－「빙하기의 역」 부분

허수경이 꿈꾸었던 진정한 시인은 인간의 이기심과 폭력뿐 아니라

부조리한 세상의 현실에 대해 "록가수"처럼 자유롭게 비판하고 목청껏 부르짖을 수 있는 것이었다. 수많은 협곡을 돌아 저 많은 태풍을 뚫고 "집"에 돌아온 시인이 할 수 있는 말. "따뜻한 이마를 가진 계절을 한 번도 가져 본 적 없는 별"처럼 이 지구에서 고단한 하루하루를 살고 있는 그들에게 "적혈구가 백혈구에게 사랑을 고백"하는 것처럼 "인류/ 사랑해/ 울지마"라는 마지막 말을 전할 수 있길 간절히 바랐다.

과학 문명과 재해 그리고 전쟁 속에서 난민이 된 무수한 타자들 그러니 "당신의 발자욱마다 흩날리는 목련"같이 "바람 부는 한 생애"를 살고 있는 그대들을 기다리며, 나는 '속수무책'(「기차역」)으로 이름 없는 이 세상의 수많은 역에서 "당신"을 또 "당신들"을 기다릴 수밖에 없다.

이처럼 허수경 시의 '역'은 소외되거나 현실을 배회하는 수많은 자아와 타자의 비극을 인식하는 실존적 장소이다. 고향을 떠나 이방의 장소를 난민처럼 떠돌아다녔던 허수경이 인생과 시의 마지막 장소로 선택했던 '역'은 고향으로 돌아갈 수 없는 그들을 애도하고 연대하기를 희망했던 헤테로토피아적 장소이다. 그러므로 '어떤 대륙도 어떤 주인을 가지지 않았는데, 누구도 어떤 한 뼘의 땅의 주인이 될 수 없다'고 했던 그는 인간의 역사를 '이동의 역사'라 명명하며 그 모든 문명과 전쟁은 인간인 '우리에게 고개 숙이게' 해야 한다고 하였다.

허수경은 누구도 기억하지 않은 오래된 '역'에서 아직 돌아오지 않은 그 많은 것들을 기다리며 '불안하고/ 초조하고/ 황홀하고/ 외로운/ 이 나비 같은 시간들'(『그대는 할말을 어디에 두고 왔는가』) 속을 혼자 떠돌았다. 그리하여 현대 물질 문명의 현실과 인간의 욕망에 대한 날카로운 비판과 성찰로부터 인간과 자연 그리고 모든 생명이 국경 없는 평화로운 연대를 실현해 나아가기를 마지막까지 기원하였던 것이다.

근대는 새로운 시·공간의 의식을 설정하고 이를 계몽하면서 속도를 가속화시켰다. 생태적 상상력은 이러한 근대 문명의 속도에 저항하며 탈근대성으로서 근대성의 부정이라는 그늘을 성찰하기 위해 공간에 대한 새로운 사유를 필요로 한다. 그러므로 자연으로만 향해 있던 생태적 사유를 사회를 향해 열어야 하며 정치적, 사회적 실천의 가능성으로서 이 시대와 현실이 필요로 하는 궁극적 서정을 문제 삼아야 할 것이다.26)

그런 측면에서 이 글은 허수경 시에 드러나는 '발굴 유적지' 그리고 '역(驛)'이라는 헤테로토피아적 장소를 통해 전쟁이나 근대의 폐해를 극복하려는 탈근대적 사유로서의 생태적 상상력을 고찰하였다. 이 헤테로토피아는 중심과 주변, 보편과 특수라는 근대의 이분법에서 벗어나려는 장소로서 생태 현실에 이의를 제기한다. 허수경 시에 드러나는 헤테로토피아에는 현대 문명의 폭력성과 인간의 이기심에 대한 비판과 성찰로서의 생태적 시선이 비교적 명확하게 드러났다.

허수경이 고향 진주를 떠나 서울로, 서울에서 또다시 독일로 떠났던 것은 "모두의 집"을 찾으려는 글로벌적인 사유였다. 그는 한국인을 비롯한 세계인의 존재론적 고독이나 고향에 대한 끝없는 그리움으로 고대인들의 폐허 유적지를 오가며 타민족의 시간과 공간을 떠돌았다. 오래된 유적지와 분쟁 지역, 자국과 타국의 구분을 넘은 전쟁과 죽음의 '청동의 시간'을 지나 더 많은 생명들이 자랄 수 있고 땅속의 시간, 존재의 생명을 키우는 '감자의 시간'을 위해 생명 연대와 같은 윤리적 실천을 지속적으로 모색하였다.

또한 '역'은 소외되거나 현실을 배회하는 난민들과 이산 자들이 자신

---

26) 고인환, 「생태주의 문학 논의의 확장을 위하여」, 『시작』 2004, 여름호, 80~81쪽.

의 비극을 인식하는 실존적 장소이다. 고향을 떠나 이방의 장소를 난민처럼 떠돌아다녔던 허수경이 인생과 시의 마지막 장소로 선택했던 '역'은 고향으로 돌아갈 수 없는 그들을 애도하고 다 같이 연대하는 장소였다. 도시화와 현대 문명 그리고 전쟁 속에서 난민이 된 무수한 타자들을 애도하며 모든 생명들이 국경 없는 평화로운 연대를 꿈꾸며 미지의 새로운 절망과 희망을 기다렸던 곳이었다.

이처럼 허수경 시에 드러나는 '유적지'와 '역'이라는 헤테로토피아는 반생태적 현실에 이의를 제기하는 이종의 공간으로 생물적·문화적 다양성으로서의 생태적 사유가 두드러지게 드러나는 장소였다. 그러므로 탈근대적 전망으로써 허수경 시의 헤테로토피아에서 드러나는 생태적 상상력은 공존과 상생 그리고 저항으로서의 생명적 연대를 꿈꾸었던 허수경 시인의 시세계를 보다 폭넓게 이해하는 길일 것이다. 또한 허수경 시의 생태적 사유는 모든 존재들이 각기 고유한 생명으로서의 존엄과 가치를 되묻는 성찰을 제시했다는 점에서 그 의의가 크다.

이 생태위기에 대한 문학으로서의 시적 대응은 사실 어려운 과제이며 앞으로도 지속적으로 이어나가야 할 고민의 중의 하나이다. 그것은 미학적 차원의 문제뿐만 아니라 실천적 차원의 대응을 함께 요구하기 때문이다. 그런 점에서 허수경이 먼 타국에서 스스로 생태적 삶을 살며 모국어로 한 편 한 편의 시를 써나갔다는 점은 미학적인 차원과 실천적 차원으로서의 대응을 함께 극복해나갔다는 것인데 이것이 그의 시세계가 가지는 또 다른 의의이며 그가 마지막까지 전하고자 했던 간절한 메시지일 것이다.

트랜스로컬리티로서의 허수경 시의 '고향 - 타향 - 글로벌이라는 새고향'
으로 이어지는 장소의 변화는 그 스스로가 서발턴으로서의 말하기이며 동
시에 '몫 없는 자들'의 다양한 목소리를 시적으로 형상화한 것이다. 이것은
그의 시가 혼종의 다른 장소인 '고향'이라는 헤테로토피아의 변모를 통해 서
발턴들의 탈경계적 성격과 현실의 희망이나 절망과 같은 이중적 감정을 잘
드러내고 있기 때문이다.

　　허수경이 태어난 고향 '진주'는 힘없는 주체들의 슬픔이 대물림되는 공간
이자 부정의 장소였다. 세금을 내지 못한 '죄인'들과 전쟁이나 가부장제의
이중 억압으로 고통받는 농촌 여성들과 같은 서발턴들이 반(反)장소에 거주
하며 부정적 질서나 권력에 고통받으며 이름 없는 주체로 존재했다. 또한
타향인 '서울'이라는 대도시는 다양한 문화들이 혼재하고 계층 간의 대립과
문화적 격차 등 여러 가치들이 욕망과 단절에 노출된 장소로 도시 빈민이나
타향민과 같은 서발턴들을 절대적인 타자로 만들었다. 그 후 독일로 건너가
만난 '글로벌'이라는 새고향은 이방인이나 전쟁의 난민들과 같은 서발턴들
이 함께 모여 연대를 꿈꾸는 장소였다.

2

허수경 시에 드러나는 트랜스로컬리티로서의
'고향'의 변모 양상과 서발턴

*

고향은 인간의 삶의 본질을 구성하고 자아의식을 지배하는 장소이다. 한 시인에게는 내면의식과 시세계의 토대가 되는 곳으로 자신의 삶의 이야기를 시작하는 출발점이기도 하다. 그것은 유일무이한 장소적 고향으로부터 글로벌 지구촌 시대의 현실에서 모색하는 새로운 고향을 모두 아우르는 개념이다. 그러므로 지리적 장소인 동시에 정신적·사상적 공간으로서의 이 고향은 많은 변화들 속에 살아남을 수도 있지만 잊혀지거나 사라지는 장소가 될 수도 있다. 하이데거는 이러한 공간적 위기 상황으로서의 고향 상실 속에 있는 현대의 개인은 자신이 거주할 장소를 잃어버림으로써 정체성의 혼란을 가져온다고 하였다.[1] 때문

---

[1] 강학순, 『존재와 공간 : 하이데거 존재의 토폴로지와 사상의 흐름』, 한길사, 2011, 57~58쪽.

에 고향은 일정한 장소를 차지하면서도 기존의 장소들과 '절대적으로 다른' 헤테로토피아로 폐쇄적인 동시에 개방적인 장소이다. 즉 물리적인 장소로서는 누구에게나 개방되어 있지만, 그것이 기억이라는 이질적인 시간 안에서는 특정한 이들에게만 개방되어 있는 헤테로토피아적 공간이다.[2]

현대의 이 '고향'이라는 헤테로토피아는 유동적이며 불확실한 특성을 가지며, 시대와 사회의 변화에 따라 정서적으로 재현되거나 인간의 내면에 다양한 의미로 부각된다. 미셸 푸코는 '없는 공간으로서의 유토피아'와 '다른 장소로서의 헤테로토피아'를 구분하며 이 헤테로토피아는 저항과 대안의 공간으로 열림과 닫힘의 특성을 동시에 보이며 양립 불가능한 복수의 공간을 하나의 장소에 구현한다고 했다. 또한 '다른 공간'으로서의 헤테로토피아는 일상과는 다른 욕망과 질서, 가치와 경험이 부여되는 곳으로 시대 현실과 긴밀하게 연동되어 움직이는 정치적이고 이데올로기적인 장소이다.

무엇보다 이 헤테로토피아는 주체를 배제하고는 생각할 수 없는 장소이다. 따라서 '고향'이라는 헤테로토피아가 다른 장소와 구별되게 하는 것 중의 하나가 그 장소의 구성원들일 것이다. 허수경의 시에서 이 '고향'이라는 헤테로토피아를 구성하고 있는 이들은 '몫 없고, 이름 없는' 주체들로서 혼종적이고 유목민적인 특징의 서발턴들이다.

이러한 서발턴들은 경제뿐 아니라 인종이나 성 그리고 종교와 같이 다양한 영역으로 확장되어 나타난다. 그들은 차별과 불평등 그리고 이질적 정체성을 기반으로 식민 담론이 구성하는 권력이나 자본의 역사

---

2) 조창오, 「'고향 없음'의 삶에 관한 철학적 반성」, 『동서철학연구』 94집, 한국동서철학회, 2019, 330~334쪽.

에서 배제되는 등 언제나 지배 계급에 종속되어 왔다. 허수경 시에 드러나는 농민이나 하층계급 그리고 고향을 떠난 도시 빈민들이나 난민과 같은 서발턴은 공적 영역이나 지배 계급의 장소에서 배제된 채 헤테로토피아적 장소로 밀려날 수밖에 없었다. 때문에 그들은 정상이 아닌 비정상, 다수가 아닌 소수이고 주류가 아닌 비주류에 속하는 '다름'의 존재들로 열악한 환경에서 착취와 억압, 차별과 배제 등 복합적인 문제들을 껴안고 있었다. 그럼에도 서발턴들은 자신들의 권리를 주장할 수도 그것을 표현할 능력 또한 없기 때문에 주변부를 떠돌 수밖에 없었다.

가야트리 스피박은 이런 서발턴의 목소리는 지배 권력이나 담론에 의해 더욱 은폐되거나 왜곡되어 진정한 목소리를 낼 수 없으므로 종속적 위치에 있을 수밖에 없다고 설명했다. 나아가 여성과 노동자, 이민자와 난민 등 비극적 삶이나 현실에 빠진 이들을 포괄하는 개념으로 이 서발턴의 의미나 범위를 더 확대하여 설명하였다.[3]

서발턴이 지닌 복합적이고 혼종적인 정체성은 헤테로토피아적 장소

---

[3] 서발턴(subaltern)이란 개념을 처음으로 쓴 이는 이탈리아의 안토니오 그람시(Antonio Gramsci, 1891-1937)이다. 그는 『옥중수고』에서 이 서발턴은 한 사회의 헤게모니 집단에서 벗어난 종속집단을 이르는 말로 이탈리아 남부의 조직되지 않은 시골 농민집단을 지칭하였지만 그들은 사회적, 정치적 의식이 없었다. 이후 이 개념이 더 넓게 사용하게 된 것은 1980년대 초 인도 역사학자인 라나지트구하에 의해 설립된 '서발턴 연구 집단'에 의해서였다. 그는 '서발턴 계급들'을 피지배계급인 '민중'과 동의어로 사용하며 '엘리트'와 대립시켰다. 무엇보다 이 연구집단의 핵심 인물 가운데 스피박(Gayatri Spivak)은 기존의 틀에서 더 나아가 서발턴을 하나의 정체성으로 규정하기 보다는 지배담론의 재현 체계로는 환원 불가능한 바깥에 위치하는 사람들로 그들의 '이질성'과 '혼종성'을 강조하였다. 이처럼 스피박이 주목하는 하위 주체는 인종이나 성 그리고 계급과 식민성이라는 여러 층위를 다중적으로 담고 있지만 한 정체성으로는 정리될 수 없는 주체를 의미한다. 대체적으로 원주민 하위 주체, 도시 하층-프롤레타리아, 조직력 없는 농부들이 이에 속한다고 할 수 있다. 그중에서도 대표적인 예라 할 수 있는 주체로 제3세계 피식민지의 경제 능력을 가지지 못하는 여성들을 들었다. (가야트리 스피박 외, 『서발턴은 말할 수 있는가?』, 그린비, 2013년)

와 긴밀하게 연관되어 있다. 장소가 그곳을 구성하고 있는 주체의 시선과 밀접하다면 예측하거나 규정할 수 없는 서발턴의 정체성은 현실에 이의를 제기하는 혼종적 공간이자 경계의 장소인 헤테로토피아에서 더 극명하게 드러난다고 볼 수 있다. 서발턴들이 자기 계급의 모순을 인식하며 스스로의 목소리로 지배 계급에 대항해야 하듯이 헤테로토피아 또한 통제와 억압에 저항하는 반(反)장소로서 시대 현실에 이의를 제기하는 장소 밖의 장소이기 때문이다.

'사라지는 모든 것들은 그냥 사라지지 않는다'고 한 허수경[4]이 '고향'과 '타향' 그리고 '글로벌의 새 고향'이라는 헤테로토피아의 변모를 겪으며 먼 타국에서 모국어로 시를 썼던 것은 상실과 분열된 삶을 통한 서발턴으로서의 말하기를 의미한다. 그가 태어난 고향을 떠나 새로운 고향을 찾아 떠돈 것은 인간들의 도시뿐만 아니라 이 지상 어디에도 영원히 거쳐할 수 있는 곳은 없다는 노마드적 인식에 닿아있는 것이다. 나아가 그것은 지나간 과거와 현재 그리고 미래라는 역사의 시간 속에서 고통받고 억압받는 서발턴에 대한 공감과 연대의 시적 사유에서 비롯된 것이라고 할 수 있다.

최현식[5]은 허수경의 고고학적 시쓰기는 탈식민주의와 평화주의를

---

[4] 1987년 <실천문학>으로 등단한 허수경은 첫 시집 『슬픔만한 거름이 어디 있으랴』에서 '싸움이 많은 고된 땅'에서 오직 '살아 있음으로만 증거할' 비극적인 역사의식과 시대 감각을 녹여냈으며, 두 번째 시집 『혼자 가는 먼 집』을 통해서는 자본주의에 비판과 도시에 대한 경멸을 모성적 시선으로 드러내었다. 독일로 건너간 뒤 펴낸 세 번째 시집 『내 영혼은 오래 되었으나』에서는 방랑하는 이방인의 모국어에 대한 그리움을, 『청동의 시간 감자의 시간』에서는 反전쟁시로서의 고고학적 상상력을 펼치고 있다. 그 이후 『빌어먹을, 차가운 심장』과 『누구도 기억하지 않는 역에서』에서는 현생 이전과 이후 시간까지 함께 상상하며 고독과 쓸쓸함의 정서가 짙게 드리워지는 독보적인 시세계를 형성하고 있다.

[5] 최현식, 「기원의 미래, 미래의 기원」, 『시와 지역』 여름호, 254쪽.

생래적으로 각인해온 과정이며 시적 언어의 유목민적인 특징들이 안 팎의 경계를 해체하고 재구축하며 이방인으로서의 언어를 잘 설명해 준다고 보았다. 조연정[6]은 1990년대의 우리 문단의 젠더화된 구조 안 에서 여성 문학이 어떤 방식으로 논의되었는가를 살피며 허수경 시의 '모성적 사랑'의 의미를 재검토하며 그의 시가 '여성주의적 서정시'로서 여성시의 외연을 넓히고 있음을 살폈다. 또한 방승호[7]는 허수경의 자 아의식을 지배하는 고향은 돌아갈 수 없는 슬픔으로 기억 속에 잔존하 는 이미지들을 재구성하고 있는 장소로서 도시나 역 등의 공간에 따른 의식의 특징들을 분석하고 있다. 그는 허수경 시에 드러나는 '순간'은 '허무의식'의 표출이며 자아의 실천적 행위는 시대 현실의 부정성뿐만 아니라 '비애'의 심리적 시간과 회의적 미래를 구성하는 힘이 된다고 밝혔다. 한편 이미예[8]는 허수경의 시작(詩作)을 추동하는 힘은 진주 그 리고 모국이라는 물리적 고향과 궁극적 지향점으로서의 근원에 대한 향수이며 그의 시에 드러나는 공간 변화를 지표로 하여 귀향의식을 설 명하고 있다.

그동안 허수경 시의 '고향'이라는 장소 연구의 대부분은 자아의식을 지배하는 장소로서 향수와 귀향의식을 중심으로 진행되었다. 하지만 허수경은 떠나온 고향으로 다시 돌아가지도 새로운 고향에 정착하여 안주하지도 못하는 디아스포라적 삶에서 스스로 서발턴으로 살았다. 이런 허수경의 시세계는 '고향'이라는 장소를 새롭게 설정하고 그 장소

6) 조연정, 「1990년대 젠더화된 문단에서 페미니즘 하기―김정란과 허수경을 읽으며」, 『구보학보』 27, 2021, 288쪽

7) 방승호, 「허수경 시의 공간 양상과 내면의식」, 『현대문학이론연구』 77, 현대문학이 론학회, 2019, 107쪽; 방승호, 「허수경 시의 시간의식 연구」, 『어문연구』 99, 어문연 구학회, 2019, 190쪽.

8) 이미예, 「허수경 시의 귀향(歸鄕) 의식」, 한국교원대학교, 2017, 10쪽.

에서 드러나는 주체들의 새로운 시선에 대한 고찰이 필요하다. 무엇보다 그것은 허수경이 다섯 번째 시집 출간을 위해 한국을 방문하며 '고향'에 대한 자신의 오랜 생각을 드러내었기 때문이기도 하다.

> 고향이 낯설어지는 순간은 문학하는 사람에게 중요한 순간이에요. 자신의 뿌리를 낯설게 보는 일이기 때문에, 지금 저에게 고향은 세계에서 가장 낯선 곳 중 하나죠. 자신이 가진 것들을 깨버리고 충격과 접한다는 점에서 다른 곳에서 사는 일은 좋은 것 같아요. 한 인간의 마음속에는 자신이라는 게 하나만 존재하지 않거든요. 낯선 곳에 사는 일은 전혀 몰랐던 자기 자신을 발견하는 일이기도 해요.9)
> 십여년 만에 고향을 찾은 적이 있었다. 그곳은 내가 아는 그곳이 아니었다. 십여년 동안 나는 나대로 내 고향은 고향대로 지구의 한 장소로 각기 제 시간을 살고 있었다. 내가 뜨악하게 새로 난 거리라든가 사라진 집들이라든가 알록달록하게 새로 단장한 역사적 건물이라든가를 바라볼 때 십여년 전보다 더 늙고 자기연민은 더 많아진 한 여자를 내 고향이라는 장소도 뜨악하게 바라보지는 않았을까. 그곳에는 나는 더 이상 없었고 내 내면에는 그곳이 없었다. 다만 나에게는 그곳의 옛표정만이 있을 뿐이었다.10)

고향에 대한 낯설음은 자신의 뿌리에 대한 낯설음이고 오랜만에 찾은 고향이 시인에게는 세상에서 가장 낯선 장소 중의 하나가 되어버렸다. 그럼에도 이 고향은 자신의 내면에 존재하는 또 다른 자아를 발견하는 장소인 동시에 개별적인 상황을 넘어 언제나 사회적이며 상징적 의미로 작동한다. 한 인간의 내면에는 하나의 자아만 존재하는 것이 아니듯 고향 또한 마찬가지여서 시인은 여러 고향에 존재하는 자신의 또

---

9) 허수경, 『모래도시를 찾아서』, 188~189쪽.
10) 허수경, 「장소도 떠날 수 있다」, 『오늘의 착각』, 난다, 2020, 79~80쪽.

다른 자아와 낯설게 조우하며 시를 쓴다.

이처럼 허수경 시의 '고향'이라는 헤테로토피아는 뿌리뽑힌 채 소외되어 살아가는 이름 없는 서발턴들의 근원에 대한 조망과 의미들을 함축하고 있다. 시를 쓰는 마음은 '한 사람의 시간과 공간을 붙들고 있는 것이고 그 사건을 공감하는 것[11]이라고 했던 허수경은 이 '고향'이라는 헤테로토피아를 통해 성과 계급 그리고 지역이나 세대의 이념적 경계를 넘어 이질적이고 혼종적인 정체성이 서발턴으로서 경험하고 연대한다. 그런 점에서 허수경 시의 '고향'은 현실 속의 또 다른 장소로서 떠나야 하는 공간이 아니라 또 다른 현실 속으로 적극 개입해 들어가야 할 장소이다. 때문에 고정된 곳으로부터 떠나가는 방식으로 언제나 낯설고 새로운 이질혼효적인 장소이다.

이 글에서는 허수경 시에 드러나는 '고향'이라는 헤테로토피아의 변모 과정과 그 장소에서 드러나는 서발턴의 특징들을 고찰하였다. 그의 시에는 '고향─타향─글로벌이라는 새 고향'으로 이어지는 장소 변화의 궤적을 거치며 '몫 없는 자들'의 다양한 목소리가 생생하게 드러나기 때문이다. 이를 통해 서발턴들이 '부정'이나 '욕망과 단절' 그리고 '연민'의 헤테로토피아로 변모하는 고향을 통해 현실의 다층적 희망과 절망에 대한 이중적이고 모순적인 감정을 잘 드러내고 있음을 확인할 수 있을 것이다. 또한 트랜스─로컬리티(trans─locality)[12]로서의 '고

---

11) 허수경, 『가기 전에 쓰는 글들』, 난다, 2019, 299쪽.

12) 트랜스 로컬리티(trans─locality)는 공간과 장소 구성의 변화양상을 잘 드러내는 용어이자 현상이다. 트랜스(trans)는 경계에 대한 재고이자 경계 넘기의 새로운 방식이고, 로컬리티(locality)는 국민국가의 상대화와 공간 스케일의 중층적 재구성을 의미한다. 따라서 트랜스 로컬리티는 근대 혹은 근대성(modernity)에 대한 새로운 성찰을 기반으로 현실 사회 구성과 관련된 대안으로서의 새로운 공간과 장소에 대한 가능성을 함축하고 있다. 중심─주변, 지배─피지배, 여성─남성, 차이성─동

향'이라는 헤테로토피아와 서발턴의 관계는 허수경 시의 '고향'에 대한 기존 논의에서 충분히 해명되지 않았던 글로벌과 탈경계에 대한 의문들을 구체적으로 밝힐 수 있을 것이다.

1) 고향 '진주' - 저항의 헤테로토피아와 이름 없는 주체들

허수경은 천 년이라는 세월을 지탱하고 있는 고향 '진주'에 대한 기억은 남강으로부터 시작하며, 강이 흐르는 한 고향 진주는 자신의 기억 속에 영원히 존재할 것이라고 하였다. 그의 문학적 토대가 되었던 고향 진주는 1923년 백정들이 차별과 관습으로 묶여 있던 신분제를 폐지하고, 모든 사람이 차별 없이 연대하고 꿈꿀 수 있는 사회를 위해 우리나라 최초의 인권운동이 일어난 곳이다. 또한 기생 논개뿐 아니라 최초로 농민항쟁이 발발하여 동학 농민운동의 도화선이 된 곳이기도 하다. 농민들의 반란이나 기생과 백정들의 봉기는 양반들의 수탈과 횡포 그리고 인권유린과 같은 차별적 세상에 대한 서발턴들의 부정 의식을 기반으로 한 현실적 대응을 의미한다.

이러한 역사적 사건으로 미루어 알 수 있듯이 허수경에게 고향 진주는 변방의 도시로 이름 없는 주체인 서발턴들이 현실의 부패한 질서나 부당한 현실에 이의를 제기하는 저항의 장소였다. '한반도 현대사 아픔

질성 등의 현상을 새롭게 보고 그 경계의 새로운 변화를 수반하는 글로벌화를 의미한다. 여기서 '글로벌화'는 다양한 배타적 경계를 넘나드는 물자와 사람의 이동을 통해 증가·확산시킴으로써 경계에 대한 새로운 인식과 의미 부여의 계기를 제공한다. 즉 경계가 장벽이 아닌 통로로, 경계가 변방이 아닌 교류지대로 기존 인식적 경계를 해체하려는 것으로 복수문화, 혼종의 문화와 관련된다. 그러므로 트랜스 로컬리티는 현실에 기반을 둔 다양한 경계를 넘나드는 유동성 또는 이동성이 그 특징이다.

의 한 귀퉁이에 따로 서'(「국립 경상대학교」)서 오래도록 지워지지 않는 슬픈 상처와 모순을 기억하고 있는 반(反)역사의 장소이다. 이처럼 허수경은 자신의 경험과 기억 속에 있는 고향의 이질적 장소들을 부정의 헤테로토피아 공간으로 시에 재구성하고 있다.[13]

심줄 굵은 아낙들의 팔목에는
개화 이후 이 나라 온갖 수난사가
강물 탯줄 실려 흘러가고 있을 뿐입니다
참아 더 이상 못 참는 날에도
소리 죽여 흐느끼며 가고 있을 뿐입니다

이 눈물 속에
개화기 이후 이 나라 굵은 산맥들이
아늑하게 깃을 치며 살아갑니다

―「남강시편 3」 부분

반타작 보상금 괴춤에 지니고 전대에 곡식 씨앗 챙기고
근대화에 밀려 윗대 어른 누운 터도 건사 못한 죄인들이
새벽참 저분대며 쑥대머리 길갈이하고 난 뒤
귀곡동은 잠기고 남강댐이 솟아올랐습니다
남강 들머리는 사백 육십 리라지요
죄인들은 천리길을 걸어 어느 도시 변두리에 살고 있습니다
지금까지

―「남강시편 5」 부분

---

13) 허수경이 고향 진주를 배경으로 해 쓴 시는 「남강시편 1~4」, 「진주 아리랑」, 「진주 저물녘」, 「국립 경상대학교」, 「불귀」, 「상처의 실개천엔 저녁 해가 빠지고」, 「대평 무밭」, 「등불 너머」, 「가을 벌초」, 「항구마을」, 「대구 저녁국」, 「가을 물 가을 불」, 「달 내음」, 「내 마을 저자에는 주단집, 포목집, 바느질집이 있고」, 「고향」, 「어느 눈 덮인 마을에 추운 아이 하나가」 등이 대표적이다.

위 시편들에서 차별과 억압의 "온갖 수난사가 강물 탯줄에 실려 흘러가"는 남강을 보며 양반들의 강압적 수탈과 부정적 현실에 대응하지 못하고 "소리 죽여 흐느끼"고 있는 이들은 남강의 물결 따라 그곳에 뿌리를 내리며 살아가는 서발턴들이다. 세금을 내지 못해 "죄인"이 된 그들이 남강 들머리 "사백 육십 리" 천리길을 걸어 모여 들었던 곳. 그 "남강 주변"의 삶들은 식민지와 제국주의 수탈의 세월과 상처들을 고스란히 떠안고 있다. 억압과 착취를 당하면서도 그 현실을 설명하거나 저항하지 못하고 스스로를 '죄인'이라 말하는 시빌턴들이 모여 살고 있는 장소가 바로 근대화에 밀려난 도시 변두리나 수몰된 "남강댐" 주변의 훼손된 피난처로서의 헤테로토피아이다.

첫 시집에 실린 5편의 '남강시편'에 드러나는 이 '남강'은 허수경이 태어나고 자란 진주의 중심부를 흐르는 강으로써 어떤 상징성을 지니고 있다. 그는 "지금도 이 세계 곳곳에서 날뛰고 있는 폭력이나 대항할 수 없는 인간과 동물 그리고 식물에게 가해지는 폭력을 보면"(「나의 도시, 당신의 풍경」) 그 강의 모래밭이 떠오른다고 했다. 그에게 남강은 그 옛날 유괴범에게 살해되어 모래사장에 묻힌 같은 학교 상급생 아이의 주검을 봤던 곳이고 초경이 있던 날 피가 흐르는 두려움 때문에 집으로 가지 못하고 혼자 주저앉아 울던 장소였다. 이처럼 남강은 자신의 생애에서 가장 무섭고 가장 외로우며 가장 은밀했던 순간들이 공존하는 이질적 장소이자 부정적 장소이다. (「강과 도시, 남강의 기억」) 그러므로 그 강은 유년의 기억들이 교차하는 은폐된 기억의 헤테로토피아로서 혼종된 시간들이 존재하는 곳이며 시인의 내적 세계를 반영하는 상징적이며 은유적인 공간인 것이다.

허수경은 진주지역 농촌 여성들과 전쟁으로 고통을 겪는 여성 서발턴의 삶을 구체적으로 시에 재현하였다. 가부장 제도와 전쟁이 남긴 폭력의 이중적 억압이 「원폭수첩」 연작에 잘 드러난다. 탈식민주의 비평가인 가야트리 스피박은 다중 억압의 연결고리에서 고통을 겪고 있는 하위주체로서 특히 피식민지에서 경제적 능력이 없는 여성들이 자신의 억압된 현실을 표현할 능력이나 기회 조차 갖지 못하는 대표적 서발턴이라고 하였다. 때문에 그들에게 자신의 목소리를 부여하는 것 못지 않게 중요한 것은 그들이 말할 수 있는 공간을 먼저 부여하는 것이고 밝혔다. 14)

미치게 살 타는 비릿내/ 구역질나는 거리/
폐허의 거리를 트럭은 시체를 싣고
미처 숨 놓지 못한 목숨들도/ 마구 싣고
바다에 버리고 불로 태우고 구덩이에 묻던
원폭의 도륙보다 더 짐승 같은/ 도륙 속에

트럭 꽁무니에 매달려 애원하던 소녀
온몸에 불을 뒤집어쓰고/ 남은 숨 모두어/ 통곡하던 소녀
살려주세요 난 아직 안 죽었어요

—「원폭수첩 2」 부분

---

14) 스피박은 서발턴 연구 집단의 연구 관점에 동의면서도 이 개념이 남성 중심주의 서발턴 주체를 특권화하는 것에 반대하였다. 그는 서발턴이라는 용어는 사회적 정체성이나 투쟁들의 의미를 드러내는 것이고 그런 측면에서 여성들의 역사와 삶의 현실을 고려하면서 해체론적인 정의를 제시하기도 했다.(가야트리 스피박, 『스피박의 대담』, 이경순 역, 새러 하라쉼 엮음, 갈무리, 2006, 116~117쪽) 또한 스피박은 자신의 고국 인도의 현실적 삶의 정황에 맞는 탈식민적 여성에 대한 이해를 바탕으로 복잡 다단한 여성의 억압상황을 드러내며, 비교적 계급적 정체성에서 자유로운 '서발턴(Subaltern)'이라는 말을 제시하였다. (태혜숙, 『탈식민주의 페미니즘』, 여이연, 117쪽)

두 번째 유산을 하고 쓰러질 듯 돌아오는
최여인은 원폭캘로이더로/(중략)
한번도 온전하게 채워보지 못한/ 거덜난 원폭의 자궁
태어나면 천역을 온 몸에 이고/ 서럽게 살아야 할 아기는
에미 칼에 찔려 피투성이로 뒹굽니다/ 남기지 말자

—「원폭수첩 4」 부분

　연작 '원폭수첩' 시에서는 원폭의 여성 피해자들이 차례로 나열되어 있다. 「원폭수첩 2」에서 일본 미쯔비시 군수공장 잡역부로 노역을 했던 조선 소녀는 자신의 나라와는 상관없는 강대국끼리의 전쟁으로 피폭까지 당하게 된다. 더욱 비참한 것은 원폭 피해자를 처리하는 과정에서조차 소녀는 인간 이하의 무참한 취급을 받으며 생매장당하는 끔직한 경험을 했던 것이다. 「원폭수첩 4」의 최여인 또한 원폭캘로이더로서 "한 번도 온전하게 채워보지 못한/ 거덜 난 원폭의 자궁"으로 두 번째 유산을 하고 다시는 아이를 놓지 말자고 다짐한다. 또한 「원폭수첩 6」의 사천군 곤양면 슬레이트 지붕 아래에는 삼십년이 넘도록 회신이 없는 "진료비 청구서"처럼 방사능 화상반흔으로 누워 있는 "원폭 모녀"들은 남편과 아버지에게까지 버림받은 채 부정하고 싶은 현실의 비참한 삶을 이어가고 있다.

　'밥을 한 숟갈 넘길 적마다/ 한 발짝씩 걸어 들어오는 무덤'(「원폭수첩 7」)처럼 '원폭수첩'의 연작에는 전쟁이나 성적 차별 그리고 폭력으로부터 상처받고 훼손된 여성 서발턴의 모습들이 구체적으로 드러난다. 피폭을 비롯한 다양한 폭력의 피해가 여성에게 더 심각한 것은 여성은 본인의 몸뿐만 아니라 그것이 태아의 건강과도 직결되기 때문이다. 허수경은 심각하게 훼손되고 식민화된 여성들의 정신과 육체를 통

해 전쟁의 폭력과 여성 차별로 인한 피폐한 삶의 현장을 서사적으로 재현하며[15] 소외된 여성의 '절망적 언어'를 통해 남성과 불평등한 세계 속에 고립되어 온 그들의 뼈아픈 역사의 현장을 보여주고 있다.[16]

고향에 어린 아이가 태어났다
다들 아는 그 아이의 얼굴을

아는 사람은 아무도 없었다
방아 잎 냄새가 났다

천년고도의 몸 냄새였다 해골의 노래였으며
몸의 춤이었고 숨이었다

내가 생애 동안 해온 모든 배반의 시작이었고
거짓의 모태였고 그리고 아직도 내가 알 수 없는 먼 죽음의 시작
이었다

이 천년의 지루한 탱고를 위하여
비 내리는 작은 오후를 영광처럼 바라보니
아, 고향에는 백석 풍으로 국 끓이는 호박 얼굴을 한 여자가 살고
있을 터이다.

―「고향」 부분

시인의 기억에 있는 고향은 "내가 생애 동안 해온 모든 배반의 시작"

---

15) 이혜원, 「한국 여성시의 탈식민주의 페미니즘 연구; 고정희, 김승희, 허수경의 시를 중심으로」, 『여성문학연구』 41, 여성문학회, 2017, 322~351쪽.
16) 권성훈, 「영원한 제국의 폭력과 영혼의 상처를 치유하는 페미니스트―허수경론」, 『계간 시학』 68, 천년의 시작, 2019, 220쪽.

이고 "거짓의 모태"이며 "아직도 내가 알 수 없는 먼 죽음의 시작"을 의미하는 공간이다. 벗어나려고 할수록 더 갇히는 장소이고 이별과 기다림이 공존하는 장소이다. 그런 고향은 허수경에게 대물림의 장소이자 부정의 공간으로서 잘 살아야겠다는 욕망으로부터 떠나고 싶은 곳이지만 언제나 다시 돌아가고 싶은 곳이기도 하다.[17]

'내가 자란 강'(「가을 물 가을 불」) 위에 붉은 잎이 떨어지고 순하게 사라지는 꿈을 꾸었던 고향은 시인이 '방아잎 냄새'를 그리워하며 타국의 수많은 폐허의 유적지를 배회하다 마지막으로 다시 돌아가고 싶어 했던 변방의 장소였다. 수몰된 사람들이 모여 살던 남강변, 원폭 피해 여성들이 병들어 누워 있던 농촌의 슬레이트 집들, 골방이나 단칸방 등의 장소는 '슬픔이 거름이 되어'(「탈상」) 익어가는 역설적 공간이자 반(反)장소로의 부정의 헤테로토피아이다.

이처럼 허수경에게 자신이 태어나고 자란 고향은 힘없는 생명들의 탄생과 죽음, 기쁨과 슬픔, 아름다움과 추함이 공존하는 혼종적 장소이다. '이름 없는' 서발턴들이 '이름 없는 세월'을 살며 서로의 슬픔에 기대어 연대하기를 기원했던 곳이다. 따라서 고향 진주는 허수경에게 삶의 본질과 서발턴들의 생존 그 자체의 장소로서 모든 경험의 출발점이자 기억의 종착지이다. 서로 다른 경험과 기억이 시간 차를 극복하고

---

17) 이미예는 허수경 시에 드러나는 두 번의 이향(離鄕)과 고향 상실을 귀향의식으로 조명하였다. 그는 허수경 시작(詩作)에 중요한 원동력으로 작용하는 것이 고향의 의미와 자아의 귀향의식과 관련되어 있다고 보았다. (이미예, 「허수경 시의 귀향의식」, 한국교원대학교 석사 논문, 2017) 이밖에도 허수경에게 고향은 '내가 자란 마을 강'이 흐르는 곳이자 세월이 아무리 흘러도 다시 돌아가고 싶은 곳이다. 나이를 아무리 먹고 또 먹어도 '오래되지 않은 날 뒷산'(「남강 시편1」)처럼 늘 곁에 있는 곳이며 '나 돌아갈 곳 저곳 뿐'(「저 산수가」)인 장소이다. '그곳에 가몬 다시 안 오고 싶을 것'(「불귀」)이라고 진주 사투리를 구사하는 것 또한 자신의 근원으로 돌아가고자 하는 소망과 존재론적인 회귀의식에서 비롯된 것이라 할 수 있다.

상상하는 헤테로크로니아적 장소이며 위계화된 모든 장소에 맞서는 장소 안의 장소이자 장소 밖의 장소이기도 하다. 때문에 자아의 체념과 현실의 절망으로 지친 그가 궁극적으로 되돌아가고자 했던 곳이다. 하지만 허수경은 자신이 태어난 고향이 어느 순간 낯설어진다고 하였다. 그것은 시인은 시인대로 고향은 고향대로 지구의 한 장소로서 각기 제 시간을 살고 있기 때문일 것이다. 허수경에게 고향 '진주'는 부정하고 싶은 유년의 기억과 역사가 존재하는 곳으로 영원한 '불귀'로서의 장소였다. 그리하여 이름없는 서발턴들이 부패한 권력이나 부당한 현실에 이의를 제기하는 반(反)역사적 장소로서 오래도록 지워지지 않는 슬픈 상처와 모순을 기억하고 있는 곳이었다.

2) 타향의 도시 '서울' - 욕망이나 단절의 헤테로토피아와 도시 빈민들

허수경은 고향 '진주'에서 '서울'로 서울에서 다시 '독일'로 떠나는 두 번의 이향을 거친다. 자신이 태어나고 자란 고향으로부터 더 많은 사람들의 시간과 장소를 향해 떠난 것은 시인의 삶에서 특기할 만한 부분이다. 장소성이란 어떤 존재가 한 곳에 무언가를 구축(building)하고 그곳의 시선을 가진다는 것이다.[18] 문학에서 이러한 장소의 이동 혹은 장소 없음에 대한 사유는 기존의 가치관이나 사고체계의 변화를 의미한다. 그런 점에서 떠나온 장소나 잃어버린 공간에 대한 집착이나 사유는 지금 이곳이 아닌 어딘가를 끝없이 갈망하는 정체성에 대한 질문이기도 하다.

---

18) 에드워드 렐프, 앞의 책, 56쪽.

어릴 때부터 집을 가져보지 못한 나는, 아니 내 식구들이 사는 집에 누군가 방문하면 그렇게 부끄러웠던 나는, 집을 설계하는 일이 사치라고 생각했다. 다만 나는 방 한 칸 만이 필요했던 것이다. 원당의 반지하방에 살던 때 곰팡이가 스멀거리는 벽을 바라보다가 나는 햇빛이 잘 들어오는 곳에 방 한 칸 있었으면 했다. 방 한 칸. 네가 나를 방문하면 적어도 곰팡이 속에서 우리가 차를 마시지 않는 그런 공간.19)

인간에게 집은 최초의 세계이자 하나의 우주로 그의 사상이나 추억 그리고 꿈이 존재하는 곳이다. 또한 한 인간의 과거와 현재 그리고 미래의 시간들이 꿈틀거리는 커다란 요람이기도 하다.20) 이러한 집이나 방이라는 장소가 없다는 것은 존재에 대한 기억과 정체성의 위기나 혼란을 의미한다. 어릴 때부터 집을 가져보지 못했던 허수경은 햇빛이 잘 들어오는 방 한 칸 갖는 것이 소원이었지만 서울이라는 도시의 타향에서도 그 소원을 이루지 못한 채 늘 가난한 변두리의 이방인으로 살았음을 고백하였다.

서울은 다양한 문화들이 혼재하고 계층 간의 대립과 문화적 격차 그리고 여러 가치들이 공존하는 곳이다. 소비성과 획일성 그리고 부촌과 빈민의 대립은 구성원들로 하여금 익명성과 이질성 그리고 소비지향적 삶을 추구하게 하며 도시 빈민들이나 하층민과 같은 서발턴들을 절대적 타자로 만든다. 현대 주체들은 개인화된 공간인 집이나 방 그리고 공동체나 국가를 점유하며 자신의 정체성을 스스로 형성한다. 하지만 이러한 장소의 상실이나 이동은 규정되지 않는 혼종적이고 유목적인 정체성을 의미한다. 특히 자본주의 이데올로기에서 배제된 빈곤 계층이나 소수 집단의 서발턴들은 사회적 현실과 억압적인 지배 담론의 회

---

19) 허수경, 『가기 전에 쓰는 글들』, 난다, 2019, 25쪽.
20) 가스통 바슐라르, 곽광수 역, 『공간의 시학』, 동문선, 2003, 77~81쪽.

생자로서 대도시의 욕망과 단절의 헤테로토피아에 노출될 수밖에 없다. 이 시기 허수경 시에서는 서울 변두리에서 피폐한 삶을 이어가는 도시 빈민이나 타향민과 같은 서발턴의 모습들이 선명하게 부각되고 있다.

> 서울 와서 처음 뵙고 이태 만에 다시 뵙게 된 어른이 이런 말을 하셨다 자네 얼굴, 못알아볼 만큼 변했어
>
> 나는 이 말을 듣고
> 광화문, 어느 이층 카페 구석 자리에 가서 울었다
> 서울 와서 내가 제일 많이 중얼거린 말
> 먹고 싶다…….
> 살아내려는 비통과 어쨌든 잘 살아남겠다는 욕망이
> 뒤엉킨 말, 먹고 싶다
> 한 말의 감옥이 내 얼굴을 변하게 한 공포가
> 삼류인 나를 마침내 울게 했다
> 그러나 마친 반성하게 할까!
>
> —「먹고 싶다……」 부분

서울로 상경한 화자의 얼굴을 이태 만에 보고 못 알아볼 만큼 변했다는 한 어른의 말은 그곳의 삶과 현실이 얼마나 고되고 혼란스러운지를 짐작하게 한다. 또한 서울에서 가장 많이 한 "먹고 싶다"는 말은 "살아내려는 비통과 어쨌든 살아남겠다는 욕망이 뒤엉킨 말"이다. 살아남으려고 안긴 힘을 썼던 그 말이 도리어 스스로에게 "감옥"이 되었다는 뒤늦은 고백 또한 스스로를 "삼류"라 부르는 도시 서발턴들의 욕망과 비극적인 삶의 현실을 재확인시키고 있다. 결국 타향인 서울이라는 헤테로토피아는 개인들의 기본적 욕구마저 채울 수 없는 혹은 채워지지 않

는 곳으로 타자와 자신의 꿈이 모두 단절된 곳이다.

　한 사람의 얼굴에는 그의 나이와 직업을 비롯한 사회적 젠더의 정체성들이 드러난다면 얼굴이 변했다는 것은 그 정체성에 대한 변화를 의미한다. 현실의 황폐함 속에서 "살아남으려"는 안간 힘과 채워지지 않은 욕망의 허기가 허수경 시에서는 주체들이 거주하는 장소에서 더 은밀하게 드러난다고 볼 수 있다.

　　사내는 환한 등불 아래 웅크리고 앉아 건물을 지켰도다
　　오 쓸모없는 건물 이 건물의 주인은 자본이 사유해낼 수 없는 꿈을 가졌던 모양이군 임대되지 않는 형이상학이야

　　사내는 천천히 도시락을 꺼내네/ 식은 밥은 마른 찬처럼 아픈 식도를 내려가 빈 위장에 가시처럼 박혔도다/ (중략) 꿈 같은 임대를 기다리며 식후의 보리차를 데우는 것이/ 밥이 아픈 건 능선의 고향 같은 것일 뿐이다
　　　　　　　　　　　　　　　　　　　　　　　ー「표정 1」 부분

　　여편네는 자꾸 우네
　　파를 썰며 눈물을 훔치며
　　이봐요 아가씨, 국물을 먹을 땐 눈물을 삼키는 게 아냐
　　뼈가 시린가, 이렇게 뼈국물을 우리면 퍽퍽한 생애가 또 뽀얗게 흐려질 터이므로

　　도시 한컨에 허깨비 같은 김에 둘러싸여 그러나 보낼 것 같은 표정만 끝내 떠나보낼 수 없는 표정만 짐승 울음처럼 웅크리는 법인게지
　　　무작정 상경한 울음의 도시
　　　우리는 촌척寸尺의 시야를 가질 수……
　　　　　　　　　　　　　　　　　　　　　　　ー「표정 2」 부분

서울이라는 도시의 변두리에는 "허깨비 같은 표정"의 서발턴들이 자신이 거처할 방 한 칸을 마련하기 위해 하루하루 안간 힘을 쓰며 살아간다. 그들은 '기차가 지나가는 어디쯤 방을 잡을까/ 이틀쯤 잠잘 곳'(「도시의 등불」)을 찾아 나서지만 현실의 삶은 그것조차 허용하지 않는다. 때문에 끝내 떠나보낼 수밖에 없는 표정으로 "우는 짐승"처럼 웅크리고 있는 그들에게 무작정 올라온 서울은 "울음의 도시"일 수밖에 없다.

「표정 2」에서도 뼈가 시린 듯 하얗게 우린 뼛국물 속에는 뽀얗게 흐려진 "퍽퍽한" 생애와 도시 서발턴의 애환이 담겨 있다. "꿈같은 임대"를 기다리며 식후 보리차를 마시는 그들은 '도시로 팔려오는 짐승'처럼 고통과 불안한 현실 속에서 하루하루를 보낸다. 때문에 식은 밥이 빈 위장에 아픈 가시처럼 박히는 '서울'은 "무표정"을 강요하는 황폐와 단절의 장소일 수밖에 없다.

허수경이 타향인 서울의 삶을 '허공에서 사는 삶'이라 했던 것 또한 경제적인 삶뿐만이 아니라 자신의 마지막 보루였던 사랑마저 돈이라는 자본에 종속되어 떠나버렸기 때문이었다. 그러므로 그는 서울에서는 언제 어디서나 무엇을 하여도 무력하다고 고백하였다.[21]

> 한참 동안 그대로 있었다/ 썩었는가 사랑아
>
> 사랑은 나를 버리고 그대에게로 간다
> 사랑은 그대를 버리고 세월로 간다
>
> 잊혀진 상처의 늙은 자리는 환하다/ 환하고 아프다
> 환하고 아픈 자리로 가리라/ 앓는 꿈이 다시 세월을 얻을 때

---

21) 허수경, 『너 없이 걸었다』, 문학동네, 2015, 59~60쪽.

공터에 뜬 무지개가/ 세월 속에 다시 아플 때

몸 얻지 못한 마음의 입술이/ 어느 풀잎자리를 더듬으며
말 얻지 못한 꿈을 더듬으리라

—「공터의 사랑」 전문

　서울이라는 타향에서 느끼는 결핍은 경제적인 것뿐만 아니라 정신적인 부분도 마찬가지다. 방송국 스크립터 일을 하면서 끝까지 포기하고 싶지 않았지만 결국 포기해야만 했던 것이 바로 "사랑"이었나. "마음을 다 놓고" 오랜 기다림과 인내로 사랑하였지만 그 사랑은 언제나 불안하고 막막하여 끝내 이룰 수 없는 것이 되어버렸다. 서울이라는 곳은 시인에게 마지막 남은 사랑마저 불가능이라는 절망과 단절로 만들며 "공터의 사랑"으로 남게 했다.

　그는 서울이라는 곳에서 지독히 '잘 살고 싶었다'고 회상했다. 희망이 없다고 말하기조차 너무 지쳐버린 그 도시에서 그래도 아직 남은 마지막 희망이 있다면 '진심을 다해 잘 살고 싶었다'고 하였다. 희망을 이야기하는 문장을 쓰고 싶었지만 그러지 못하고 결국 서울을 떠나는 자신을 두고 '도망'은 아니었을까[22]라고 고백하기도 했다.

당신은 당신의 집으로 돌아갔고
돌아갈 집이 없는 나는/모두의 집을 찾아 나섭니다

밤별에는 집이 없어요/ 구름 무지개 꽃잎에는 우리의
집이 없어요 나는 아버지가 돌아간/ 집에는 살 수 없는 것
세월이 가슴에 깊은 웅덩이로 엉겨 있듯/ 당연한 것입니다

---

22) 허수경, 『모래도시』, 문학동네, 1996, 73쪽.

전쟁을 겪어 불행한 세대가
전쟁을 겪지 않아 불행한 세대가
세월의 깃을 재우는 일조차 다른 것
그래서 나는 돌아갈 집이 없어요

배고픈 어미가 아이를 낳고 기르는/ 땅을 가로 질러
함께 일을 하고 밥을 먹고 함께 노래를 하고 꿈을 꾸고

아버지 나는 갑니다/ 모두의 집을 찾아 칼을 들고/ 눈을 재우며
　　　　　　　　　　　　―「아버지, 나는 돌아갈 집이 없어요」 전문

이 시에서 '아버지의 죽음'이 집과 고향의 부재를 의미한다면 "집이
없어요"라는 반복은 새로운 집과 고향에 대한 열망을 드러낸 것이다.
따라서 그가 "모두의 집"을 꿈꾸며 고향과 고국을 떠나는 것은 새로운
고향을 찾으려는 트랜스로컬리티적 사고이다. 또한 나와 너 그리고 우
리의 구별로부터 벗어나거나 그것을 해체하고자는 마음의 변화23)를
의미한다. 무엇보다 그것은 "전쟁을 겪은 불행한 세대와/ 전쟁을 겪지
않은 불행한 세대"간의 차이를 없애려는 것이고 "함께 일을 하고 밥을
먹고 함께 노래를 하고 꿈" 꿀 수 있는 세상을 찾으려는 새로운 연대를
의미한다.

'고향을 떠나는 일은 많은 이들이 살아남기 위한 전략 가운데 하나'
라고 한 허수경은 '고향이 겪어내는 당대성을 같이 경험하지 못하는'24)

---

23) 구르비치(Gurvitch)는 나와 타자 그리고 우리는 대립되는 장소성의 축이 있는데,
'나'는 '우리'를 토대로 해야만 가능한 상징과 기호를 매개로 타자와 의사소통을 하
게 된다고 밝혔다. 때문에 그는 '나'와 '타자'와 그리고 '우리'를 서로 분리시키고자
하는 것은 우리의 의식 그 자체를 해체하거나 파괴하려는 욕망이라고 보았다. 또한
'우리'가 공유하는 것은 영원히 불변하는 것이 아니라 언제나 항상 변할 수 있다고
말한다. (에드워드 렐프, 김덕현 옮김, 『장소와 장소상실』, 논형, 2005, 131쪽)

고충을 토로하며 새로운 고향을 찾으러 독일로 건너간다.

　서울이라는 대도시의 헤테로토피아에서 궁핍한 삶으로 밖에 살 수 없었던 타향민이나 도시 빈민과 같은 서발턴들의 삶은 늘 경계 밖으로 내몰리며 불안과 절망 속에 있을 수밖에 없었다. 욕망의 도시이자 사랑과 꿈이 단절된 타향이라는 서울은 고정된 것으로부터 떠나가는 방식이자 언제나 새롭게 대입해 들어가야 할 이질혼효적인 장소였다. 그렇기에 다시 "돌아갈 집"은 '혼자 가는 먼 집'이라는 새로운 고향의식으로서 시인의 시적 공간이자 장소로의 떠남을 의미한다.

　허수경의 서울에서 독일로의 이동은 단순히 공간과 종소만의 이동이 아니라 '몫 없는 자들'의 탈경계적 사유와 정체성에 대한 혼란이 장소의 이동이나 변화와 관련되어 있기 때문이라 볼 수 있다. 즉 혼종적이고 유목민적인 서발턴들의 정체성은 현실에 이의 제기를 하며 '고향'이라는 헤테로토피아와 긴밀하게 연동되어 움직이는데, 허수경이 서울에서 독일로 건너간 것 또한 같은 맥락에서 이해할 수 있을 것이다.

3) '글로벌'이라는 새 고향 - 연대의 헤테로토피아와 디아스포라의 난민들

　오늘날은 자본과 노동의 무제한적이고 빠른 확장으로 민족과 국가 그리고 국적이나 국경을 서로 넘나드는 글로벌 지구촌 시대이다. 세계 어느 곳에서나 이러한 이동에 따른 트랜스 이주나 디아스포라는 존재한다. 하이데거는 현대의 인간 현존의 특징을 존재로부터 일탈된 고향의 상실성에서 찾았다. 앞에서 언급한 바와 같이 허수경 시에 드러나는

24) 허수경, 『그대는 할 말을 어디에 두고 왔는가』, 난다, 2018, 75~76쪽.

진주에서 서울로 그리고 다시 독일로 건너가는 이러한 고향 이동은 물리적인 장소의 이동뿐 아니라 심리적인 내면 공간과도 연관된다.

무엇보다 이 시기 스스로를 이방인과 난민이라 부르며 서발턴으로서의 디아스포라적 삶을 추구한 그는 '글로벌'이라는 새 고향의 헤테로토피아에서 이산(離散)의 현실에 놓인 난민들과 소통하는 연대의 모습을 보인다.

> 장소에 발이 있어서 들어가고 나오는가? 폐허 도시는 움직일 수 없는 한 장소이다. 움직일 수 있는 것들이 장소를 찾아간다. 인간은 의식적으로 한 장소를 방문하거나 그곳에서 대대로 살거나 더 이상 그곳에 살만한 장소가 아닐 때 떠난다. (중략) 내 꿈에 나타난 폐허 도시는 이 지상에 존재하는 장소가 아니라 내 꿈에서만 존재하는 장소였다. 장소는 그곳을 애타게 그리워하는 수많은 이들과 함께 그곳을 떠나버렸고 장소가 남겨놓은 수많은 유물들은 이미 장소의 것은 아니므로.[25]

허수경은 인간은 자신이 거주하는 그 장소가 더 이상 살만한 곳이 아니라고 생각할 때 그곳을 떠난다고 했다. 이미 그 스스로가 여러 도시와 고향들을 전전하고 이동하였다. 이런 고향과 '폐허 도시' 들 속의 수많은 유적지들은 이 시기 소설이나 시의 장소로 자주 등장한다. 그 장소들은 많은 기억이 교차하며 과거와 현재 그리고 미래의 시간들이 혼재하는 헤테로크로니아적 공간이며 열려있으면서 닫혀 있는 현실의 유토피아적 장소이다. 그는 이런 낯선 시간과 종교 그리고 수많은 전쟁이 지나간 흔적 속에서 이질적인 정체성의 서발턴들과 집단적 연대를 희망한다. 그 모든 것을 '아는 사람 집 그 집'(「바다가」)에 다 두고 왔기

---

25) 허수경, 「장소도 떠날 수 있다」, 『오늘의 착각』, 난다, 2020, 80쪽.

에 이제 다시 그곳으로 돌아갈 수 없다고 말한 허수경은 자신이 살고 있는 바로 그곳이 새로운 고향임을 그곳에서 '당신'으로 호명되는 '나'와 '우리'는 서발턴으로 만나 서로를 위반하고 전이하며 연대의 헤테로토피아를 꿈꾼다고 하였다.

나는 지구 반 바퀴를 돌아 당신에게로 왔고 당신은 그 자리에 있었다. 그렇다, 당신이 그곳에 있어 주기를 나는 바랐다. 기적이었다. 당신은 그곳에 있었다. 표정만으로 당신이 나를 기다린 자리를 짐작할 수는 없었으나, 당신이 나에게 물었을 때:

이제 왔어요?
그래요………우리 여기 있어요, 라고 나는 대답할 수밖에 없었다. 표범에게 쫓겨가는 흰 눈발 같은 마음 한구석에 놓인 비밀의 악보 같은 과거처럼,
어디 상형문자 같은 세월을 살고 왔어요? 라고 내가 당신에게 물었을 때,

당신: 나의 부모가 날 버리기 전에 내가 먼저 나를 버린 것 같은 시를 쓰던 시인이었대.
나: 만나보았어요?
당신: 아니, 그 시인이 나 자신이라는 걸 알기까지 아주 오랜 시간이 걸렸어. 내가 나를 떠나는 시간이 아주 많아서 몰랐나 봐[26]

지구 반 바퀴를 돌아 낯선 타국에서 다시 만난 "당신". 불안과 갈망의 나날들을 보내고 많은 경계를 지나 만난 나와 당신은 어디에도 구속되

---

[26] 허수경 「사랑의 그림자를 쫓기 위해 당신을 방문한 후기—『빌어먹을 차가운 심장』에 부쳐」, 『가기 전에 쓰는 글들』, 난다, 2019, 343~344쪽.

지 않는다. "나의 부모가 날 버리기 전에 내가 먼저 나를 버린 것 같은" 오래전 "당신"을 지금 이곳에서 "우리"로 만난 것이다. "표범에게 쫓겨 가는 흰 눈발 같은" 시간들에 쫓겨 "상형문자 같은 세월을 살았던" 당신을 혹은 나를 만나기까지 너무 "오랜 시간"이 걸렸던 것은 "내가 나를 떠나는 시간이 아주 많"았기 때문이다. 그러니 나와 당신은 성별과 나이, 국가와 이데올로기를 넘어 다양한 문화와 새로운 연대의 가능성 으로 글로벌이라는 새 고향에서 만난 서발턴들이다.

> 울릉도산 취나물 북해산 조갯살 중국산 들기름
> 타이산 피쉬소스 알프스에서 온 소금 스페인산 마늘 이태리산 쌀
>
> 가스는 러시아에서 오고
> 취나물 레시피는 모 요리 불로거의 것
> 독일 냄비에다 독일 밭에서 자란 유채기름을 두르고
> 완벽한 글로벌의 블루스를 준비한다(중략)
>
> 글로벌의 밭에서 바다에서 강에서 산에서 온 것들과
> 취나물을 볶아서 잘 차려두고 완벽한 고향을 건설한다
>
> 고향을 건설하는 인간의 가장 완벽한 내면을 건설한다
> 완벽한 내면은 글로벌의 위장으로 내려간다(중략)
>
> 선택이었다 자발적인 유배였으며 자유롭고 우울한
> 선택의 블루스가 흐르는 세계의 중심부에서 변방까지
> 불선택의 블루스가 흐르는 삶과 죽음까지
>
> 글로벌이라는 새 고향, 블루스를 울어야 하는 것이다
> ─「글로벌 블루스 2009」 부분

이 시에서는 '블루스'[27]라는 음악이 만들어진 것처럼 세계 각지에서 온 다양한 재료를 혼합하여 음식을 만드는 과정이 열거되고 있다. 울릉도 취나물과 북해산 조갯살 중국산 들기름과 스페인산 마늘 그리고 이태리산 쌀로 밥을 짓는다. 러시아산 가스와 독일 밭에서 자란 유채 기름을 둘러 준비한 음식들은 한마디로 '글로벌' 만찬이다. '글로벌의 밭에서 바다에서 강에서 산에서 온 것들'로 잘 차린 음식을 함께 먹는다는 것은 그 자체로 지구 반 바퀴를 돌아 만난 서발턴에게 "완벽한 고향을 건설"하는 것처럼 기쁘고 의미 있는 일이다.

이러한 '글로벌' 혹은 '글로벌화'는 시간과 공간의 변화를 모두 의미하는 것으로 국민국가의 경계나 사회적 시간을 넘어서는 것이다. 다양성과 변화라는 가치에 대한 새로운 인식이 차이의 공간이나 혼종의 공간에 대한 사유로 이어지며 헤테로토피아와 연결된다. 따라서 글로벌은 한 지역이나 경계를 넘나드는 사물과 사람의 이동을 증가시키거나 확산시킴으로써 변방이나 경계에 대한 새로운 인식과 의미 부여의 계기를 제공한다.[28]

또한 '글로벌이라는 새 고향'은 실제 지리적 장소로 존재하기도 하지만 '인간의 내면'에 건설되기도 한다. 먹는 음식이 한 인간을 가늠할 수 있는 하나의 기준이 된다면 "글로벌의 바다와 육지 그리고 산"에서 나온 재료로 만든 음식은 위안과 용기를 얻을 수 있는 "글로벌의 마음"은

---

27) '블루스'는 20세기 초 미국 남부 흑인들이 부르기 시작했으며 아프리카 전통 음악과 유럽 음악을 접목해서 만든 장르로, 세월이 흐르는 동안 다양한 장르적 결합이 이루어진 슬픔과 애수의 음악이다. 그것은 대공황과 두 번의 세계대전으로 수백만 명의 흑인들이 남부를 떠나 북부 도시로 이동하면서 더 넓은 지역으로 확장되며 대중화되었다.

28) 이상봉, 「트랜스－로컬리티; 포스트모던의 대안적 공간정치」, 『21세기정치학회보』 24권, 21세기정치학회, 2014, 53～54쪽.

차이와 혼종의 장소를 구성하는 여러 인종들에 대한 환대의 마음이다. 무엇보다 그것은 실질적인 지리적인 장소와 "블로거"와 같은 가상의 공간 등을 모두 아우르며 다문화를 지향하는 트랜스로컬리티적 사유이다. 때문에 그들에게는 '이 가난의 고향에는 우주도 없고' 굳이 '지구에 사는 인간의 말로 해독하고 싶은 외계도 없'다. 그런 측면에서 "완벽한 고향"이라고 할 수 있는 이 '글로벌이라는 새 고향'은 탈중심적이며 혼종적인 헤테로토피아적 장소로서 변방의 난민이나 이민자와 같은 서발턴들이 서로 연대하며 다양한 문화와 가치를 인정하고 꿈꿀 수 있는 곳이라 할 수 있다.

오십 년 전 피어난 찔레꽃 저녁을 그림자에 안고 이곳으로 이곳
으로 고향이라고 돌아오는 자가 부르는 노래는

누구의 것인가
—「늙어가는 마을」 부분

이 가난의 고향에는 우주도 없고
이 가난의 고향에는 지구에 사는 인간의 말을 해독하고 싶은 외
계도 없다
다만 블루스가 흐르는 인공위성의 심장을 가진
바람만이 있다 별 한잔이 글로벌의 위장 안에서 진다(중략)

선택이었다 자발적인 유배였으며 자유롭고 우울한
선택의 블루스가 흐르는 세계의 중심부에서 변방까지
불선택의 블루스가 흐르는 삶과 죽음까지

글로벌이라는 새 고향, 블루스는 울어야 하는 것이다
—「글로벌 블루스 2009」 부분

하지만 그가 꿈꾸는 '글로벌이라는 새 고향'은 밝고 희망적인 모습뿐 아니라 절망적인 모습까지도 기꺼이 수용한다. 십년 전에 수확한 감자와 수십 년 동안 도축된 채 냉동고에 있고, 텅 빈 밀밭을 헤매고 있는 '없는 마을'의 장소가 되기도 한다. 감자와 수선화처럼 자연 속에서 생명을 키우는 것들은 시간의 순환 속에 존재하지만 '아무것도 없는' 마을이나 '늙어가는' 것처럼 희망 없는 장소가 되기도 한다. 그렇다면 이런 마을을 찾아오는 혹은 찾아올 자는 누구일까. 시인은 그들이 바로 가난과 굶주림에 시달리며 계급과 인종적 차별로부터 지구 반 바퀴를 돌아 찾아온 혹은 찾아 올 연대의 서발턴이라고 말하고 있다.

지난 날 홍수에 휩쓸린 도시들이나 서울과 동경, 베를린과 오래된 바빌론의 도시와 고향의 작은 마을들처럼 (「나의 도시」) 지난 날 허수경의 '가난한 고향'들은 오래된 추억 속에서 잊혀지거나 사라졌다. 그렇게 나를 스쳐간 그 고향의 '시간들은 역사에 들어가지 않은 파편'(「바다곁에서의 악몽」)이 되어 어딘가로 영원히 떠돌지도 모른다고 했다. 이처럼 허수경이 시에 선택한 '고향'은 지리적 위치로서의 장소와 기억으로서의 공간을 모두 망라한 헤테로토피아이다. 세계의 중심부에서 변방에 이르기까지 트랜스로컬리티로서의 "글로벌이라는 새 고향"은 물리적인 장소로서는 누구에게나 개방되어 있지만 내면의 상상적 공간으로서는 특정한 이들에게만 개방되어 있는 이질적인 시간으로서의 장소이다.

'비행장을 떠나면서 나는 울었고 너도 울었'(「비행장을 떠나면서」)지만 '글로벌'이라는 '새 고향'에서 부르는 '이 노래'는 고국에 대한 그리움과 새 고향에 대한 희망을 동시에 의미할 것이다. 허수경이 새고향인 '그곳'에서 새로운 아버지와 어머니에게서 '다른 이름'으로 다시 태어나고 싶었던(「빛 속에서 이룰 수 없는 일을 얼마나 많았던가」) 것은 글로 벌적 새 고향의 건설과 연대에 대한 새로운 사유를 의미한다.[29]

'빛과 공기의 틈에서 꽃이 태어날 때'마다 없는 당신과 내가 만나는 곳이 결국 '허공'(「그 그림 속에서」)인 것처럼 '주소 없는 꽃 엽서들은 가버리고'(「오래된 일」) 없다. 그럼에도 시인이 고향을 끊임없이 시에 호출하는 것은 이 '고향'은 그 누구의 것도 아닌 우리 '모두의 집'이며 우리 모두의 고향이기 때문이다. 그러므로 이 '글로벌의 새 고향'은 고향의 이동과 많은 도시를 전전한 디아스포라적인 삶의 비애와 희망을 동시에 포괄하고 있다. 또한 그곳은 세계의 중심부에서 변방에 이르기까지 다함께 노래하고 다함께 울 수 있는 장소이며 서발턴들의 삶과 죽음까지 모두 껴안는 연대의 헤테로토피아라 할 수 있다.

무엇보다 독일의 삶에 드러난 허수경의 고고학적 사유는 과거로부터 현재로 그리고 진주에서 서울로 서울에서 다시 독일과 여러 변방의 나라들로 시공간의 경계를 허물고 서로 이어나가는 것이다. 「청동의 시간, 감자의 시간」에 '진주 말로 혹은 내 말로'라는 제목으로 실린 13편의 경상도 지역(동남) 진주 방언을 통해 민족과 국가라는 근대적 공동체에서 벗어나 동일한 언어를 사용하는 '공동체'를 회상하거나 상상하고 있다.[30] 이것은 '한국도 외국이고 독일도 외국이라는 인식'으로 국가와 민족과 언어의 경계를 너머 트랜스로컬리티로서 자신이 살고 있는 그곳이 바로 자신의 고향이라는 인식에 닿아 있는 것이다.

---

29) 최상욱, 「거주하기의 의미에 대하여 : 하이데거를 중심으로한 탈근대적 거주하기의 의미」, 『하이데거 연구』 4권, 한국하이데거학회, 1999, 295쪽.

30) 이에 대한 전명환·이경수의 논문에서는 허수경이 '국가' 대신 '언어공동체'라는 용어를 사용하고 있음을 밝히며, 이러한 동남방언을 사용한 방언시를 통해 허수경 시의 독창적인 언어 미학을 분석하고 있다. (전명환·이경수, 「허수경의 언어공동체 의식과 방언시 작업의 의미」, 『우리문학회』 72, 2021, 467쪽)

인간에게 고향은 지리적 장소로서의 고향과 정신적, 사상적 공간으로서의 고향을 동시에 의미한다. 자기 존재의 출발이자 뿌리인 이 '고향'은 물리적 장소로서 누구에게나 개방되어 있지만 이질적인 시간의 추억 속에서는 특정한 이들에게만 개방되어 있는 헤테로토피아이다. 그러므로 현대의 고향은 유동성과 불확실성으로서 시대와 사회적 변화의 흐름에 따라 정서적으로 재현되거나 인간의 내면에 스며 다양한 의미로 드러난다.

허수경 시에 드러나는 '고향'은 언제나 떠나야 하는 공간이자 또 다른 현실 속으로 적극 개입해 들어가야 할 장소였다. 때문에 고정된 곳으로부터 떠나가는 방식이자 새롭게 이동하여야 할 낯설고 이질혼효적인 공간이었다. 즉 그의 시는 헤테로토피아로서의 '고향—타향—글로벌이라는 새고향'으로 이어지는 장소 변화의 궤적을 거치며 '몫 없는 자들'의 다양한 목소리를 생생하게 드러내고 있었다.

고향, '진주'는 힘없는 주체들의 슬픔이 대물림되는 공간이자 저항의 장소였다. 때문에 허수경에게 잘 살아야겠다는 욕망으로부터 항상 떠나고 싶은 곳이지만 언제나 다시 되돌아가고 싶은 장소이다. 특히 수몰된 사람들이 모여 살던 남강변, 원폭 피해 여성들이 병들어 있던 농촌의 슬레이트 집들, 골방이나 단칸방 등의 장소는 '슬픔이 거름이 되어'(「탈상」) 익어가는 역설적 공간이자 배제의 장소였다. 그 장소들에는 착취와 수탈로 세금을 내지 못한 '죄인'들과 전쟁과 가부장제의 이중 억압으로 고통받는 농촌 여성들 그리고 유괴범에게 죽임을 당한 어린 아이가 있었다. 이처럼 고향 '진주'는 이름 없는 서발턴들이 현실의 부패한 권력이나 부당한 현실에 이의를 제기하는 저항의 헤테로토피아였다.

타향, '서울'이라는 대도시는 다양한 문화들이 혼재하고 계층 간의 대립과 문화적 격차 그리고 여러 가치들이 서로 충돌하는 욕망과 단절의 헤테로토피아이다. 소비성과 획일성 그리고 부촌과 빈민의 뚜렷한 대립은 주체들로 하여금 익명성과 이질성 그리고 소비지향적인 삶을 추구하게 한다. 가치관의 상실과 극심한 빈부 격차 또한 도시 빈민들이나 하층민과 같은 서발턴들을 절대적인 타자로 만들었다. 때문에 이들은 언제나 궁핍한 삶으로 경계 밖으로 내몰리며 불안과 절망의 삶 속에 있을 수밖에 없는 것이다. 이러한 타향의 삶은 시인의 마지막 보루인 사랑조차 장소를 잃어 '공터의 사랑'으로 존재하게 했다.

'글로벌'이라는 새 고향은 고고학을 공부하기 위해 독일로 건너가서 맞이하게 된 지리적 장소이자 내면적 공간이기도 하다. 허수경은 낯선 타국에 적응하며 자신이 살고 있는 바로 그곳이 새로운 고향이라 여겼다. 현대인들의 다양한 디아스포라적 삶의 비애를 감싸 안고 있는 이 '글로벌의 새 고향'은 세계의 중심부에서 변방에 이르기까지 지구 반 바퀴를 돌아 만난 서발턴들이 다 함께 노래하고 꿈꿀 수 있는 곳이며 삶과 죽음까지 모두 아우를 수 있는 연대의 헤테로토피아였다.

허수경 시에 드러나는 이러한 '고향'의 이동과 선택은 그 스스로가 말한 것처럼 "자발적인 유배"일지도 모른다. 그는 트랜스로컬리티로서의 '고향―타향―글로벌이라는 새고향'으로 이어지는 장소 변화의 궤적을 거치며 서발턴으로서의 말하기를 실천하며 '몫 없는 자들'의 다양한 목소리를 시로 형상화했다. 모국어의 감각을 잃어버릴까 봐 소설을 썼다고 했던 그는 자신의 글쓰기의 시작을 글을 쓸 줄 모르는 할머니가 평생 말하고 싶어 하던 그 '바다 때깔' 때문이라고 했다.[31] 그처럼 허수

---

31) 허수경, 「글쓰기,라는 것의 시작」, 『나는 발굴지에 있었다』, 난다, 45쪽.

경은 혼종의 다른 장소인 '고향'이라는 헤테로토피아의 변모를 통해 서발턴들의 탈경계적 성격으로써 현실의 희망이나 절망과 같은 이중적 감정을 면밀하게 드러내었는데, 그것이 허수경 시가 글로벌 시대에 새롭게 조명되어야 할 이유라고 할 수 있을 것이다.

참고문헌

1. 기본자료

김기림,『전집1』, 심설당, 1988.
_____,『전집2』, 심설당, 1988.
김수영,『김수영 전집 1, 시』, 민음사, 2018.
_____,『김수영 전집 2, 산문』, 민음사, 2018.
김종삼, 홍승진 외 엮음,『김종삼 정집』, 북치는 소년, 2018.
_____, 장석주 엮음,『김종삼 전집』, 청하, 1990.
_____, 권명옥 엮음,『김종삼 전집』, 나남출판사, 2005.
김춘수,『김춘수 시전집』, 현대문학, 2004.
_____,『김춘수 시론전집 1』, 현대문학, 2004.
_____,『김춘수 시론전집 2』, 현대문학, 2004.
_____,『왜 나는 시인인가』, 현대문학, 2005.
오정희,『불의 강』, 문학과 지성사, 2004.
전봉건,『전봉건 시전집』, 문학동네, 2008,

전봉건, 『시를 찾아서』, 청운출판사, 1961.

_____, 『전봉건 시선』, 탐구당, 1985.

_____, 『전봉건 시전집』, 문학동네, 2008.

_____, 「환상과 상처」, 『세대』, 1964.

허수경, 『슬픔만한 거름이 어디 있으랴』, 실천문학사, 1988.

_____, 『혼자가는 먼 집』, 문학과 지성사, 1992.

_____, 『내 영혼은 오래 되었으나』, 창작과비평사, 2001.

_____, 『청동의 시간 감자의 시간』, 문학과 지성사, 2005.

_____, 『빌어먹을 차가운 심장, 문학동네, 2011.

_____, 『누구도 기억하지 않는 역에서』, 문학과 지성사, 2016.

_____, 『모래도시』, 문학동네, 1996.

_____, 『길모퉁이 중국식당』, 문학동네, 2003.

_____, 『모래도시를 찾아서』, 현대문학, 2005.

_____, 『너 없이 걸었다』, 문학동네, 2015.

_____, 『그대는 할 말을 어디에 두고 왔는가』, 난다. 2018.

_____, 『가기 전에 쓰는 글들』, 난다, 2019.

_____, 『오늘의 착각』, 난다. 2020.

2. 단행본

가스통 바슐라르, 곽광수 옮김, 『공간의 시학』, 동문선, 2003.

가야트리 스피박 외, 태혜숙 옮김, 『서발턴은 말할 수 있는가?』, 그린비, 2013.

강학순, 『존재와 공간 : 하이데거 존재의 토폴로지와 사상의 흐름』, 한길사, 2011.

게오르그 짐멜, 김덕영 옮김, 『짐멜의 모더니티 읽기』, 새물결, 2005.

고인환, 『시작』, 2004, 여름호.

권석만, 『현대이상심리학』, 학지사, 2006.

권영민, 『한국현대문학사2』, 민음사, 2002.

권혁웅, 『시론』, 문학동네, 2010.

김경수, 『페미니즘 문학비평』, 프레스21, 2000.

김규동, 『나는 시인이다』, 바이북스, 2011.

김성조, 『정신문화연구』31권, 한국학중앙연구원, 2008.

김승환, 『한국현대작가연구』, 민음사, 1989.

김신정, 『실천문학』 64, 2001. 11.

김용직, 문학사상』, 1975.

김우정, 『춘향연가』, 성문각, 1957.

김우창, 『시인의 보석』, 민음사, 1993.

김윤식, 『김윤식 평론문학선』, 문학사상사, 1991.

김웅교, 『김수영, 시로 쓴 자서전』, 삼인, 2021.

김인환, 『상상력과 원근법』, 문학과 지성사, 1993.

김재홍, 『한국 전쟁과 현대 시의 응전력』, 평민서당, 1978.

김준오, 『도시와 해체시』, 문학과 비평사, 1988.

김춘식, 『근대성과 민족문학의 경계』, 역락, 2003.

김화영, 『소설의 꽃과 뿌리』, 문학동네, 1998.

김　현, 『시인을 찾아서』, 민음사, 1974,

_____, 『상상혁과 인간』, 일지사, 1973.

_____, 『사회와 윤리』, 일지사, 1974.

_____, 『시인을 찾아서』, 민음사, 1975.

남진우, 『미적 근대성과 순간의 시학』, 소명출판사, 2001.

드기 미셸, 김예령 옮김, 『숭고에 대하여』, 문학과 지성사, 2005.

로만 인가르텐, 이동승 옮김, 『문학예술작품』, 민음사, 1985.

마샬 버만, 윤호병 옮김, 『현대성의 경험』, 현대미학사, 1998.

문덕수, 『한국모더니즘시연구』, 시문학사, 1981.

문학사와 비평 연구회편, 『1970년대 문학연구』, 예하, 1994.

문혜원, 『한국현대시와 모더니즘』, 신구문화사, 1996.

미셸 푸코, 이규현 옮김, 『말과 사물』, 2012.

_____, 이상길 옮김, 『헤테로토피아』, 문학과지성상, 2014.

_____, 오생근 옮김, 『감시와 처벌』, 나남, 1994.

_____, 정선아 옮김, 『현대시와 지평 구조』, 문학과지성사, 2003.

버 크, 김동훈 옮김, 『숭고와 아름다움의 이념의 기원에 대한 철학적 탐구』,
        마티, 2006.

박이문, 『認識과 實存』, 문학과 지성사, 1991.

_____, 『문명의 미래와 생태학적 세계관』, 당대, 1997.

박혜경, 「신생을 꿈꾸는 불임의 성」, 『불의 강』, 2004.

브루스 핑크, 맹정현 옮김, 『라캉과 정신의학』, 민음사, 2002.

성민엽, 『오정희－우리시대, 우리작가』, 동아출판사, 1987.

송 욱, 『시학평전』, 일조각, 1963.

수잔 벅모스, 김정아 옮김, 『발터 벤야민과 아케이드 프로젝트』, 문학동네,
        2004.

신범순, 『한국현대시의 퇴폐와 작은 주체』, 신구문화사, 1998.

안성찬, 『숭고의 미학』, 유로서적, 2004.

알랭 바디우, 장태순 옮김, 『비미학』, 이학사, 2010.

앙리 르페브르, 양영란 옮김, 『공간의 생산』, 에코리브르, 2011.

에드워드 렐프, 『장소와 장소상실』, 논형, 2005.

엔터니 이스톱, 박인기 옮김, 『시와 담론』, 지식산업사, 1994.

오정희, 「나의 소설, 나의 삶」, 『작가세계』 25호, 1995. 여름호.

오형엽, 「풍경음 배움과 존재의 감춤」, 『1950년대 시인들』, 나남, 1994.

_____, 「꿈의 빛깔들」, 『서정시학』 15, 2005. 3.

윤재근, 「황홀한 체험」, 『돌』, 현대문학사, 1984.

이광호, 「그녀의 시는 오래 되었으나—허수경의 오래된 편지」, 『문학과 사회』, 2001

이경수, 「대지의 생산성과 가이아의 딸들」, 『신생』 32집, 2007. 9.

_____, 「부정의 시학」, 『김종삼 전집』, 청하, 1988.

_____, 「없음을 통한 있음의 시세계」, 『피리』, 문학예술사, 1979.

이상신, 『구조와 분석』, 도서출판 창, 1993.

이승훈, 『새들에게』, 고려원, 1983.

_____, 『한국 모더니즘 시사』, 문예출판사, 2000.

이-푸 투안, 구동회·심승회 옮김, 『공간과 장소』, 대윤, 1995.

임마누엘 칸트, 백종현 옮김, 『판단력 비판』, 서울: 아카넷, 2009.

자크 랑시에르, 주형일 옮김, 『미학 안의 불편함』, 인간사랑, 2008.

장 뤽 낭시 외 지음, 김예령 옮김, 『숭고에 대하여』, 문학과지성사, 2005.

조재룡, 『앙리메쇼닉과 현대비평—시학·변역·주체』, 도서출판 길, 2007.

줄리아 크리스테바, 김인환·이수미 옮김, 『언어, 그 미지의 것』, 민음사, 1997.

_____, 김인환 옮김, 『시적 언어의 혁명』, 동문선, 2000.

최동호, 『아지랑이 그리고 아픔』, 혜원출판사, 1987.

최하림, 『김수영 평전』, 실천문학사, 2001.

최현식, 『시는 매일매일』, 문학과지성사, 2011.

피터 브룩스, 박혜란 옮김, 『플롯 찾아 읽기』, 강, 2011.

프로이트, 박찬부 옮김, 『쾌락의 원칙을 넘어서』, 열린책들, 1997.

_____, 김기태 옮김, 『꿈의 해석』, 선영사, 2005.

_____, 임홍빈·홍혜경 옮김, 『정신분석강의』, 열린책들, 2003.

황도경, 『작가세계』 25, 세계사, 1995,

황동규, 『북치는 소년』 해설, 민음사, 1979

홍기원, 『길 위의 김수영』, 삼인, 2020.

태혜숙, 『탈식민주의 페미니즘』, 여이연, 2004.

허수경, 『네가 오후 네시에 온다면 나는 세 시부터 행복해지기 시작할 거야』, 문학세계사, 1990.

3. 논문

강경희, 「김춘수 시 연구: '늪'과 '바다' 이미지의 상관관계를 중심으로」, 『숭실어문』19, 숭실어문학회, 2003.

강은교, 「1930년대 김기림의 모더니즘 연구」, 연세대 박사논문, 1987.

고봉준, 「김기림 시론의 근대성 연구」, 『高凰論集』제25집, 1999.

구연정, 「상상과 실재 사이 "헤테로토피아로서 베를린─발터 벤야민의 「1900년경 베를린의 유년시절에 나타난 도시공간을 중심으로」, 『카프카연구』제29집, 한국카프카학회, 2013.

권경아, 「김수영 시에 나타난 도시의 시간과 공간 인식」, 『수행인문학』35, 한양대학교 수행인문학연구소, 2005.

김기중, 「김기림의 장시 '기상도'에 나타난 현실인식의 양상, 『순천향인문과학논집』제24집, 2004.

김성조, 「김종삼 시 연구 : 시간과 공간을 중심으로」, 한양대학교 박사학위논문, 2010.

김원경, 「김수영 시에 나타난 공간 연구」, 「경희논총」66, 경희대학교대학원, 2020.

김웅교, 「마리서사·유명옥·국립도서관─김수영 시의 장소에 대한 연구」, 『외국문학연구』73, 한국외국어대학교 외국문학연구소, 2019.

김인환, 「J. 크리스테바의 시적 언어 연구:「시적 언어의 혁명 La Revolution du Langage Poetique」을 중심으로」, 『한국문화연구원 논총』62, 이화여자대학교 한국문화연구원, 1993.

김지율, 「허수경 시에 나타나는 '고향'이라는 헤테로토피아의 변모와 서발턴 연구」, 『우리말글』 93, 우리말글학회, 2022.

김지혜, 「오정희 소설의 몸 기호 연구」, 『기호학연구』 12, 한국기호학회, 2002.

김혜영, 「오정희 소설의 이미지 연구」, 『현대문학이론연구』 19, 2003. 6.

나희덕, 「김기림의 영화적 글쓰기와 문명의 관상학」, 『배달말』 38권, 배달 말학회, 2006.

_____, 「전봉건의 전쟁시에 나타난 은유와 환유」, 『인문학연구』 43집, 조 선대학교 인문학연구소, 2012.

남기혁, 「김춘수 초기시의 자아 인식과 미적 근대성」, 『한국시학연구』 1 호, 한국시학회, 1998.

류명심, 「김종삼 시 연구 : 담화체계 및 은유를 중심으로」, 동아대학교 대 학원 박사학위 논문, 1999.

문혜원, 「1930년대 주지주의 시론 연구」, 『우리말글』, 우리말글학회, 2004.

박민규, 「김종삼 시의 숭고와 그 의미」, 『아시아문화연구』 33집, 가천대학 교 아시아문화연구소, 2014.

박주원, 「언어와 정치」, 『21세기 정치학회보』 19집, 2009.

박지해, 「한국 현대 여성시에 나타난 모성성의 사적 전개 양상 연구」, 한국 외국어대학교 박사학위 논문, 2017.

박진영, 「오정희 소설의 비극성과 불안의 수사학」, 『현대문학이론연구』 31, 2007.

박찬종, 「오정희론—비관적 세계인식의 근원」, 중앙대학교 석사논문, 1997.

방승호, 「허수경 시의 공간 양상과 내면의식」, 『현대문학이론연구』 77, 2019.

_____, 「허수경 시의 시간의식 연구」, 『어문연구』 99집, 어문연구학회, 2019.

백은주, 「김종삼 시 연구 : 환상의 구조와 의미를 중심으로」, 고려대 석사 학위논문, 1994.

서진영, 「김춘수 시에 나타난 나르시시즘 연구」, 서울대 석사논문, 1998.

신지연, 「김종삼 시 연구 : 언술 주체를 중심으로」, 고려대학교 석사학위논
　　문, 2000.

송명희, 「한국소설의 페미니즘―오정희와 김향숙의 경우」, 『동양문학』,
　　1991. 3.

신철규, 「김종삼 시의 심미적 인식과 증언의 윤리」, 고려대학교 박사학위
　　논문, 2020.

안숙원, 「오정희 단편소설 『동경』 연구: 정신분학학적 접근」, 『인문사회과
　　학연구』 2, 부경대학교 인문사회과학연구소, 2002.

엄경희, 「헤테로토피아의 장소성에 대한 시학적 탐구」, 『국어국문학』 186,
　　국어국문학회, 2019.

에드워드 렐프, 『장소와 장소상실』, 논형, 2005.

여태천, 「김수영 시의 장소적 특성 연구: ‘방’과 ‘집’을 중심으로」, 『민족문
　　화연구』 41, 고려대학교 민족문화연구원, 2004.

유　준, 「오정희 소설에 대한 실험적 고찰」, 『인문과학연구논총』, 2013. 2.

윤수하, 「1930년대 한국모더니즘 시의 상상 공간 연구」, 『批評文學』 65,
　　한국비평문학회, 2017.

윤　숙, 「김수영 시론의 원점으로서의 포로체험」, 『한국시학연구』 60, 한
　　국시학회, 2019.

이강하, 「김춘수의 「부다페스트에서의 소녀의 ‘죽음’ 연구」, 『동악어학회』
　　63, 동악어문학회, 2014.

이경민, 「김춘수 시의 공간 연구」, 중앙대학교 석사논문, 2001.

이광호, 「오정희 소설에 나타난 여성적 응시의 문제―초기 소설을 중심으
　　로」, 『한국여성문학학회』 29호, 여성문학연구, 2013.

이미예, 「허수경 시의 귀향(歸鄕)의식 연구」, 한국교원대학교 석사학위논
　　문, 2017.

이영준, 「김수영과 한국전쟁―“민간 억류인”이 달나라에 살아남기」, 『한

국시학연구』67, 한국시학회, 2021.

이은영, 「허수경 시에 나타난 알레고리의 양상」, 『여성문학연구』45집, 한국여성문학학회, 2018.

이재복, 「한국 현대시와 숭고 : 이육사와 윤동주를 주심으로」, 『한국언어문화』제34집, 한국문학비평과 이론학회, 2009.

이정희, 「오정희 · 박완서 소설의 근대성과 젠더(Gender)의식 비교 연구」, 경희대학교 박사학위논문, 2007.

이재훈 외 옮김, 『정신분석 용어사전』, 미국 정신분석학회 편, 한국심리치료연구소, 2002.

이혜원, 「한국 여성시의 탈식민주의 페미니즘 연구」, 『여성문학연구』41집, 여성문학연구, 2017.

_____, 「허수경 시에 나타난 전쟁 표상과 생명의식」, 『문학과 환경』18집, 문학과환경학회, 2019.

장은영, 「탈제국적 담론으로서의 생태시학 : 이문재론」, 『高凰論集』38, 경희대학교대학원원우회, 2006.

장만호, 「헤테로토피아로서의 인문도시와 공동체 내에서의 타자의 문제 - 인문도시 진주 사업을 중심으로」, 『용봉인문논총』58, 전남대학교 인문학연구소, 2021.

정영진, 「1950년대 시 문학의 '지성'담론 연구」, 건국대 박사논문, 2012.

정연희, 「오정희 소설의, 욕망하는 주체와 경계의 글쓰기」, 『현대소설연구』38권, 한국현대소설학회, 2008.

정종민, 「한국 현대 페미니즘 시 연구」, 성균관대학교 박사학위논문, 2008.

정혜경, 「줄리아 크리스테바의 페미니즘 이론」, 『현상과 인식』12호, 한국인문사회과학회, 1998.

조강석, 「비화해적 가상으로서의 김수영과 김춘수 시학 연구」, 연세대박사논문, 2008.

최상욱, 「거주하기의 의미에 대하여 : 하이데거를 중심으로 한 탈근대적 거주하기의 의미」, 『하이데거 연구』 4권, 한국하이데거학회, 1999.

최영자, 「오정희 소설의 정신분석학적 연구」, 『강원인문논총』 12, 강원대
학교 인문과학연구소, 2004.

한원균, 「최승호 시와 헤테로토피아의 방법론적 읽기 — 1990년대의 경우」,
『한국문예창작』 19, 한국문예창작학회, 2020.

한주영, 「김기림 시론에서의 다중 시선의 가능성과 영화시 연구」, 『우리문
학연구』 63, 우리문학회, 2019.

김지율

2009년 시사사 등단
경상국립대학교 국어국문학과 석·박사 졸업
2018년 문화체육관광부 우수도서 선정
경상국립대학교 인문학연구소 학술연구교수

주요논문
「김수영 연구」
「1960년대 시의 언술 주체와 미적 부정성 연구」
「오장환 초기시에 드러나는 근대성과 내면의식」
「백석 시의 장소와 화자의 시선」
「김수영과 김춘수 시에 드러나는 헤테로토피아」
「김기림 '기상도'의 헤테로토피아와 다중 시선」
「오정희의 '불의 강'에 드러나는 헤테로토피아와 이야기하기 강박증」
「허수경 시의 '고향'이라는 헤테로토피아와 서발턴 연구」 등

저서
시집 『내 이름은 구운몽』(현대시, 2018)
시집 『우리는 날마다 더 아름다워져야 한다』(파란, 2022)
대담집 『침묵』(시인동네, 2019)
詩네마 『산문집 아직 오지 않은 것들』(발견, 2020)
연구서 『한국 현대시의 근대성과 미적 부정성』(역락, 2021)
『문학의 헤테로토피아는 어떻게 기억되는가』(국학자료원, 2022)

문학의 헤테로토피아는 어떻게 기억되는가

초판 1쇄 인쇄일	2022년 11월 17일
초판 1쇄 발행일	2022년 11월 24일

지은이	김지율
펴낸이	한선희
편집/디자인	우정민 김보선
마케팅	정찬용 정구형
영업관리	한선희
책임편집	김보선
인쇄처	으뜸사
펴낸곳	국학자료원 새미(주)
	등록일 2005 03 15 제25100-2005-000008호
	경기도 고양시 일산동구 중앙로 1261번길 79 하이베라스 405호
	Tel 442-4623 Fax 6499-3082
	www.kookhak.co.kr
	kookhak2001@hanmail.net

ISBN	979-11-6797-084-8 *93800
가격	21,000원